Las vulnerabilidades

Novela

Elvira Sastre

Las vulnerabilidades

Seix Barral

Seix Barral, un sello editorial de Editorial Planeta, S. A.
Avda. Diagonal, 662-664, 08034 Barcelona (España)
www.seix-barral.es
www.planetadelibros.com

Adaptación de la cubierta: Booket / Área Editorial Grupo Planeta
Ilustraciones de la cubierta: © Bina Winkler / Millennium Images, UK
Primera edición en Colección Booket: enero de 2026

Depósito legal: B. 21.095-2025
ISBN: 978-84-322-4927-3
Impreso en España

Biografía

Elvira Sastre nació en Segovia en 1992. Ha publicado los poemarios *Cuarenta y tres maneras de soltarse el pelo* (2013), *Baluarte* (2014), *Ya nadie baila* (2015), *La soledad de un cuerpo acostumbrado a la herida* (2016) y *Adiós al frío* (2020). Del mismo modo, es autora de dos libros que combinan la ilustración y la poesía: *Tú la Acuarela/Yo la Lírica* (2013) y *Aquella orilla nuestra* (2018), ilustrada por Emiliano Batista (EMBA). Compagina su carrera poética con la traducción. Ha traducido a poetas como Rupi Kaur, Lana del Rey o las letras de Vetusta Morla. En 2019 publicó su primera novela, *Días sin ti*, con la que consiguió el Premio Biblioteca Breve, que la consolidó dentro del panorama nacional e internacional como una de las escritoras más importantes de su generación. En 2021, la revista *Forbes* la incluyó en su lista de Los 100 españoles más creativos. Elvira llena con su poesía teatros y salas de conciertos en todo el mundo, desde espacios pequeños hasta grandes recintos como el Circo Price o el WiZink Center en Madrid. En la actualidad continúa presentando sus obras por España y por América Latina mientras sigue desarrollando su labor creativa y literaria. *Las vulnerabilidades* (2024) es su segunda novela.

Para Jesús Rocamora, por su fe y sus ojos
tan expectantes y acertados.

Para Miranda Maltagliati, por saber pedirme
en un día desesperado que escribiera este libro.

El recuerdo de lo que he escrito va borrándose. No sé qué es este texto.

Hasta lo que perseguía al escribir el libro se ha disuelto. He encontrado entre mis papeles una especie de nota de intenciones: Explorar el abismo entre la espantosa realidad de lo que ocurre, en el momento en que ocurre y la extraña realidad que reviste, años después, lo que ha ocurrido.

ANNIE ERNAUX

Al fin y al cabo, ¿no es la vida de un escritor revisión y nada más que revisión?

¿De qué otra forma se aclara el pensamiento y se hace más profunda la obra? ¿Cómo, si no, se pasa del discernimiento a la sabiduría? ¿Cómo ver todo lo que rodea algo y luego llegar hasta su corazón? ¿Cómo crear un mundo en un libro, no solo un atisbo por una ventana abierta?

VIVIAN GORNICK

Nadie se da cuenta al tener un libro en las manos del esfuerzo, el dolor, la vigilia, la sangre que ha costado. El libro es, sin disputa, la obra mayor de la humanidad.

FEDERICO GARCÍA LORCA

1

No puedo quedarme dormida. Mi cuerpo está tenso, alerta. Tengo el brazo entumecido, hace tiempo que no lo siento. Deben de ser las cuatro o las cinco de la madrugada. Ella suda, tiene espasmos breves; parece un animal enfermo. Cada cinco segundos sacude el muslo izquierdo, se revuelve brevemente, noto cómo aprieta los dientes. A veces gime, el quejido tropieza en su garganta y me estruja la mano con brusquedad. Sus dedos son huesos afilados que se clavan en mi carne. Me hace daño; no puedo evitarlo, pero tampoco puedo dejar de abrazarla. Me fijo en ella lo poco que me permite la luz que me pidió que dejáramos encendida antes de dormir: debajo de sus párpados finos y violáceos sus ojos cabalgan con desenfreno. Se mueven tanto que es difícil saber si están en este o en otro mundo, pero creo que prefiero no saberlo. Ahí dentro están sucediendo cosas terribles.

Su pelo está empapado. Se lo aparto suavemente con la mano libre para despejarle la nuca y le soplo con delicadeza. Su sudor huele a restos de perfume y habitación cerrada. Ahueco la sábana para que el aire viciado respire y salga de su cuerpo escuálido. Huele igual que la ropa de los enfermos cuando tienen que recluirse en un cuarto y no salir durante días. Pero no me disgusta, para nada. Hay algo en él que me atrapa. No sé si es que me hace sentir tan triste que solo quiero coser mi piel al pijama que le he dejado y no separarnos nunca. Caerme con ella por el precipicio y rodar por todas las pesadillas y que me ensucie todo su dolor, todo su daño. Quiero mancharme yo también, impregnarme de toda esa porquería, herirme con las piezas afiladas de ese cuerpo adolescente y desnutrido, que solo está cansado. ¿Soy yo su último aliento? ¿Soy su única oportunidad?

Respira con tanta fuerza que podría agujerearme el esternón. No me importaría: todo lo que se parece a un hoyo me resulta hermoso. Es bonito que existan lugares en el mundo donde las cosas pueden desaparecer. Ojalá fuera mi cuerpo ese foso oscuro, el lugar en el que su daño se esfumara o se escondiera —a estas alturas poco importa la diferencia—, pero esta mierda no funciona así, no es tan sencillo. Lo único en lo que se parece la vida a los trucos de magia es en el tiempo breve en el que puedes mantener engañado al espectador. Al final, todos piden verdad, aunque sea la de saberse estafado, pero es que fingir es necesario para existir. La sinceridad está extremadamente sobrevalorada. Y yo ahora pido mentira, pido engaño, quiero que me oculten las cosas, no quiero cargar con las responsabilidades afectivas que traen las realidades de cada uno, mucho menos si me perjudican. La existencia individual ya es sumamente complicada como para añadir la de los demás.

Es así: el mundo nos exige que seamos sinceros, que compartamos nuestros sentimientos, que digamos a cada momento cómo nos sentimos, qué nos apetece comer, en quién pensamos mientras estamos con nuestra pareja, si somos felices. Con la verdad se pierde el misterio, la intimidad, las estrategias de cada uno, esos rincones ínfimos que debemos conservar como seres humanos, las ganas —por qué no decirlo— de sabernos indescifrables, la capacidad de saber que existe algo que es solo nuestro, el rechazo a la frustración de no conseguir lo que uno quiere, la libertad de modelar la realidad a nuestro antojo. La verdad es algo que solo nos debemos a nosotros mismos, a nadie más. Porque sí, vale, todo te empuja a sincerarte, ¿y después qué? ¿Qué hacemos con ese puñado de realidades incómodas? ¿Qué hace el otro con ello? Es imposible fabricar una nueva existencia a partir de la verdad. Lo que queda al sincerarnos con los demás es la vida expuesta. Lo contrario de la verdad no es la mentira, es el misterio.

Es increíble cómo una figura tan pequeña puede hacer que toda una habitación se tambalee. No podría dormir ni aunque quisiera porque el aire sale de su nariz como si fuera un ternero cabreado, detonando el silencio del cuarto. Hace un ruido casi desagradable, profundo. Lo expulsa con tanta fuerza que me recuerda a los cohetes cuyo despegue retransmiten por la televisión. Suelen estrellarse, aguantan unos segundos y explotan a escasos metros del suelo. Siempre me ha parecido algo innecesario. Querer llegar a otros planetas es la mayor muestra de arrogancia que existe. Me pregunto dónde va todo ese aire que está soltando por la nariz, hacia dónde dirige el oxígeno viciado que nos rodea a estas horas de la madrugada. Siento que se expande como un manto negro y, por un momento, a mí también me cuesta respirar.

No sé nada de animales salvajes, pero ahora mismo estoy velando el sueño de uno. Y no me puedo quedar dormida.

En este momento, más que verla, la escucho respirar. Cierro los ojos para concentrarme en su ruido y trato de buscarle una definición, algo que reconduzca esa energía hacia otro sitio. Me imagino su tabique nasal como si fuera una tubería sucia por la que el oxígeno desciende con cierta dificultad, impulsado por el esfuerzo de sus pulmones. Pienso en llevármela al mar, dejarla dormida en la orilla y esperar a que la sal irrite la parte interna de su nariz para limpiarla por completo, como las alcantarillas de los barrios pudientes cuando llegan la madrugada y los servicios municipales. Pero este aire está viciado, no es bueno. Mancha toda la estancia, la impregna de una sustancia que pesa, que nos arrastra hacia el suelo y cava en él y entierra la luz y nos ahoga a nosotras. Ella vive en un círculo tóxico en el que respira el mismo aire que expulsa. Y yo estoy completamente obsesionada con su respiración.

Soy incapaz de contar las veces que me ha dicho que cuando abre los ojos tarda en ubicarse porque vive en una pesadilla constante y cuánto odia ese momento en el que se da de bruces contra la realidad. Su vida es mucho peor que cualquier pesadilla, así que la entiendo. Además, me gusta verla dormida porque es el único instante en el que creo que consigue enfrentarse a su angustia. Y prefiero que duerma porque lo que le espera fuera de su sueño es un auténtico tormento. Al menos, pienso, le quedan esos ínfimos segundos, tan tortuosos como esperanzadores, en los que pensará que su vida es otra, como cuando tienes una herida abierta, te despiertas y no te duele hasta que transcurren unos momentos. Hay consuelos que son criminales.

El plan no era dormir juntas. No quería dormir conmigo, dice que se hace pis encima, que no quiere que la vea nadie así, que se muere de vergüenza. Ni siquiera quería quedarse en casa. Pero logré convencerla y le hice prometerme que me despertaría si no conseguía dormirse. A eso de la una de la madrugada, ha aparecido en el quicio de la puerta, que siempre dejo abierta para que mi perro pueda salir a beber agua. Ha susurrado mi nombre y me he levantado como un resorte, y eso que mi sueño es profundo. Estaba llorando, de nuevo esa respiración entrecortada, el aire subiendo y bajando por su pecho a una velocidad enferma, como un ascensor estropeado. «Perdóname, Elvira, es que me está pasando una cosa que me está angustiando mucho y yo solo quería preguntarte si tú me sigues creyendo en todo.» He colocado sus huesos marchitos sobre los míos y la he acompañado hasta la habitación. Nos hemos deslizado sobre el mármol como si ese movimiento estuviera destinado para nosotras. Ese gesto, el de su cuerpo infantil cayendo en el mío en un único intento, es una de las pocas cosas luminosas que me quedan ahora, más de un año después de conocerla. Todo lo que rodea a Sara es tan triste que cuando pienso en ella me esfuerzo por recordar ese pasillo olvidado y oscuro por el que nos deslizamos creyendo que lo que nos esperaba al final era algo más amable que sus pesadillas y mi daño, que al menos estábamos juntas y dispuestas ambas a rellenar los huecos, que ella iba a conseguir limpiarse y yo iba a estar ahí para verlo porque necesitaba desesperadamente aferrarme a ese deseo, que era lo único que tenía y lo único que podía darle.

«¿Vas a quedarte a mi lado, aunque nadie quiera estar conmigo, Elvira?»

La he abrazado.

«Voy a estar contigo siempre, Sara, te lo prometo, no te va a pasar nada malo.»

2

Recibí el primer mensaje de Sara un día que tenía mucha prisa. Estaba trabajando en casa en una campaña para concienciar sobre la protección de datos en casos de filtración de vídeos de contenido sexual. Buscaba darle amplitud y compartir las posibles soluciones, así que pensé en una estrategia algo arriesgada para conseguir que la campaña tuviera más éxito en redes sociales. Durante unas horas fingí que me había sucedido a mí. Que alguien había filtrado sin mi consentimiento un vídeo de contenido sexual y que yo me quería morir. Sabía que así tendría mucho más efecto, aunque solo fuera por el morbo. Terminaba aquella confesión con un enlace a la Agencia Española de Protección de Datos, gracias a la cual había encontrado una solución. Y pronto se hizo viral. No calculé los riesgos personales y el teléfono se llenó de llamadas de familiares y amigos preocupados. Empezaron a aparecer artículos en prensa, algunos con bastante inquina, por lo que no tardé en desvelar que mi caso no era cierto pero que, por desgracia, existían miles de casos similares cuyas víctimas desconocían los protocolos más efectivos de actuación. Ese día recibí muchísimos mensajes, unos cuantos de ánimo, pero tantos otros de mujeres contándome sus experiencias, confesando su ansiedad ante la pérdida de la intimidad. Todos con un mismo punto en común: una herida irreparable. Con todas contacté, a todas respondí y remití a la agencia, donde una puede conseguir de manera rápida que el vídeo se retire de internet, siempre sin sustituir la denuncia correspondiente, que también es necesaria.

Mi teléfono se encendía de manera intermitente. No paraba de recibir mensajes de mujeres que estaban pasando por lo mismo y leerlas era muy doloroso. Por momentos, me arrepentí de mi estrategia y deseé volver atrás. Pero no podía apartar la mirada de la pantalla, ávida de algo que me sacara por un instante de toda aquella incomodidad. A veces me ocurre y quiero estar en otra parte, en un lugar que me saque por un instante de mi cabeza, que está llena de aire y a veces se convierte en huracán. Tengo cierta tendencia a la evasión, pero también se me da bien disimularlo. Existe algo profundamente humano en la huida. Es un instinto, un movimiento de resistencia, un recurso existencial. La literatura tiende a relacionarlo con el abandono y crea en esa asunción un matiz, nada leve, de culpabilidad. Nadie que huye es inocente. Nadie que decide no intentarlo merece una recompensa. Pero es que ni todo lo que se consigue cuando uno lo intenta es justo ni renunciar es un fracaso. A veces, una huye hacia dentro, como cuando estamos tristes y nos replegamos buscando cobijo en nuestro propio cuerpo; otras, hacia fuera y nos expandimos, como una sábana, cubriéndolo todo de una niebla sutil que nos disimula. Yo huyo a la manera de los animales, por pura supervivencia.

Sara fue una de aquellas mujeres. Abrí mi carpeta de mensajes y vi su nombre. Esas cuatro letras brillaban entre la oscuridad de las docenas de mensajes sin leer, titilaba como un bichito de luz a medio gas. Era febrero. Recuerdo que el aire azotaba con fuerza los ventanales del salón. Viento, mi perro, levantaba cada dos por tres las orejas, alerta ante el ruido, para después dejar caer la cabeza con resignación sobre el cojín. Suele lanzar un suspiro prolongado cada vez que descubre que no hay motivos, como si no encontrase sentido a su existencia y se sintiese inservible. «Si no puedo protegerla, ¿qué hago aquí?», imagino que piensa mientras me mira fijamente. Entonces pide un mimo y vuelve a quedarse dormido; el amor ha de ser siempre el consuelo. Debe de ser complicado vivir como lo hace él, tan vigilante, poniendo al peligro siempre en jaque, dejándose vencer por los temores. La desconfianza no es más que un miedo mal enfocado, porque el miedo nos protege, pero la desconfianza nos limita. Y yo le observo, soy capaz de escuchar el pulso acelerado que hace retumbar todos sus órganos, tan pequeños, y desde la distancia le compadezco porque también le entiendo, intuyo el origen de todo su daño, y procuro acomodar su vida para que su nervio sea el menor posible. Sé que no debe de ser fácil existir de esa manera. Y procuro recordarme cada día que no puedo salvarle de sí mismo.

Ahora que todo ha llegado a su fin, el nombre de Sara resuena en mis oídos como un silbido cada vez que alguien lo pronuncia. Volteo la cabeza como los perros, aunque me halle a kilómetros de ella. Hay algo instintivo en ese giro, un impulso salvaje que no he querido domesticar. Sé que una parte de mí sigue unida a ella y lo estará siempre. Sara fue el alimento de los caníbales, la rendición de la culpabilidad, el destino de todos mis cuidados. No sé cómo zafarme de esa sensación tan pegajosa, tan dependiente, voy buscando alimento en otros cuerpos, pero ninguno me ha necesitado tanto como el suyo y pierdo pie porque no sé dónde colocarme. Cuando no encuentro alguien a quien socorrer me siento dañada, como si una parte de mí se estuviera muriendo de sed.

¿Quién me ha enseñado a querer así? ¿De dónde nace este impulso mamífero que me lleva a dar cobijo a todo lo que encuentro abandonado? Existe algo ególatra en la domesticación del daño. Llevo toda la vida tratando de amansar mi dolor y siento que quiero entrar en el de los demás, enseñarles mis trucos, decirles que vivir así también es posible, también merece la pena. Pero creo que todo eso no es más que, de nuevo, una fuga desde mis propias limitaciones. Reconozco mis angustias en las de los demás y no las quiero para ellos. Si pudiera, pienso ahora, llevarme a mi cuerpo la tristeza de todos los seres que quiero, lo haría sin dudar, como el que se pone delante del que van a atropellar. ¿Es amor incondicional al otro? ¿O es falta de amor propio? ¿Es bondad con el necesitado? ¿O es mi propia naturaleza perfeccionista —y errónea— que cada mañana repite en mi cabeza «eres capaz de soportar tu daño y también el de los demás»? Vuelvo a mirar a Viento. Vivir a mi manera también es complicado.

«Siento molestarte, seguramente no me leas, pero por si acaso lo haces solo quería decirte que yo ahora mismo estoy pasando por lo mismo que has publicado. No tengo fuerzas para decirte nada porque sé que diga lo que diga te vas a seguir sintiendo mal, así que solo puedo decirte que no estás sola y que creo que muchas personas te entendemos, aunque ojalá no fuera así, y que todo pasa. No sé qué más decirte, lo siento, solo que intentes aguantar como puedas hasta que pase y que no te sientas sola. Yo estoy contigo.»

Pienso en el trámite que tienen que pasar todas esas mujeres, que no solo ven ultrajada su privacidad, sino que también sufren un rito de cuestionamientos constantes. Es una violencia expansiva que ahoga, que se extiende y lo sofoca todo, que se cuela por las rendijas como un virus, imperceptible al ojo humano, y lo aniquila todo con la lentitud de los venenos. Es un sometimiento que tiene repercusiones irreparables que van mucho más allá de lo inmediato. ¿No es esto último, quizá, lo más importante, lo que deberíamos tener en cuenta? Las consecuencias no terminan en la agresión: empiezan con ella.

Hubo algo en las palabras de Sara que me hizo pararme en ellas un poco más que en otros mensajes. No me daba la sensación de que buscara una respuesta, es más, creo que estaba escrito sin intención alguna de encontrarla. Era un mensaje lanzado al aire con propulsión natural, una gota más en un vaso. Había amabilidad, cierta ternura en el atropello de las sílabas, parecía un mensaje hablado más que escrito. Empezaba su mensaje pidiendo perdón, como quien pide permiso por existir; parecía formar parte de su lenguaje de una forma innata. Deslicé la pantalla hacia arriba y comprobé que habíamos hablado en otras ocasiones, pero mi teléfono no dejaba de sonar y no presté más atención. Me apresuré a explicarle la intención de la campaña y le facilité el protocolo a seguir para que pudiera poner solución a la situación que estaba atravesando.

«Me alegro muchísimo de que no te haya pasado, Elvira, muchas gracias, es que creo que no me compensa denunciarlo, pero gracias por decírmelo y por hablar de esto. Me alegro de corazón de que estés bien y de que no te hayan hecho daño.»

En los siguientes mensajes traté de convencerla de que la denuncia era la mejor salida. No tenía la sensación de que rechazara la ayuda, sino de que estaba perdida ante una situación complicada. Alguien le había robado su intimidad y con ella su capacidad de reacción. Me la imaginaba paralizada, hecha un ovillo en el rincón de su habitación esperando que pasaran las sirenas y las luces de los focos se apagaran. Cuando te coaccionan de esa manera, lo último que quieres es estar más expuesta aún. Cierras los ojos, aprietas fuerte los dientes y esperas que pase, como cuando te das un golpe y no puedes gritar. Esa tristeza pegajosa estuvo en ella desde aquella primera conversación. La resignación es una emoción pavorosa. Entregarse de esa manera a las circunstancias, saberse incapaz de cambiarlas, rendirse, en definitiva, está a un paso de la opresión. Leí sus palabras y me entraron ganas de sacudirla, de cogerla por los hombros y moverla con la suficiente rapidez como para que se cayera de ella todo ese polvo, toda esa flaqueza.

«Coge las armas que existen y defiéndete como puedas, Sara. Tú no tienes culpa de nada. Tienes derecho a vivir tu vida y tienes derecho a protegerla.»

3

Es ella. Tiene un cuerpo minúsculo y camina encorvada. Parece que le cuesta, pero al mismo tiempo lo hace con decisión, como si llegara empujada por el viento. Es un viento amable, como el que imprime la mano de una madre para impulsarnos. Tengo ganas de acercarme y recogerla, pausar su esfuerzo, pedirle que reserve las fuerzas, pero me contengo. Debe ser ella la que avance hacia mí.

Huele a daño y a ventana entreabierta. Tiene los dedos finos y largos, con las uñas mordisqueadas. No lleva anillos. Las muñecas son finas y hacen camino hacia sus manos, que son grandes como las de una pianista. Las venas abultan su piel grisácea y parecen caminos de tierra sin arar. Su rostro es una secuencia de líneas rectas y ángulos marcados. El hueso de su mandíbula es prominente y sus ojos, grandes y redondos, de un brillo distinto al resto de su cuerpo, se alzan sobre dos cuevas azuladas que ocupan casi la mitad de su cara. Sus pupilas son dos sauces plantados en un desierto. Parece que son lo único que brilla en ese paisaje, pero lucen tan cansados que creo que me equivoco, que están igual de apagados que el resto de su cuerpo. Me fijo en ellos. Una línea líquida y negra de maquillaje los subraya, como si su intención fuera desde el primer momento destacarlos por encima de todo lo demás. Me imagino toda esa tristeza siendo aplastada por un eyeliner de supermercado y sonrío para mis adentros por primera vez en mucho tiempo. Hay fuerza en ellos. A decir verdad, es el único atisbo de resistencia que se intuye en ella, al menos a primera vista.

La miro brevemente antes de que nos saludemos. Por su barbilla se cruza una cicatriz macerada por el tiempo, de esas que tienen los adultos que han pasado la infancia subidos a una bicicleta. Sus labios son gruesos, pero están secos y agrietados, cuelgan de ellos escamas de piel mordisqueada. Me dan ganas de llevarla a un río y pedirle que se beba toda el agua, que se moje la boca, que la limpie hasta el fondo. No quiero que hable, quiero que su boca sea una laguna y sirva de hábitat a todos los peces que nadan en libertad. Que salten, duerman, se reproduzcan y se alimenten de la piel muerta que seca sus labios. Quiero abarcar en mis manos todos los arroyos de las montañas y darle de beber, poco a poco, hasta que se le pase la sed.

Del resto de su cuerpo apenas se intuye un esqueleto frágil: pantalones holgados y jersey de talla *grande de marca. Todo en ella parece una herida cansada. Pero Sara, a pesar de ello, es guapa, tremendamente guapa: tiene ese tipo de belleza que no atrae, pero que no puedes dejar de buscar. Puedo verlo, puedo verla. Su delicadeza traspasa lo que su cuerpo cuenta. Es más que evidente que hay algo luminoso en ella que se resiste a abandonarla, pero no me queda claro si es una belleza que intenta enmascarar, difuminar, estropear. Parece, por su aspecto, que más que una suerte es un castigo.*

Pestañeo con rapidez y le sonrío mientras se acerca. Me resulta frívolo reducirla a algo tan superficial como su aspecto físico. No me permito desarrollar ese pensamiento, fijarme en lo guapa que es, en cómo será su rostro sin toda esa capa de polvo que lo cubre. Me choco de frente con la sensación de bienestar que produce ver a una mujer hermosa. Sé que ella no lo percibe y sé que en ella eso es lo que menos importa, pero es difícil dejar eso a un lado, fingir que su aspecto delicado no alimenta la ternura que despierta esa parte de mí que está ávida de cosas hermosas. Lo sé, conozco bien esa faceta: me siento irremediablemente atraída por la estética del mundo, por todo aquello que contrapone lo horrible que sucede a cada instante. Mi cuerpo le hace frente, coloca una barrera y trata de traducirlo, de compensar la balanza. No lo oculto: lo manoseo hasta que se convierte en otra cosa. Si dejo que entre en mí la crueldad es porque sé que soy capaz de traducirla, de otorgarle un sentido que jus-

tifique la violencia visual y emocional en la que vivimos.

Tanta sensibilidad me abruma. Mi cuerpo trata de contenerla, pero es demasiado pequeño, así que voy derramándola en los lugares que despiertan mi afecto. No sé si me gustaría ser de otra manera, nunca lo he pensado. Acepto que forma parte de mí porque no hacerlo supondría un sufrimiento al que no tendría sentido desafiar, así que trato de dotar a mis emociones de un carácter robusto para que sean mi fortaleza.

Por eso, cuando miro a Sara, también la traduzco, y no veo solo un puñado de cristales rotos: veo el mundo. Veo los arroyos casi secos que resisten, veo el oso polar que camina entre placas de hielo deshechas, veo la casa que desafía al tornado. Veo la raíz verde entre árboles quemados, veo la grieta del edificio abandonado, veo el mar entre el petróleo. La veo a ella aprendiendo a respirar sin aire. Me basta su luz, aunque sea tan tenue que el esfuerzo me dañe los ojos. Me basta ella: lo está intentando. Todo está reducido a ese momento: el de Sara acercándose, apoyando los pies sobre la acera, dirigiéndose hacia mi cuerpo que la espera. Su paso hacia delante, su marcha. La lentitud de su movimiento que no se pausa. Sus ojos que me miran, aunque estén en otro sitio. Toda esa delicadeza caminando, tan frágil, hacia mí.

Me basta.

Estoy viendo el mundo.

4

Después de cruzarnos algunos mensajes, Sara parecía alguien dispuesta a dejarse ayudar pero al mismo tiempo me daba la sensación de que no quería molestar y que le bastaba con que la hubiera escuchado.

«No sabes cuánto ha significado esto que acabas de hacer, Elvira. No me lo esperaba y no sé qué decirte, lo siento. Pensaba que tendría que denunciarlo, pero lo único que quiero es que deje de rular el vídeo por mi instituto. Lo ha visto todo el mundo. Esta mañana me he despertado pensando que nada tenía sentido porque nadie me iba a tratar bien después de ver el vídeo, y ahora me has dado un poco de fuerzas. Nadie me había ayudado y ahora siento que a lo mejor no estoy tan sola. Estoy un poco bloqueada, ojalá te lo pudiera explicar mejor. Muchísimas gracias, de verdad.»

Un par de días después volvió a escribirme. Yo casi había olvidado el tema. Estoy acostumbrada a que las cosas pasen por mi lado a una velocidad de vértigo: algunas se quedan y otras duran en mí lo que tardan en pasar. Siento que van reemplazándose una detrás de otra y que no importa lo que haga. El tiempo tiene su propio ritmo y es la vida la que nos sucede, nunca al contrario, es ella la que marca los tiempos y la que hace el hueco que ella quiere en nuestro cuerpo. El mío nunca duda. Suele abrirse, receptivo, a aquello que le conmueve y se presta voluntariamente a darle cobijo el tiempo necesario. Es mi cabeza la que lo frena, la que cierra la puerta a lo que presupone desmesurado o desestimable. Lo lógico es que sea la razón la que establezca límites y construya el rechazo, pero he de ser honesta: en la lucha constante de mi cuerpo contra mi cabeza, no siempre gana quien más necesito.

Sara me contó que se había animado a contactar con la Agencia Española de Protección de Datos y que habían conseguido retirar el vídeo de dos webs en las que estaba colgado. «Aunque sé que no es la solución porque todo el mundo lo ha visto ya», me dijo. No le había preguntado por las circunstancias de este. No sabía si había sido su pareja o alguien desconocido. Tampoco sabía si había sido un encuentro sexual consentido o algo más grave. No quería ahondar en su privacidad más de lo que ya lo habían hecho, no me parecía justo y tampoco necesario. «Es la primera mañana que no tengo ganas de mandarlo todo a la mierda, estoy respirando un poco más ahora mismo, gracias de corazón», añadió. Mi voluntad de ayudarla conectaba más con su incapacidad de reacción que con la solución en sí. Sara sonaba perdida y resignada, lo suyo parecía un camino sin retorno, pero yo sentía una pulsión diferente que con el resto de las mujeres que me habían escrito. Lo suyo iba más ligado a encender la luz que a abrir la puerta. No sabía nada de ella, tampoco cómo era físicamente ya que no había fotos suyas en su cuenta, pero podía intuirla: minúscula, queriendo esconderse del mundo, como un cachorro abandonado.

Pasé los días siguientes pensando en ella. Me preguntaba cómo estaría, pero sobre todo pensaba en si tendría alguien cerca que le pudiera ayudar. Hay personas que a pesar de contar con un círculo sólido lo viven en silencio, quizá por una vergüenza mal definida o puede que solo por pasar desapercibidas. Suele ser más fácil compartir tus mayores secretos con alguien extraño que no te va a juzgar ni aleccionar ni presionar para que dirijas tus movimientos a lugares a los que no quieres ir. Es comprensible y propio de las que nos gusta escribir mensajes en la arena que se deshacen al contacto con el agua. Hay una necesidad existencial de expresarnos, de dejar nuestros misterios por escrito sin firma. Parece que nos redimimos cuando confesamos en voz alta, aunque nadie nos escuche. Por ese motivo, el silencio siempre va ligado al secretismo. Yo vivo enamorada de mi silencio, pero me atormenta el de los demás. Me pasa algo similar con la tristeza. Sé del poder de la palabra, conozco la sensación poderosa de saber nombrar las cosas, pero necesito el murmullo de los demás como el que medita con un río de fondo. Si no lo encuentro, mi silencio se convierte en un ruido insoportable.

Era uno de esos días de febrero extraños, opacos al frío pero parecidos a la nieve, de los que te queman la piel y hacen que te duelan las rodillas. Aquella tarde, el sol daba de lleno en la terraza. Las cortinas servían de vestido y suavizaban la luz que rebotaba sin piedad sobre las paredes de mi casa. Vivía en un sexto y la orientación del edificio intensificaba el color de los rayos de sol. No recuerdo bien en qué estaba trabajando en ese momento, creo que se trataba de una traducción. Mi perro descansaba a mis pies, pendiente de mis movimientos, pero yo estaba tan concentrada en la pantalla del ordenador que no me percataba de su cuerpo vigilante. Fue con el cambio de luz, a esa hora en la que el sol desciende por la misma línea por la que los pájaros ya no aparecen en las ciudades. El dorado dejaba paso al gris plomizo de media tarde mecido por la nebulosa que indica el comienzo del anochecer, ese instante tan breve que nos conduce hasta la oscuridad más absoluta en un único movimiento. Sentía un dolor punzante en la sien, como siempre que estoy traduciendo un texto de otro, y justo cuando estaba a punto de bajar la pantalla y claudicar igual que el sol, sonó la alarma que indicaba que un mensaje nuevo había entrado en mi bandeja de correo electrónico. Me fijé en el nombre. Lo firmaba una tal Laia que no me sonaba de nada, así que lo abrí con curiosidad pensando que quizá no tendría que ver con el trabajo. Lo primero que acertaron a ver mis ojos, ya cansados, fue un texto bastante largo que ocupaba más que la pantalla del ordenador. Bostecé y me dispuse a leerlo antes de apagar el ordenador.

Hola, Elvira.

Sé que las probabilidades de que leas esto son bajas, pero necesito escribírtelo. Me llamo Laia, tengo 27 años, soy la hermana mayor de Sara. Me encargo de ella desde que hace varios años nos dejó mi madre. Hace unos días hablaste con ella y te estoy escribiendo todo esto con su permiso.

Lleva días soportando que le manden mensajes diciéndole que es «una puta» y «una guarra» porque hay un vídeo íntimo suyo circulando por los móviles de su entorno, los mismos que llevo obligándola a ir a clase a pesar de que me pedía por favor que la dejase quedarse en casa porque desconocía todo esto. Ojalá lo hubiera sabido. No sé exactamente qué le dijiste ni qué palabras usaste, pero sé que le diste aliento y que por unas horas se armó de valor y supo (aunque solo fuese por esas horas) que ella era importante y que su intimidad también, que no se merecía este daño. Así que gracias, gracias por haber leído su mensaje, por haberle contestado que tú no estabas pasando por lo mismo pero que existía una salida para ella y por haberle señalado ese camino que ella sola nunca hubiera tomado.

El tío que está detrás de todo esto es un maltratador de mierda que le saca diez años. Es un fascista que tiene mi edad y ha creado en ella una dependencia emocional brutal. Conoce perfectamente los puntos débiles de mi hermana y la maneja como quiere, sobre todo desde que nuestra madre falleció. Ella se ha atrevido a dejarle varias veces, pero siempre acaba volviendo porque le hace creer que sin él no vale nada. Desde hace meses es difícil conseguir que diga algo bonito de sí misma o que no pida perdón por cada cosa que dice. Saber que durante un momento sintió que era importante porque tú hablaste con ella hace que me sienta en deuda contigo.

Después de informarse en el canal de la AEPD, habló con él y le dijo que lo había hecho y que si no paraba de enviar el vídeo le denunciaría. El muy cabrón, como respuesta, me lo envió a mí, que hasta ese momento ni siquiera sabía que existía un vídeo. Siento un puñetazo en el estómago al pensar en el dolor de mi hermana, en su angustia, en cómo la ha roto, con qué facilidad lo ha hecho. El martes fuimos a denunciarlo y me contó toda la historia, incluido tu papel. Estaba temblando y no paraba de llorar, pero le cambió el gesto al decirme «Elvira me ha dicho que soy valiente, me podría haber insultado después de saber mi historia, pero me ha llamado valiente». Si pienso en ese momento tan horrible, en mi hermana pequeña denunciando algo tan espantoso, me entra una tristeza enorme en el cuerpo, pero gracias a lo que le dijiste puedo rescatar también su mirada, totalmente iluminada, al contarme tus palabras.

En un arrebato de valentía, ella le dijo que había puesto la denuncia y que parase de difundir el vídeo. Como respuesta, él lo subió a Pornhub y puso su número de teléfono. Mi hermana no aguantó y se intentó suicidar el miércoles por la noche. Lo único bueno de todo esto es que conseguí llegar a tiempo porque me había pedido unos días en el trabajo para estar con ella. Siento que, si nunca le hubieses contestado y si nunca se hubiese sentido arropada por ti en ese momento, yo no me habría enterado de nada, no habría podido intuir que me necesitaba cerca, no habría llegado a tiempo.

Ahora mismo solo encuentro consuelo en dos cosas. La primera es saber que ella te escribió para brindarte su apoyo, aunque estuviese destrozada y llegara incluso a autolesionarse en las piernas para dejar de sufrir tanto. Me hace sentir que estoy participando en la crianza y educación de una mujer buena, generosa y justa. Mi segundo consuelo es saber que ahí afuera existe gente como tú, personas empáticas que prestan su ayuda y cobijo, aunque solo sea durante un momento, a una persona vulnerable.

En unas horas le van a dar el alta. Desde que todo esto ha pasado mi hermana no habla, no confía en nadie, no come, no duerme porque tiene pesadillas que no quiere compartir conmigo, así que no apaga la luz. Solo llora. Y lee tus libros. Se queda dormida a lo largo del día, a pesar de sus intentos por evitarlo, abrazada a ellos. Nada consigue aliviar su dolor: solo tú a través de tus libros. Es lo único que le hace sentir bien ahora mismo.

Es probable que no seas consciente de la trascendencia de tus palabras. Mi intención no es cargarte con una responsabilidad que no te pertenece, ni muchísimo menos. Te escribo este correo porque he creído que merecías saber el bien y el alivio que eres para una niña que no los encuentra en otro sitio.

Quiero pensar que se va a poner bien, que va a estudiar Bellas Artes como siempre ha querido, que va a ser feliz y libre, que se enamorará de un chico o de una chica que respetará siempre su intimidad, que podrá volver a disfrutar de la sexualidad, que crecerá entendiendo que la culpa nunca es de una víctima, que podrá grabarse si quiere y no hacerlo si no quiere, que se va a recomponer. Pero no lo sé.

No sé por dónde se empieza a reconstruir una persona tan arrasada.

Mi hermana nunca se va a olvidar de lo que has hecho, pero yo tampoco. Un trocito de ella va a estar conectado contigo siempre y, si es así, entonces un trozo de mí también.

Gracias con todo mi corazón, Elvira.

LAIA

Mucho tiempo después, mi memoria se olvidaría de los detalles de ese mensaje. Lo confundiría con una llamada de teléfono, un mensaje por redes sociales, una conversación en WhatsApp. No acertaría a decir cómo fue. Le restaría importancia desde el comienzo. Solo recordaría esa frase demoledora que cubriría con un manto espeso la parte más luminosa de mi vida, la más inocente. Y ya nada me uniría a aquellas palabras más que el comienzo de una historia áspera y cautiva. Pero volvería a él, sí, lo haría, como el preso que inspecciona cada rincón de su celda buscando una grieta por la que ver de nuevo la luz. Trataría de encontrar una pista, una palabra distinta, algo que explicara todo aquello, que le diera un sentido: una señal que parpadease en la pantalla y volviera a iluminar las paredes de mi casa con su reflejo. Y no encontraría nada, quizá, o puede que lo hallara todo, por fin, que consiguiera a pesar de mi cansancio darles la vuelta a las palabras, descubrir el origen de estas, entender de una vez que hay ocasiones en las que la casualidad se parece más a la intención que al hallazgo, y que mi cuerpo no estaba colocado en ese lugar por azar, y que Sara había llegado a mi vida con un fin.

5

Sara tiene diecisiete años, pero su voz cuenta otra cosa. Suena a niña de siete u ocho. Parece que por su cuerpo ha pasado un vendaval y solo ha quedado vivo ese sonido en el que aún no ha dejado su huella el maltrato. Me gusta imaginarlo así, como si una parte de ella hubiera sobrevivido. Es tu voz, pienso que le digo, es tu voz lo que te mantiene viva. Es tan tenue que siento que acalla el ruido de la ciudad. No he de esforzarme para entenderla: consigue toda mi atención en la primera palabra.

Cada vez que escucho la voz de Sara en uno de sus mensajes de audio pienso que estoy delante de un pájaro que habla por primera vez. Susurra mi nombre, lo hace con mucha asiduidad, más de la normal, y puedo notar cómo el sonido rebota entre los árboles de la avenida y me golpea en el esternón dejándome, por un momento, sin aire. Siento que solo emite ruidos para que yo los recoja y los descifre, como un idioma olvidado. Soy la única persona del mundo que puede oírla, lo sé, ella me lo ha repetido una y otra vez y tiene razón.

Me recuerda al hilo de agua que cae del grifo cuando se queda mal cerrado. Es casi imperceptible, casi invisible, pero se asoma, tiene un pulso constante, equilibrado. Parece inaudible, pero yo la escucho esté donde esté. Me rodea, me acorrala si me tapo los oídos, se cuela en todas mis conversaciones. Me he acostumbrado a ella y siento que ya no soy capaz de oír otra cosa.

La voz de Sara no se parece a nada que haya escuchado antes. Me paro ante ella cada vez que pronuncia mi nombre: e l v i r a. Lo hace como si soltara oxígeno en una nube de gas tóxico. Creo que me alcanza, que me limpia. Recuerdo todo el daño que me han hecho y me siento cobijada, abrigada por una niña que no pasa de los dieciocho años y que acabo de conocer. Toda mi vida está ahí, en mi nombre, en su boca. Quiero contarle todo lo que me ha pasado porque sé que venimos de un lugar parecido, de una historia de intentos fallidos, de decisiones erróneas, de trocitos desperdigados. Quiero colocarme en ese sonido y pedirle que me explique qué es lo que tengo que hacer.

Sonríe al verme y su voz se amplía, se agranda, y cuando quiero darme cuenta ya ocupa toda la calle. Los cristales de las ventanas de los pisos se están resquebrajando y de pronto estallan, sumiéndonos a ambas en una lluvia de espejos donde solo cabe-

mos ella y yo. Es hermoso vernos en su reflejo, juntas, unidas por esa resistencia al dolor tan propia de la naturaleza. Cojo uno de los fragmentos y me lo guardo en el bolsillo del pantalón. No importa que se me pueda clavar: quiero guardar esa sensación en mi cuerpo toda la vida, no olvidarla nunca porque, aunque acabo de conocerla, sé que no pasará a menudo.

El vocabulario de Sara es particular, parece que repite un patrón. Suele partir por la mitad todas sus frases con dos palabras, «lo siento», como si debiera reafirmar a través del perdón todo aquello que consigue verbalizar, y yo ya no sé si es una disculpa o su emoción abriéndose camino. Le digo que no se exculpe, que no se acuse, que use su voz para otras cosas, que las palabras son hormigas y su verbo ha de juntarlas, recogerlas en un puñado y colocarlas en un lugar seguro donde puedan trabajar sin miedo a que las aplasten. Ella me dice que tengo razón y vuelve a pedirme perdón por disculparse.

Existe en ella la precisión de un cirujano, la lentitud de todo lo que es correcto. Es quebradiza, frágil, tremendamente infantil. Es una voz a medio hacer y precisamente por eso ya no escucho otra cosa: quizá esté a tiempo de protegerla, de construir un muro frente a ella y evitar que un hombre malo la agreda de nuevo, y le haga perderla, y la suma en el silencio, y deje de responder mis preguntas, y pierda lo único que le queda, esa melodía lamentable, ese trozo del espejo roto con el que aún está a tiempo de defenderse.

La voz de Sara es de plastilina, articula cada palabra con consciencia, sus eses son líquidas y su pronunciación es clara. Tiene una rara musicalidad que la hace parecer de fuera de Madrid, un ligero acento que no sé ubicar, una melodía. Suspira mucho, llena cada vocablo de tanto aire que parece que van a salir globos de su boca, como en un cumpleaños infantil. Pronto descubro su gusto por los vocativos. Se para ante los nombres propios con elegancia, casi con respeto, para pronunciarlos con dedicación una y otra vez. Se olvida de los diminutivos y los apodos: para ella cada apelativo es un paisaje ante el que pararse y exprimir cada detalle. Cada vez que la escucho articular mi nombre, siento que quedan pocos rincones de mí que no conozca.

El proceso de envejecimiento de una voz es lento. Es en la adolescencia y alrededor de los sesenta o setenta años cuando sufre los cambios más grandes por una cuestión puramente fisiológica. Sin embargo, parece que la de Sara se resiste al paso del tiempo, aunque muestra una tristeza nada propia de las edades más tiernas. Intento descifrarla, pero no lo consigo: es una voz infantil que me habla de cosas espantosas. No hay nada natural en ello. Tampoco hay nada extraño en nuestra manera de comunicarnos, aunque pueda parecerlo. Su voz tiene los dedos largos y manosea mi cerebro con cuidado, va pulsando las teclas correctas para que todo avance hacia un lugar mejor. Usa palabras tiernas que recibo como el bebé que agarra el pulgar del adulto y sonríe.

Me envía un mensaje de audio: «Siempre me ayudas a estar bien, eres un poco como un hada madrina que tiene una varita mágica para mí». Y yo me quedo mirando la pantalla del teléfono hasta que se bloquea automáticamente y descubro mi reflejo mirándome, los labios resecos, la boca ligeramente abierta como la de un pez fuera del agua, los ojos llenos de aire, y un mensaje debajo de su nombre iluminando de nuevo el cristal, y mi sed demandando una gota más de esa agua, una gota más, solo una.

6

Sara y yo llevábamos escribiéndonos un mes aproximadamente. El nuestro pasó a ser un trato constante. Nos enviábamos mensajes desde por la mañana hasta por la noche. Comenzó como algo lejano, casi como un trámite, pero todo se intensificó a raíz del correo de Laia. No lo sentía como una responsabilidad, es que tenía ganas de saber cómo estaba, de leer sus palabras por la mañana, de que notara que de algún modo yo la estaba acompañando. He de confesar que a veces también me daba miedo hablar con ella, decirle algo que pudiera pulsar la tecla incorrecta. No soy psicóloga ni tampoco abogada especializada o experta en violencia de género. No sabía cómo tratar un tema tan peliagudo, tan frágil. Me dedicaba a animarla, a decirle cosas honestas, a repetirle cada día lo valiente, buena y capaz que me parecía, y aquello por el momento parecía suficiente, y a mí me resultaba tan sencillo, tan humano, tan equilibrado, que en ningún momento pensé que pudiera haber algo equivocado en mi manera de cuidarla.

No sentía que aquella relación virtual me interrumpiera, como me pasa a veces con otras personas. No ponía boca abajo el móvil, no lo retiraba de la mesa cuando estaba trabajando, no activaba el modo avión. No me distraía porque básicamente solo pensaba en ella.

—Elvira, he leído el correo que le has mandado a mi hermana y quería darte las gracias. —Este fue el primer mensaje que me mandó Sara después de volver del hospital tras su intento de suicidio—. Dices cosas preciosas, pero yo quiero pedirte perdón por todo lo que ha pasado. No quiero que sientas que lo que has hecho no ha servido para nada porque te prometo que me ha servido un montón. No sé si estás enfadada, puede que pienses que soy horrible o me odies, lo entiendo. Perdón si te he hecho daño o si te he hecho sentir que todo lo que me has ayudado no ha servido.

Era un mensaje de audio y la voz de Sara se perdía entre las lágrimas y los sorbos de nariz. Se interrumpía constantemente para corregirse, balbuceaba y suspiraba entre frase y frase.

—No me tienes que dar las gracias —le respondí—. Yo solo quiero que estés bien, y que te dejes ayudar, y que pidas ayuda también y puedas recibirla para que el camino sea más rápido. Tu hermana es maravillosa, te va a ayudar. Me pareces muy valiente, admiro tu fortaleza y tus ganas de estar bien. —Repasé cada palabra antes de enviar el mensaje. Me sigue pareciendo todo tan frágil que no sé cómo supe, cómo pude.

—¿De verdad te sigo pareciendo valiente, aunque haya pasado todo esto? —me preguntó, esta vez por escrito, pero todas las palabras llevaban ya su voz.

—Por supuesto —le respondí—. Tú solo tenías ganas de estar bien, y hay que ser valiente para tenerlo tan claro. Lo que pasa es que fue la decisión equivocada. Ahora sigues siendo valiente, solo que eso ya lo sabes, así que has ganado tú.

—Vale, Elvira, muchas gracias —añadió un corazón rosa fosforito a mi nombre y la pantalla emitió un destello de color—. Es que creía que a lo mejor ya no lo era y que te había hecho sentir cosas feas, pero no es así, te lo prometo. Ojalá te pudiese abrazar fuerte ahora.

—No te preocupes, yo lo sé, pero quiero que te centres en ti ahora, ¿vale? Una psicóloga te va a ayudar tantísimo, Sara, te lo prometo. —No lograba zafarme de la sensación incómoda de que estaba hablando con alguien sin hacer, sin forma, una masa de carne y huesos con todas las ideas descolocadas.

Alguien necesitaba coger a Sara de nuevo, moldearla, reordenar sus emociones, sacarla del agujero en el que existía y encender todas las luces para que aprendiera a mirar de nuevo. Yo sabía que no era esa persona, que no tenía la capacidad ni el conocimiento suficientes para hacerlo, pero ¿cuáles eran mis opciones? Sara me había elegido a mí igual que yo la había elegido a ella entre las docenas de mensajes que me habían llegado ese día. Habíamos encontrado respuesta la una en la otra y ese no era un camino que pudiese ya desandar. No quería. Por lo que me había dicho Laia, a Sara se le iluminaba la mirada cada vez que hablaban de mí, y aunque debía tener eso en mente y marcar cierta distancia para evitar confusiones, en ese momento lo único que importaba es que ella tenía un motivo para intentarlo. Yo no quería decirle lo que tenía que hacer, no pensaba completar sus frases ni tampoco responder todas sus preguntas. Mi única intención era servirle de guía en la distancia, dejarle pequeñas pistas para salir del lugar en el que se encontraba, acompañarla en el tránsito. Así que traté de dirigirla al sitio adecuado sin soltar su mano.

—¿De verdad? Entonces yo también te prometo que lo voy a intentar. Eres muy guay, Elvira, muchas gracias por tratarme tan bien. —De nuevo un corazón. Me la imaginé hecha un ovillo en la cama, secándose las lágrimas, esbozando un amago de sonrisa. Me pareció suficiente.

—A ti por confiar en mí. Mañana me cuentas qué tal estás y las cosas buenas del día. Descansa, apaga el teléfono y lee antes de dormir, que te va a ayudar a relajarte.

A la mañana siguiente fui a la piscina municipal. Había intentado en más de una ocasión reactivarme con el deporte y en ese momento el agua parecía la mejor opción para mí. En unos meses cruzaría el océano por un viaje de trabajo. Salir de casa e irme tan lejos siempre me ha sumido en un estado de nervios que me cuesta gestionar. Aunque faltaba muchísimo, más de medio año, el estrés ya empezaba a asomarse. Tanta inseguridad me abruma, me deja la energía bajo mínimos, y acelera la ansiedad que duerme, alerta, dentro de mí. Reconozco mi predisposición ante cualquier posible apocalipsis porque estoy completamente enganchada a la sensación de sentirme a salvo. Por eso, cuando intuyo la alerta, corro a proveerme de latas de conserva, planeo las circunstancias de mi vida futura y me aseguro de que mi perro tiene comida suficiente como para sobrevivir unas semanas. Una parte de mí es consciente de que las posibilidades de ser testigo del fin del mundo no son altas, pero otra parte disfruta sabiendo que frente al caos global sigo teniendo el control de mi vida. Supongo que esa tendencia agorera forma parte de mi personalidad porque nace de una manera natural. Hace tiempo que no la lucho. Con los años aprendes que, con lo que respecta a algunos temas, el truco no es tanto cambiar sino aceptarlo.

El caso es que el agua me aislaba y me hacía sentir bien. Aunque era complicado bucear sin rozar una pierna o tocar los pies de la de delante, le había cogido el gusto a acompasar mi ritmo al de las mujeres que ocupaban mi carril. Mi intención no era llegar al final en el menor tiempo posible, sino concentrarme en los movimientos, en mi respiración, en las formas borrosas que veía a través de las gafas, en el silencio del agua. Era justo ahí, en la vibración silente del líquido, cuando mi mente entraba en un proceso de relajación que parecía que lo solucionaba todo.

Cuando llegué al vestuario para cambiarme, me costó encontrar un hueco. Algunas mujeres charlaban animadamente, se reían a carcajada limpia. Era hermoso observarlas. Abrí la taquilla para coger mi teléfono y hacer tiempo hasta que una ducha se quedara libre y me senté en el borde de uno de los bancos. Sobre la pantalla cayeron un par de perlas de agua, redondas y grandes, que resbalaban desde mi barbilla. Me sacudí el pelo con una toalla y desbloqueé la pantalla. Lo primero que vi fue una notificación de Sara con varias imágenes. Me las descargué y encontré capturas de mensajes que le habían enviado. Parecían de compañeros de clase. Un par de ellas mostraba varios insultos humillantes que me dieron náuseas de inmediato. Antes pensaba que la maldad únicamente formaba parte de ciertas personas; ahora creo que todos nacemos con esa parte más sombría y solo algunos tratamos de reducirla a su mínima expresión. Otra de las imágenes mostraba el mensaje de una chica que parecía ser amiga de Sara y le preguntaba por lo que había pasado, poniendo en duda su actuación con la demanda, que al parecer ya era *vox populi* en su instituto. Al abrir las dos últimas me encontré varias frases intimidantes. Las firmaban dos chicos y tuve que releerlas varias veces para comprender que lo que buscaban era que retirase la demanda.

Le pregunté a Sara si había ido a clase y si se encontraba bien y me respondió casi al momento. Me dijo que nunca la iban a dejar en paz y que había pensado que era mejor no ir al instituto porque le iban a decir cosas horribles. Intenté convencerla de que la gente tiene el poder que le damos, el espacio que le regalamos, y que a la gente que nos daña no hay que concederle ni un hueco en nuestra vida porque somos mucho más listas que ellos. Pero ella tenía diecisiete años, el instituto era su mundo, un pequeño planeta donde todo lo que sucede dentro tiene más peso e importancia que lo que sea que exista ahí afuera. Uno entra a las aulas sin herramientas para defenderse de cosas así, con una protección que a veces cuesta encontrar en otros, con la sensibilidad tan a medio hacer que cualquier muesca en ella se queda grabada para siempre. Nada de lo que yo le dijera en ese momento iba a poder combatir con ese hecho. Cuando una es adolescente no decide, y empiezo a sospechar que eso tiene una mayor parte negativa que positiva.

Todos sus compañeros de clase estaban hablando de su vídeo, por lo que Sara empezó a desarrollar un fuerte sentimiento de paranoia. Se negaba a ir a clase, pero tampoco quería salir de casa. Sentía que todas las personas con las que se cruzaba por la calle podían reconocerla y que la insultarían igual que lo hacían los demás a través de las redes sociales. A mí todo aquello me parecía peligroso y constitutivo de delito, sobre todo los últimos mensajes, que recogían amenazas como «te vamos a tirar al Manzanares, puta de mierda».

Estaba asustada, era complicado mantener una conversación fluida con ella porque los nervios le impedían procesar todo lo que yo intentaba decirle. Lo único que quería era quitar la denuncia y desaparecer. Intenté por todos los medios dirigirla a su hermana, su punto de apoyo. Yo sabía que si Laia y yo nos coordinábamos sería mucho más sencillo seguir adelante. Mi intención con Sara no era obligarla a nada ni practicar un chantaje beneficioso para ella: quería ayudarla a que pensara por sí misma, a que tomara decisiones propias de una chica de su edad, a que identificara el camino correcto, aunque no fuera el sencillo. Por eso, el papel de Laia también era importante, ya que como hermana mayor era la que tenía el poder de convertir en empujón mis gestos cuando así fuera necesario. Si algo tenía claro es que aquello no me correspondía a mí, que lo único que podía hacer era interceder y allanarle el camino para que Sara no se resistiera más.

—¿Mi hermana me va a obligar a no quitar la denuncia? —Solía hacerme preguntas como si diera por hecho que yo era la única conocedora de la verdad.

—Te va a aconsejar lo mejor, Sara. Te juro que si yo pensara que quitar la denuncia es la solución a todo esto iría mañana mismo contigo, pero creo que lo mejor que has hecho es ponerla.

—Es que me van a hacer daño antes del viernes si no quito la denuncia, Elvira. Yo solo quiero que no pase nada más, pero no sé cómo hacerlo.

—¿Cuántos años tienes, Sara? —Aunque Laia me lo había dicho, quería que fuera Sara la que me contara sus cosas.

—Casi dieciocho, pero es que ellos son un poco mayores y no quiero que hagan nada a nadie de mi familia ni a mí, y no sé qué tengo que hacer, no se me ocurren cosas, y estoy muy nerviosa. —Los nervios de Sara solían anunciarse así, como una afirmación, un camino solo de ida, un aviso de que pronto se derramaría por el suelo y no tendría con qué recogerla.

—Se lo tienes que contar a Laia. Es importante que tu entorno lo sepa. No le van a hacer nada, ni siquiera tienen por qué enterarse, pero ella puede ayudarte. ¿Tú confías en ella?

—Sí, mucho, pero no quiero que sufra más por mi culpa. No puedo chivarme, no puedo contarle nada, solo pedirle que la quitemos porque yo sola no puedo hacerlo. Me siento muy mal, perdón.

—El sufrimiento es secundario. A veces hay que pasarlo mal para llegar a estar bien. Y ahora mismo ella prefiere ayudarte antes que estar bien ella misma. Y es normal. Es tu hermana. Pero mira, si lo prefieres, hablo yo con ella, le pongo en situación y ya después le cuentas tú lo de los mensajes y tomáis una decisión juntas —le propuse.

—Vale, Elvira. ¿Le puedes pedir que no se enfade mucho, porfa? Y tú tampoco, no quiero que te enfades conmigo por no atreverme a hacer las cosas. No quiero que me odies ni que me trates mal, porfa, es que no quiero que pienses que ya no soy valiente ni que me digas algo feo. Es que ya no puedo más, perdón. —De nuevo minúscula, de nuevo reducida a las palabras dañinas de otros.

—Me vas a parecer valiente siempre, Sara. Yo nunca voy a pensar nada malo de ti ni te voy a decir nada feo. ¿Cómo va el tema de la psicóloga que hablamos? —le pregunté. Reparar su salud mental me parecía casi más importante que la propia denuncia. A menudo anteponemos hacer lo correcto antes que lo necesario a pesar de no estar preparados para ello. Sara necesitaba ayuda inmediata para poder enfrentarse a todo lo que se le venía encima.

—Es que tengo miedo de ir y que me diga que esto es por mi culpa y sentirme peor.

—Eso no va a pasar, no todo el mundo te va a hacer daño. Igual que confías en mí tienes que confiar en una profesional que sepa ayudarte mejor que yo.

—Pero es que tú me has tratado bien y no me has hecho daño y has sido tan buena conmigo, Elvira...

—Y una psicóloga va a hacer exactamente lo mismo que yo —me apresuré a responder—. No tengas miedo, no te recomendaría nada malo. Además, me lo prometiste, ¿no? —Esa era mi varita mágica con Sara, recordarle sus palabras, todas sus decisiones buenas, hacerle partícipe de su proceso de recuperación, colocarlo en su voz.

—Sí, aunque me da un poco de miedo, pero lo voy a hacer porque te lo prometí, y mi madre siempre me decía que si hacía una promesa a alguien que me importase tenía que cumplirla, y yo te lo he prometido a ti, que ya eres un poco importante, así que aunque no me apetezca mucho lo tengo que cumplir. —Esas imágenes tan tiernas y tristes formaban parte siempre del discurso de Sara y me atravesaban como un dardo, se retorcían dentro de mí, me dejaban anclada en sus palabras escritas en el chat, a las que volvía una y otra vez para intentar iluminarlas.

Sonreí y le dije que se fuera a descansar. Ya era tarde, había sido un día muy intenso para ella y llevábamos hablando todo el día. «Mañana terminamos de arreglar todo, Sara.» Realmente, me sentía orgullosa de ella. Sus avances eran lentos, me recordaban a los insectos incansables que caminan a pesar de los peligros.

—¿Me dejas hacerte una pregunta antes de irme a dormir, Elvira? ¿Tú piensas que soy algo de todo lo que me han dicho en los mensajes? —Sara conocía la respuesta, pero necesitaba escucharla, reafirmarse en ello a través de mis palabras.

—Claro que no, todo eso son maldades y mentiras. Deberías quitarte las redes sociales durante un tiempo. Si tú quieres, podemos seguir hablando por teléfono. —Le copié mi número y le pedí que me escribiera.

—Vale, sí, aunque no quiero molestarte más. Me estás ayudando mucho, Elvira, ni siquiera mis amigas de clase me hablan, pero tú estás siendo buena. Muchas gracias.

—Gracias a ti por confiar en mí. Te prometo que cuando todo esto pase, que va a ser prontísimo, vamos a quedar para conocernos en persona y nos vamos a ir tú y yo por ahí a celebrarlo.

—Hala, ¿de verdad? —Qué fácil era intuir la exclamación en su voz, ese mínimo resquicio de fuerza, cómo se ampliaba entonces el futuro.

—Claro que sí, y te presento a mi perro, y nos vamos al campo a tomar aire, y te regalo mis libros, y conoces a mis amigos.

—Gracias, Elvira, te prometo de verdad que lo voy a intentar.

A la mañana siguiente, nada más despertarme, miré el teléfono. Tenía un audio de Sara, pero entre el llanto y el atropello de palabras apenas se le entendía. Escucharla así me generaba mucha angustia. Era evidente el esfuerzo al coger aire, la intención de pronunciar cada palabra y hacerse oír, la incapacidad de llevar a término cada frase. Descifré que su hermana le había dicho no solo que no iban a retirar la denuncia, sino que iban a poner otra, creí entender que por los mensajes amenazantes. Le pregunté si habían llegado a esa decisión juntas.

—Yo no quiero hacer esto, Elvira. Laia quiere que le cuente muchas cosas y que denunciemos lo de los mensajes y más cosas, y yo me he agobiado y ya no quiero que me pregunte más cosas de Rodrigo ni hacer daño a nadie.

Aquella fue la primera vez que mencionó a Rodrigo. Supuse que era el chico del que me había hablado Laia, el maltratador de Sara, el mismo que estaba difundiendo el vídeo. Me quedé mirando el nombre escrito y percibí la dureza de sus letras, esa erre predominante que anunciaba poder, la última sílaba que se quedaba en la garganta y provocaba dificultades al tragar. Sentí repulsa de inmediato.

—¿Y por qué no se las quieres contar? —le pregunté no sin miedo a conocer la respuesta.

—No puedo.

—¿Por qué? —insistí.

—Porque es muy feo y es un secreto y yo le prometí que nunca nadie se iba a enterar.

Quizá este sea el verdadero comienzo de esta historia. Fue en el momento en el que leí la palabra *secreto* cuando todo se oscureció: pero no solo lo que rodeaba a Sara, sino también lo que vivía dentro de mí. Entendí que detrás del vídeo había algo mucho más terrible, que Sara estaba envuelta en una nube tan gris que era imposible ver nada. Esa ceguera duró tanto, tanto tiempo, fue tan difícil vivir de esa manera, fue tan duro acostumbrarse a su oscuridad, a esa tristeza tan pesada. Un día traté de contar sus heridas y cuando quise darme cuenta me había quedado sin dedos. Cada día hacía un esfuerzo sobrehumano por atravesar esa ceniza, por llegar a ella, limpiarla un poco, bañar su piel, liberarle de todos los secretos que le impedían seguir. *Dámelos*, le decía, *dámelos a mí, que yo me desharé de ellos*, como el padre que se hace cargo de los cadáveres del hijo. Quería quedarme con ellos, meterlos debajo de mis uñas, entre la suciedad de la tierra y el polvo, esconderlos en un lugar que nadie pudiera alcanzar nunca —*no se lo contaré a nadie, ¿me oyes?*—, transformarlos en algo que no fuera tan aplastante como aquello. Ocupaban tanto que se estaba quedando sin hueco en el cuerpo para albergar el oxígeno necesario para seguir respirando. Pero ella solo me regalaba silencios, preguntas en forma de aro por el que yo pasaba una y otra vez, totalmente amaestrada, rendida a sus respuestas que no llegaban, a ese secreto horrible que tardaría semanas en confesar y que cambiaría mi vida para siempre. Y así sería, así habría de ser, aunque eso lo entendería más tarde, cuando descubriera que lo que estaba viviendo no era más que un comienzo, algo que todavía no ha terminado.

7

Ha pasado media hora y sigue sin responderme. Lo último que sé de ella es que se estaba poniendo nerviosa y le estaba costando respirar. No es nada nuevo; le pasa una vez cada dos días más o menos, en cuanto está a punto de contarme su secreto. En cada intento que hago para que me lo cuente avanzo con ella uno o dos centímetros, no más, en un camino que es kilométrico. Pero al día siguiente vuelvo a intentarlo, volvemos a hacerlo, hasta que se quiebra y la ansiedad, otra vez, la aparta de mí de un manotazo.

Le he hecho un gráfico, un dibujo con el iPad. Se me da mal dibujar, pero creo que será más fácil así, más intuitivo para ella, lo tendrá más a mano. Así se lo puede descargar como una imagen normal en el teléfono y acceder a ella si yo no estoy disponible. Es una guía que explica qué hacer en casos de ataques de ansiedad. No estoy descubriendo nada, al contrario, no es más que lo que he ido aprendiendo. A Sara siempre le cuento lo que me funciona y cruzo los dedos para que eso sea suficiente y le ayude también a ella. Es lo que suele pasar. Le he puesto un fondo violeta y con mi letra coloreada de negro le he escrito los pasos a seguir. Después, he subrayado algunas palabras con azul, su color favorito.

1. *Dejar lo que estás haciendo y tumbarte o sentarte.*
2. *Cerrar los ojos.*
3. *Centrar toda tu atención en la respiración.*
4. *Inspirar profundamente —lo más despacio posible— durante diez segundos.*
5. *Aguantar el aire durante cinco segundos.*
6. *Espirar todo el aire durante diez segundos hasta notar que los pulmones se vacían por completo.*
7. *Repetir todo el proceso concentrada en la respiración hasta que el pulso y la ansiedad bajen y los pensamientos intrusivos vayan, poco a poco, desapareciendo.*
8. *No levantarte hasta que estés segura de que has recuperado el ritmo normal de la respiración.*

Llevamos semanas hablando y es raro el día en el que no me llega un mensaje suyo pidiéndome, por favor, que la ayude a respirar. Es continuo, un há-

bito en nuestras palabras. A veces estamos hablando de lo que le pasó y otras, en cambio, sucede de repente. La ansiedad es así, puede aparecer de pronto o ser un aviso prolongado del cuerpo frente a algo que no controla. Por eso tengo que estar pendiente de ella: porque puede pasarle en cualquier momento. Dejo todo lo que estoy haciendo y me siento, con los ojos fijos en la pantalla, y le enumero uno a uno los pasos a seguir. No me cuesta: al escribirle que inspire durante diez segundos siento que respiro yo también. Después suelto el aire con ella y me quedo al otro lado, en silencio, esperando su respuesta, esas dos palabras tan hermosas cuando es ella quien las escribe: ya está. He perdido la cuenta de las veces que hemos tenido esta conversación en las últimas semanas.

Recibo un mensaje. «Ya está, hada, muchas gracias.» Siento que puedo expulsar todo el aire retenido durante los treinta minutos que ha durado la espera. Lo hemos conseguido, he salvado un nuevo ataque: Sara está bien.

Esa misma tarde, le digo que tengo un regalo para ella y le envío la imagen. Le cuento que no se lo he querido enviar durante el ataque por si se ponía más nerviosa. Me responde nada más recibirlo y deja caer todas las frases en cascada por la pantalla: «Te quiero mucho, es el regalo que más necesitaba en el mundo, me lo voy a imprimir y lo voy a poner en el armario para verlo cuando me siente en el suelo, no paro de mirarlo, hada, con lo mal que se me da respirar yo sola». Toda esa agua es para mí y la recibo sedienta. Le digo que mi letra es un poco fea, pero que pienso que le vendrá bien. Me niega y me ilumina con su respuesta: que es la letra que le hace sentirse a salvo de todo, que se le ha pasado un poco el miedo, que es precioso que le haya regalado una guía para respirar. Me siento tan bien que cuando me quiero dar cuenta estoy sonriendo y no es una mueca.

Siempre ocurre de la misma manera. Cuando menos lo espero, llega la súplica: «Perdona, Elvira, ¿puedes ayudarme a respirar cinco minutos, porfa?». Cualquier cosa puede desencadenarlo: un mensaje de alguien del instituto, recordar a su madre con angustia, las discusiones con su padre, la hora de la comida, la presión de Laia, sentirse incapaz de salir a la calle, las autolesiones que empieza a reconocer. Me imagino su ansiedad como una mano monstruosa que sale de su estómago, atraviesa el esófago y le bloquea la boca. Se la tapa casi por completo, lo justo para dejarle una pequeña rendija por la que expulsa el aire suficiente como para no morirse. Es un suplicio sufrirlo, es una tortura verla.

Sé lo que es, lo recuerdo. Cada vez que le pasa me veo a mí misma en el suelo a punto de perder la vida en mi cabeza, el cuerpo doblado como la monda de una fruta, absolutamente bloqueada, en un lugar lejano y oscuro. Recuerdo esa falta de aire cerrando mi garganta, obstaculizándola con una catarata de pensamientos intrusivos, de puro miedo, de un pavor asqueroso. Me tapo la cabeza con las manos y la llevo a mis rodillas como si allí pudiera limpiarla, callarla, hacer que pare. Pero no lo consigo: solo me balanceo sobre mí misma y ya no sé si estoy llorando o tengo frío, pero no paro de temblar. Siento que no podré salir jamás de ahí si no viene alguien a ayudarme, pero sé que eso no va a pasar. Creo que estoy así durante una o dos horas, hasta que aparecen dos pastillas en mi mano y entonces todo se funde en negro. Ese es mi primer ataque y quizá el más inocente, pues saber que me puede volver a pasar en cualquier momento es lo que mantiene mi ansiedad viva, dispuesta, tan amable, esperándome, sonriéndome con crueldad desde la esquina.

Nuestra relación se mantiene viva en cada ataque de ansiedad de Sara. ¿Es acaso la angustia lo que nos vuelve dependientes la una de la otra? Su aire viciado nos alimenta a las dos, como si fuéramos plantas de interior con escasas necesidades de luz y agua. Un poco es suficiente para seguir. Con ella aprendo a deshacerme de todo: me basta respirar. Es un ser minúsculo, está enfermo, y yo existo para confirmar que sus pulsaciones mantienen el ritmo. Quiero colocarle mi dedo índice bajo la nariz para comprobar que sigue respirando, que su aliento vaporoso aún impregna mi piel. Ella me pide auxilio con los ojos, se encorva y su cuerpo se parece a las caracolas del mar que llevan años cambiando de forma por la erosión. Quizá la brisa marina la ayude, pienso, y me acerco al grifo, lleno un frasco y le echo sal gorda. Lo agito y le mojo la punta de la lengua. «Piensa en un lugar hermoso», le digo un día, recostadas en el sofá, mientras le acaricio el pelo. Me pregunta si puede pensar en algo que ya no existe y me dice que se imagina que su madre sigue ahí, con ella, y que todo está bien. Le pido que cuando tenga miedo tiene que imaginar que está en el salón de mi casa, conmigo y con su madre, y que toca el piano y canta y su madre se ríe con ella y yo también. Me pide permiso, de nuevo, para continuar su sueño y quiere saber si es posible imaginar también que Viento le da lametazos y que su madre y yo hablamos de literatura y nos caemos bien. «Puedes imaginar lo que quieras, Sara, porque aunque no sea cierto la emoción que sientes sí lo es, y es precioso poder crear en tu mente un sitio seguro al que poder acudir cada vez que estés asustada y te cueste respirar.» Concederle su propia libertad lo llena todo de tristeza. Me seca la garganta saberla incapaz de tomar cualquier tipo de decisión, incluso las que interpelan a su pensamiento. Respiro profundamente. Trago saliva. Sigo acariciándole el pelo.

También existen los días de agotamiento emocional. Hacia el final tiendo a responderle de manera automática cada paso de la guía para respirar y ya no dejo a un lado todo lo que estoy haciendo. Estoy muy cansada y sé que Sara no se va a ahogar: saberlo es suficiente para tranquilizarme. Trato de recordarle que está todo en su cabeza y ya no me esfuerzo tanto en buscar sinónimos que la convenzan de lo mismo. Pero no desaparezco: estoy ahí, al otro lado, pendiente siempre de su aire, dispuesta a dárselo cada vez que viene a suplicarme respuestas. Procuro que no perciba mi debilidad, no quiero que piense que ha dejado de importarme. Soy consciente de que cada vez que me dice que le cuesta respirar mis pulmones se hacen más y más pequeños, pero en vez de sentir que mi cuerpo se vacía noto que se llena de algo que pesa mucho. Qué más da lo que pase conmigo. He de ser el recipiente de todo lo malo que rodea a Sara, nadie más puede, soy la única persona que tiene en su vida, ella me lo ha dicho. Pienso en esa falsa leyenda de que las plantas nos roban el oxígeno mientras dormimos y sonrío. Sara se parece a un girasol: es larguirucha, endeble y efímera, le roba la luz al sol, pero lo ilumina todo cuando se gira hacia mí y me elige. Llevo meses durmiendo enterrada entre cientos de girasoles. Llevo meses durmiendo enterrada.

Qué es este miedo, me pregunto, puedo verlo, respirarlo, masticarlo, y ya no sé si el miedo existe para protegernos o para acostumbrarnos. No entiendo por qué Sara y yo lo sentimos de esta manera, como una amenaza constante, una celda en la que dormir cada noche. La ansiedad es un límite, hace que me sienta completamente humana, la detesto con todas mis fuerzas, odio que me ancle a la tierra, que no me permita volar, sentir, responderme. La ansiedad es una pregunta en bucle, una idea en bucle, una palabra en bucle. La ansiedad tiene forma de círculo y el trazo que lo cierra es tan grueso que si me acerco puedo ver miles de bocas abiertas con la misma sed que abre la mía. Odio no ser capaz de respirar, me siento inútil, condenada por el fracaso de haber olvidado lo primero que hacemos al nacer. Un ser humano con escasos segundos de vida sabe respirar mejor que yo. Es irritante. En qué momento he perdido el control sobre ese acto voluntario. Lo peor es que sé cuándo va a venir, es como una arcada, su propio nacimiento es físico e incontrolado, pero el cuerpo retumba con su llegada, lo lleva al límite, lo saca de una. Me asfixio, es el final, lo sé, conozco este miedo, vivo con él, forma parte de mi vida, no quiero que forme parte de la suya, no puedo soportarlo, no puedo respirar, Sara, no puedo vivir en un mundo que te maltrata, tú ya no puedes ayudarme, me he equivocado tanto, no sé si esto funciona, pero toma mi aire, toma el poco aire que me queda, es tuyo, respíralo tú, es tuyo, quítamelo, Sara, es para ti, solo para ti.

8

Pasó muchísimo tiempo hasta que Sara me lo contó todo. Tuve que acercarme a sus recuerdos como si entrara en una selva tropical llena de follaje, sombras, peligros. Hablar con ella era igual que entrar en un laberinto lleno de huidas y preguntas. Fue en ese proceso cuando comprendí que el daño de Sara era mucho más irreparable del que yo me imaginaba en un primer momento. Si bien es cierto que en las primeras conversaciones me había sorprendido, ahora ya sabía que esa manera de comportarse respondía más al infantilismo que a la inocencia. Estaba tan anulada que había perdido la capacidad de pensamiento, de decisión. Nada en ella era adulto, parecía que el paso del tiempo no la había tocado. Todo lo preguntaba, requería de aprobación constante, para cualquier cosa pedía permiso.

Mi estrategia era sencilla: dejaba que fuera ella la que me buscara a mí. Consideraba vital en su recuperación que se sintiera capaz de pedir ayuda y de iniciar ella sola cada zancada, aunque acabara recogiéndola en mis brazos después del esfuerzo. Sara era el fiel reflejo de las consecuencias de una relación de maltrato, de un novio abusador mayor que ella que había conseguido que su dependencia hacia él fuera completa. Ese tipo había invalidado hasta sus sueños cuando llegaba la noche y con ella los terrores nocturnos en los que sus vejaciones se repetían una y otra vez. A pesar de estar ya fuera de su vida, seguía ensuciándolo todo. No era solo el polvo de sus ojos, los dedos grises consumidos por los cigarrillos, la marca puntiaguda de sus huesos: era el modo de encogerse, el tono de su voz cuando solicitaba autorización, la manera en la que su mente había sido descodificada por completo. Daba pánico conocerla porque cada rincón escondía una nueva sombra.

Estuvimos semanas dando vueltas sobre aquel secreto. Ella iniciaba el movimiento circular con un mensaje de texto, yo intentaba detenerla y justo cuando estaba a punto de lograrlo su giro me atrapaba y pasábamos así las horas, como dos satélites en mitad de la penumbra. Al final, siempre pasaba algo que quebraba el intento:

—Lo siento, Elvira, perdóname, me está costando respirar, no puedo seguir.

Y entonces yo le daba la mano a través de la pantalla, la sacaba de la órbita y la llevaba rápidamente a un lugar amable donde reemplazar esos recuerdos infectados.

—No te preocupes, mañana volveremos a intentarlo.

Unos días antes, Sara me disparó una serie de preguntas que anticipaban que estaba a punto de contarme sus secretos. Ella quería preparar el terreno, saber qué pasaría si lo hacía, qué consecuencias tendría. Sus cuestiones eran tan ingenuas, de respuesta tan sencilla, que dejé que actuara sola, que dirigiera ella el rumbo de la conversación. En mí solo existía la intención de que se sintiera capaz de conseguirlo.

—Y si yo un día de repente, por ejemplo, te contase cosas feas de otra persona, ¿tú guardarías el secreto? Aunque eso sea como chivarse, pero como es contigo no lo es tanto —me preguntó una tarde.

—Yo no te voy a mentir nunca —le respondí—. Pero si me cuentas algo que es importante sí que te voy a pedir que compartamos el secreto con tu hermana porque somos un equipo de tres.

A esas alturas, mi relación con Laia, aunque por teléfono, era más que estrecha. Nos escribíamos prácticamente todos los días. Teníamos muchas cosas en común, pensábamos de la misma manera y nos interesaban temas parecidos. Con el tiempo, empezamos a hablar también de otros asuntos: nos recomendábamos series, le confié parte de mis problemas, se desahogaba conmigo cuando discutía con su novia. De algún modo, nos hicimos amigas. Para mí era un alivio poder contarle todo lo que iba descubriendo de Sara por si podía serle de utilidad de cara a la denuncia y su recuperación. Confiaba más en mí que en Laia, y esa era una ventaja nada desdeñable para poder ir desenmarañando esa historia de abuso y maltrato y colocar de nuevo a Sara en un lugar alejado de la toxicidad. A pesar de ello, nunca me aproveché: en todo momento le fui sincera, hice partícipe a su hermana de lo que iba pasando con su consentimiento y me ofrecí de intermediaria para que no tuviera que repetir la misma historia dos veces. Para mí, la sinceridad con Sara estaba en primer lugar. No se me pasó nunca por la cabeza aprovecharme de su confianza, aunque fuera en su propio beneficio. Prefería dar mil vueltas sobre lo mismo y tardar lo que fuera necesario con tal de llegar con ella de la mano.

—Y si fuesen cosas un poco horribles o difíciles, ¿qué pasaría? —escribió.

—Pues que tendríamos más herramientas para terminar con esto. Sea lo que sea, va a salir bien. Es importante que me cuentes a mí o a tu hermana todo lo que ha pasado, de la manera que quieras y cuando te apetezca, porque si tenemos la información podremos ocuparnos. —Ya éramos un plural, un equipo, un bando. Qué placer existía en esa conjunción, en esa forma verbal. Me sentí útil. Todas las mujeres del planeta se llamaban Sara y yo las estaba ayudando.

—Y si te cuento cosas que piensas que son un poco por mi culpa, ¿me vas a dejar de hablar para siempre? —Los dardos de Sara eran así, puntiagudos. Siempre necesitaba darme por segura para continuar el trazo.

—No lo haré, todos nos equivocamos en algún momento. —Este es el lugar de las frases manidas, pensé.

—¿Y nadie que me pueda hacer daño se va a enterar de que yo he hablado de esto? —Sara giraba y giraba como un pequeño astro.

—Lo que importa no es que se enteren, sino que no te lo sigan haciendo.

—Y si son cosas malas de Rodrigo, por ejemplo, ¿qué pasaría? Perdón, Elvira, no paro de preguntarte cosas, pero no pienses que soy tonta y que no sé nada, porfa.

—No lo pienso. Yo no puedo saberlo todo ni asegurártelo, pero sí decirte que creo que lo mejor es que compartas todo lo posible.

Pronto aprendí que lo mejor que podía hacer con Sara en esas conversaciones sin fin era practicar la paciencia, dejar que se acercara ella a mí y no arrinconarla, como cuando rescatas a un perro maltratado y acudes un rato cada día a observarlo desde lejos, lanzarle comida y esperar que sea él quien pierda el miedo y se arrime.

—Vale, Elvira, muchas gracias por estar ayudándome tanto. Ya no quiero llorar más rato porque se me cansan los ojos. ¿Te lo puedo contar mañana, porfi?

—Creo que ya sé cómo hacerlo, pero no te asustes de mí cuando lo haga, ¿vale? —me escribió un par de días después. Yo estaba en el tren volviendo a casa de un viaje breve de trabajo. Como cada vez que piso una ciudad extraña, me acompañaba una sensación de soledad algo pegajosa. Era media tarde y el sol apuntaba directo hacia mi ventana del tren, como un francotirador de la luz. La animé—. Es que no quiero que se entere de que te lo he contado y haga algo nuevo con mi vídeo.

—No me conoce, así que no se puede enterar, y con tu vídeo no puede hacer nada más, tranquila —le respondí en un nuevo intento por subrayarle lo evidente.

—Es que a veces creo que ha hecho cosas mal conmigo, sobre todo este año, pero yo también he hecho otras cosas mal, y cuando ha pasado me ha dicho que le prometiese que nunca iba a decir nada, y yo se lo prometí, y ahora me lo estoy saltando, pero es que no sé qué hacer para que todo pare.

—Estás haciendo bien porque solo le debes las promesas y la lealtad a la gente que te trata bien, solo a los que te tratan bien. Los que no lo hacen pierden ese derecho. —Me pregunté a mí misma si esas palabras, para mí tan obvias, eran de verdad extrañas para otras personas.

—Vale, Elvira. Es que llevamos mucho tiempo juntos y siempre nos hemos tratado regular, pero es que este año pasó algo con él y dos de sus amigos que yo no quería que pasara. Yo me enfadé un poco y le dije que quería dejarlo para siempre, pero él me dijo que no y que no podía contar nada porque no me iban a creer.

—Yo sí te voy a creer —me apresuré a responder. Un hormigueo incómodo recorrió mi antebrazo.

—¿Me lo prometes, porfi?

—Te lo prometo. Y no te voy a juzgar nunca.

—Gracias, Elvira. Y si no me acuerdo bien de algunas cosas, ¿también me vas a creer?

Afirmé de nuevo.

—Es que pasó una cosa un día que salimos al cumple de un amigo de Rodrigo. Ese día también fue cuando yo le dejé grabar el vídeo, pero eso fue antes, y yo no sabía lo que iba a pasar después —continuó—. Y cuando todo eso pasó y yo me enfadé, me dijo que no podía contárselo a mi hermana porque entonces le mandaría el vídeo a todo el mundo y nadie me creería cuando contase lo que pasó con sus amigos, y entonces tuve un poco de miedo de que saliera y se enteraran todos. —Pasaron un par de minutos en los que vi que escribía y borraba el mensaje antes de enviarlo—. Estoy pensando cómo seguir, perdón.

—Tranquila, tómate tu tiempo. Y no te preocupes porque no se va a enterar nadie.

—Hice algo que creo que está mal, Elvira. Yo bebí un poco, ¿vale?

—Eso no está mal —respondí de inmediato—, no te hace culpable de nada.

—Ya, pero es que luego pasó una cosa que si hubiera estado bien no habría pasado, pero como no lo sabía tampoco lo pensé. Yo bebí, y primero me acosté con Rodrigo y le dejé hacer el vídeo porque pensaba que sería algo para los dos, pensaba que le volvía a gustar tanto como antes. Además, estaba contenta porque habíamos terminado los exámenes y me lo estaba pasando muy bien, así que seguí bebiendo. ¿Hasta aquí estás enfadada conmigo o algo así? —Cuánta culpa albergaba ese cuerpo tan pequeño. ¿Acaso cabría en su cabeza algo más que no fuera culpabilidad y ese desasosiego incómodo e infantil?

—Para nada, Sara. Conmigo no tienes que tener miedo.

—Vale, perdón, es que estoy un poco asustada —respondió al rato—. La cosa es que los amigos de Rodrigo y él a veces toman algunas drogas cuando salen, pero yo nunca las he probado, ¿vale?

—Claro, te creo. ¿Y qué pasó? ¿Las probaste? ¿O te las dieron ellos? —Sabía que, por desgracia, en estos sucesos tienen más peso los detalles que el propio delito. Necesitaba saberlo todo desde el principio para que no tuviera que repetir la historia cien veces más. No conmigo, al menos.

—Me la dieron ellos, pero no me obligaron a cogerla, solo me la dieron y yo dije que no al principio, pero luego Rodrigo se enfadó y al final la cogí porque soy tonta. Entonces la probé y me preguntó si nos íbamos a una habitación solos otra vez y yo le respondí que sí, pero te juro que creía que quería estar conmigo a solas.

El descenso ya había comenzado. Intuía desde el principio cómo iba a ser la historia, la oscuridad de aquel secreto, pero ahí estaba: viviéndolo a cámara lenta, sucediendo delante de mis ojos sin que yo pudiera hacer nada. Quería zarandear la pantalla, irme lejos de esa conversación, taparme los ojos como en las películas de miedo que tan poco me gustan. Pero no podía. Una escena de terror estaba a punto de suceder ante mis ojos y yo no podía hacer nada por evitarlo.

—Entonces yo fui, y no sé cuánto tiempo pasó porque no me acuerdo mucho, pero Rodrigo en un momento se levantó y se fue a buscar a dos amigos suyos que se llaman Borja y Álex y vinieron con nosotros a esa habitación. —Sara no escribió nada durante dos minutos. Yo tampoco sabía qué responderle, cómo se anima a alguien a que continúe un relato tan terrible—. No sé cómo seguir, Elvira, es que no sé si lo estoy haciendo bien.

—Lo estás haciendo genial. Tú sigue como si lo estuvieras contando en voz alta. No pasa nada si te equivocas o se te olvida algo y luego quieres volver a ello.

—Recuerdo que yo estaba en la habitación y de repente llegaron los tres, pero no me acuerdo de cuándo fue, solo de verlos entrar. Recuerdo que Rodrigo se quitó la camisa y empezó a liarse conmigo y yo le dije que parase porque me daba vergüenza hacerlo delante de sus amigos, pero no sé explicar por qué seguí. Y recuerdo que después de eso pasó una cosa que no sé cómo contarla, Elvira. —Hizo otra pausa—. Es que nos acostamos.

—¿Rodrigo y tú? —le pregunté.

—No —respondió—. Bueno, también.

—¿Ellos? —seguí.

—Ellos conmigo. Es que no sé cómo explicarlo, perdón.

—Lo estás explicando muy bien, con mucha valentía.

¿Sigues pensando que soy valiente? —Sara niña, Sara pequeña, Sara minúscula.

—La que más. Tú cuéntame lo que recuerdes, aunque sean trozos sueltos.

—Me acuerdo de que se acercaron y me empezaron a tocar y yo le pedí a Rodrigo que parasen, aunque en realidad no estoy segura, perdón, pero creo que sí. Me acuerdo de que lo pensé y yo creo que se lo dije. Me acuerdo de que él me dijo que me relajase porque esas cosas las hacía todo el mundo, y me acuerdo de sus manos, y de que me tocaban y me daban besos, y de que yo no quería estar ahí. Solo me acuerdo de que me tocaban y yo estaba intentando no sentir nada, pero todo lo demás es un poco borroso. Me siento muy mal por no acordarme de todo y que parezca mentira, Elvira.

Levanté la mirada de la pantalla y me di cuenta de que se había hecho de noche. La luz ya no traspasaba el vidrio del vagón; ahora el cristal solo devolvía mi reflejo y la negritud de una tarde de finales de febrero. Me recliné sobre el asiento, intentando estirar las piernas. Sentí mi cuerpo entumecido. El hormigueo de mi muñeca se había intensificado y me costaba teclear cualquier respuesta. Llevaba años sin sentir ese cosquilleo incómodo, esa alerta de mi cuerpo. No quería seguir leyendo.

—No te preocupes por lo que no te acuerdes o por lo que dijiste o no dijiste. Te habían dado drogas. Y aunque no te las hubieran dado. No fue tu culpa, no eres responsable.

—¿Está mal si tengo un poco de ganas de llorar? —Casi pude oír el hipo, el tono de su voz quebrado.

—Llorar nunca está mal —le respondí.

—Me acuerdo de que me acosté con ellos y que no quería, pero creo que no dije nada, salvo al principio. Me acuerdo de que tenían el móvil y creo que a veces hacían fotos, pero no recuerdo quién. Y me acuerdo de que me dolía mucho porque nunca me había acostado con varios chicos a la vez.

Y luego ya me acuerdo de cosas sueltas que no sé si tienen sentido.

—¿Como cuáles? —le pregunté.

—Que un amigo de Rodrigo me obligó a tocarle y a hacerle cosas con la boca.

—¿Quién de los dos? ¿Álex o Borja?

—Creo que Álex, pero no estoy segura del todo. Es que a lo mejor me estoy inventando cosas sin querer y no era él, es un poco borroso y lioso todo, pero no te estoy mintiendo, te lo juro.

—¿Cuándo pasó esto?

—En las vacaciones de Navidad. Me acuerdo que terminamos y que en algún momento se fueron todos y yo me quedé en la cama mucho rato. No me moví ni hice nada, solo me quedé ahí, y luego entró Rodrigo y me dijo que no me podía llevar a casa porque había bebido. No sé cuánto tiempo pasó, pero me acuerdo de que me fui andando y terminé sentada en un bordillo llorando porque no sabía dónde estaba hasta que llamé a un taxi y me fui a casa.

Todo el peso de Sara cayó sobre mí en ese momento. Sentí cómo se me llenaban los pulmones de ceniza y me costaba respirar. El oxígeno del vagón se había vuelto espeso y casi podía tocarlo. Una capa de aire gris me cubrió todo el cuerpo y se me metió por la nariz, provocándome espasmos musculares. Estaba atrapada. Encadenada a esa historia de por vida. Tanto horror: no era capaz de asimilarlo. Tan pequeña: eso no podía haberle pasado. Sara niña, Sara minúscula, ¿qué han hecho contigo? ¿En qué te han convertido? Acababa de pasar: ese secreto ya era nuestro, esa historia me pertenecía a mí también. Me dolían los huesos, las uñas, quería romper el asiento, arañar la ventana, gritar al tipo que llevaba detrás. ¿Cómo podía seguir el tren el movimiento? ¿Hacia qué lugar me llevaba, si todo estaba ya infectado? Yo también me sentí sucia. Pensé que la historia de Sara me venía muy grande y, al mismo tiempo, supe que estaba contemplando a una mujer troceada por la violencia de otros que me necesitaba.

La conversación no duró mucho más. La historia continuaba tal y como pensaba: Rodrigo la había chantajeado con difundir el vídeo si ella le contaba a alguien lo que había pasado. Sara se enfadó con él y unas semanas antes de hablar conmigo por primera vez le amenazó con contárselo a Laia. Por lo visto, él había hecho un comentario irrespetuoso sobre su cuerpo y ella se había defendido usando a su hermana. «Yo solo creía que si le decía eso me iba a pedir perdón y a tratarme bien», me dijo. Sin embargo, él difundió el vídeo y todo —la ansiedad, el intento de suicidio, el ruido que hacía su nariz al llorar, los terrores nocturnos, la guía para respirar, ella y yo, su dulzura, mi delicadeza, las tardes enganchada a sus palabras, las confesiones, sus dedos largos acariciando mi brazo, su esqueleto asomándose al mundo de nuevo, mi cuerpo esperándola— comenzó.

9

Escucho algo, creo que viene de la cocina de los vecinos. Estoy en la habitación de invitados y la ventana da a un patio de luces que comunica con su casa. Es un ruido que no conozco y abro los ojos con extrañeza. Me giro para alcanzar el teléfono y comprobar la hora. Estoy agotada, me duele todo el cuerpo, parece que he estado corriendo toda la noche. Lo siento entumecido, agarrotado.

Llevo semanas teniendo pesadillas. No siempre me acuerdo de lo que sucede, pero la presión en el pecho con la que me levanto es la misma cada mañana. Es como si alguien se hubiera subido encima de mí y me hubiera estado apisonando el tórax con su peso durante horas. Me asusta pensar en todo lo que me ocurre mientras estoy dormida porque tengo la sensación de que deben de ser cosas horribles; de otro modo, no entiendo el estado en el que me despierto.

Trato de hacer memoria para recordar el sueño de hoy, pero no lo consigo. La temática de mis pesadillas suele repetirse de manera prolongada según la época que esté viviendo. Hace algunos años, soñaba con asiduidad con persecuciones a oscuras de hombres que querían abusar sexualmente de mí. Corría y corría y justo cuando estaban a punto de alcanzarme —siempre en grupo, siempre con risas de fondo— me tropezaba en una zanja y me caía al suelo. Entonces, cuando sus manos descomunales y desfiguradas por el desvarío estaban a punto de tocarme, me despertaba aterrada y envuelta en sudor. Sus caras, siempre ocultas, me seguían por calles estrechas y desocupadas. A veces llegaba a la cima de una montaña y otras terminaba en un callejón sin salida, pero solía acabar en el suelo, incapacitada, a punto de ser violada. Que me violen es una de las cosas que más pánico me dan. He intentado descifrar de dónde viene a través de terapias alternativas y viajes a partes muy profundas de mi psique. En esa época, sufrí un ataque de pánico al encontrarme un nido de cucarachas en mi casa. Al mismo tiempo, en el plano laboral, llevaba un tiempo sintiéndome demasiado expuesta. Después de analizar en consulta esos episodios y relacionarlos con las pesadillas, creo que de alguna manera entendí que lo que verdaderamente me daba miedo era la invasión de mi intimidad, la exposición involuntaria de la misma. Violadores, sobreexposición o cucarachas que trepan por mi cuerpo: lo que provocan en mí es lo mismo.

Hay otras épocas en las que sueño con exámenes del colegio o del instituto que no soy capaz de responder. ¿Son las pesadillas otra forma de autoboicot? ¿O solo simples avisos sobre lo ridículo de nuestras obsesiones?

Desde que conozco a Sara, mis pesadillas se han intensificado y han abierto nuevos caminos. Aunque hace tiempo que no sueño con mi propia violación, las alternativas no son mucho mejores. Suelo verme a mí misma en mitad de una guerra, casi siempre civil, en escenarios derruidos por las bombas y los disparos, paisajes de mi infancia llenos de muerte en los que, a veces, aparece alguien de mi familia en uno de los bandos y, otras, se manifiesta alguna referencia a mi casa o a la de mis padres. Que vivo en una guerra mental conmigo misma no es una novedad. Este tipo de escenarios se muestran en momentos en los que mi creatividad está latente y yo me entrego a ella, con el esfuerzo emocional que eso supone. Escribir esta historia, repasar cada detalle, acariciar la rugosidad de los momentos compartidos juntas, volver a sentir esas emociones, escuchar de nuevo su voz, sobrevivir a ella, en definitiva, es mi gran lucha, una batalla que no me deja descansar cuando se hace de noche y yo caigo rendida, esta vez sí, ante el polvo levantado del suelo.

A menudo también sueño con la cárcel. La privación de mi libertad es, junto con la invasión de mi intimidad, uno de mis grandes temores. Me bloquea hasta tal punto que soy incapaz de ver una pe-

lícula que transcurra en una prisión. No padezco de claustrofobia ni nada que se le parezca: creo que está más relacionado con la falta de luz y con la sensación de estar atrapada en un sitio en el que no quiero estar. En La canción de nosotros, *Eduardo Galeano describió la escena de un preso político que leía en las paredes de su celda las palabras que otro había escrito y que terminarían convirtiéndose en mi mantra: «afuera siempre creyeron en vos». Yo vuelvo a esa frase a menudo, cada vez que me siento alejada del resto, desconectada, retenida en un lugar inhóspito. Así que ahora trato de ser alguien para Sara y se lo repito cada día para que sea consciente de que fuera de su cárcel hay alguien que cree en ella. Entiendo lo que debe de sentir: por eso duele tanto.*

Acompaño a Sara todas las noches en su sueño a través del teléfono. Estoy con ella cuando me anuncia que se va a dormir, cuando le recuerdo que se tome la pastilla recomendada por su psicóloga, cuando me dice que se quiere quedar sentada con la luz encendida para no quedarse dormida y que Rodrigo no vuelva a hacerle daño. También estoy con ella al despertarme, cuando cojo el teléfono y veo sus mensajes a las cuatro o cinco de la madrugada: «no puede ser, a que no, no puede ser, no es verdad, tengo miedo, Elvira, me ha tocado». Me invento sueños y le cuento historias amables para que se vaya a dormir con la mente algo más limpia. Le pido, también, que me cuente lo que quiere soñar, que me describa con detalle una escena que le haga muy feliz y la repita una y otra vez en su cabeza hasta que se quede dormida. Es ella quien tiene que verbalizarlo para conseguirlo. Pero no suele funcionar. Una tarde me contó que había hecho un huequito detrás de la almohada para colocar uno de mis libros y sentir así que estaba durmiendo conmigo y que la cuidaba. Yo flaqueo al leerla. Creo que la necesito y no sé desde cuándo.

He sido yo quien ha insistido en que durmiéramos juntas para tratar de aliviar sus terrores nocturnos. Por eso esta noche es importante. Por eso deseo meterme dentro de esa escena y ser yo quien combata su pesadilla. No quiero que ese cuerpo febril se enfrente solo al terror al que ya empieza a acostumbrarse. No quiero químicos en su cuerpo, no quiero que una niña de diecisiete años requiera de pastillas para conciliar el sueño, no quiero que me diga que se despierta todas las madrugadas con el cuerpo totalmente bloqueado, incapaz de moverse hasta que es consciente de que se ha hecho pis encima y entonces el miedo da paso a la vergüenza. No quiero que se levante aturdida de madrugada a poner una lavadora y cambiar las sábanas para que su padre no se entere. No quiero que la violen mientras descansa, que su mente recree una y otra vez escenas de crueldad y desgarros. No quiero despertarme con mensajes de pánico y sentirme lejos e incapaz. Voy a dormir con ella. Voy a darle toda mi fuerza.

Dejo el teléfono y me vuelvo hacia ella. Parece que duerme sin tormentos. La violencia de la noche anterior ha dado paso a un estado de tranquilidad que se me antoja casi milagroso. Procuro no moverme demasiado y me quedo mirándola, no sin cierto rubor que pronto se disipa. Hay un cuerpo extraño junto a mí en una cama en la que nunca descanso y llevo tanto tiempo durmiendo sola que no sé cómo colocarme. Desconozco cómo hemos llegado a la misma cama, ella y yo. Trato de reflexionar sobre ello, pero lo cierto es que mis pensamientos están en otro sitio. Siento por Sara lo mismo que siento por los animales que recojo y doy hogar hasta que llega una familia que los merece. Los subo en mi cama, duermo con ellos en el sofá, los dejo que se comporten como lo que son. Han tenido una vida de mierda y serán otros los que les impongan sus normas, no yo. Soy su transición, un paseo breve hasta llegar a su casa definitiva, el otro extremo de la libertad. Me fijo en cómo se mueve su cuerpo: parece un barquito averiado durmiendo en la orilla del puerto. No quiero que se despierte, prefiero quedarme con la imagen pacífica de sus costillas. Está respirando de una manera normal por primera vez en mucho tiempo. Está descansando.

Recuerdo los meses en los que estuve cuidando de mi perro cuando enfermó. Tango vomitaba todo lo que comía por un problema en el esófago y corría el riesgo de que la comida se colara en sus pulmones, provocándole una bronconeumonía. Cada noche me acostaba con la lámpara de la mesilla encendida por si me necesitaba y tardaba más de la cuenta en encontrarlo y ayudarlo. Hubiera dado igual la luz: antes de la primera arcada yo ya estaba arrodillada a su lado. Llegar tarde: ese miedo, ese peso. Es angustioso saberse imprescindible. En el momento te hace sentir tan útil que sientes no solo que puedes con ello, sino que eres tú la elegida para salvarlo. Ese poder es triste y adictivo.

En esa época, no dormía. Pausé mi vida y nos fuimos a otro lugar hasta que murió y desanduve todos los caminos que tracé hacia él. Volver a mi casa sin Tango me dejó herida para siempre. Pero el cuidado, ese cuidado, el amor en la caricia, ese vínculo dañino y hermoso que trae la enfermedad, me hizo sentir más viva que nunca. El cansancio me sostenía, pero era el amor el que dirigía mi cuerpo por inercia a quien me necesitaba. Como ahora: estoy terriblemente cansada, pero hay algo que me lleva a Sara, y no sé si es cariño, poder o mi falta de limitaciones, pero aquí estoy, viéndola dormir, cumpliendo una necesidad.

Le aparto el pelo de la cara con suavidad. Está sucio por el sudor y la luz que entra por la ventana emite breves reflejos sobre su piel grisácea. La mandíbula estructura su cara, la vuelve rígida, pero el vello escaso y claro que la cubre le otorga una sensación sedosa. Al contacto con mis dedos, se sobresalta. Abre los ojos y con ellos un abismo. Me mira fijamente: está asustada, puedo oír la estampida. Es breve, pero a su lado todo transcurre de una manera tan lenta que podría componer una canción con ese ritmo acelerado y constante. Le sonrío, ella susurra mi nombre en mitad de un suspiro y se tranquiliza. Se disculpa por haberme despertado de madrugada. «Tenía mucho miedo», me dice. Le respondo que no se sienta responsable; fui yo quien dejó la puerta abierta por si me necesitaba. Le pido que descansemos un rato más antes de desayunar y empezar el día y asiente con complacencia.

Su cuerpo es tan escuálido que puedo abrazarlo con un solo brazo. Se queda así y me parece un acto hermoso de confianza. Viento, en una esquina, apoya su cabeza sobre mis pies. Notar su peso, sostener el de Sara: mi cuerpo está atrapado en la gravedad de un amor profundo. Me siento útil por primera vez en mucho tiempo. No es que rellene todos mis vacíos: es que están pasando a un segundo plano. A su lado, mis problemas carecen de importancia y eso me provoca un placer extraño y agradable. La voz de Sara se diluye entre palabras de disculpa y agradecimiento hasta apagarse por completo. Yo me quedo así, totalmente quieta. Tengo la firme intención de no quedarme dormida, de velar su sueño.

No conseguimos dormir más de dos horas seguidas. Me pregunta cómo he dormido y le respondo que bien porque estábamos juntas. «Creo que esta noche no he tenido pesadillas, hada», me dice sonriendo, y yo rememoro cómo se agarrotaba su cuer-

po en el momento en el que se abandonaba al sueño. No lo recuerda, pero ha pasado cuatro o cinco veces. Me apretaba la mano y al rato dejaba de sentir la fuerza. Se quedaba dormida. Aguantaba así diez o quince minutos: entonces se incorporaba sobresaltada, con el pulso acelerado y los ojos tan abiertos que casi se caían, y me miraba con pánico hasta que yo le susurraba que estaba todo bien, que estaba conmigo, que había sido una pesadilla.

He dormido abrazada a su ansiedad y creo que una parte de mí se ha contagiado. Nunca olvidaré esta noche. Quizá ella sí.

Aprovecho su ánimo y le pregunto si quiere hablar de algo. Estamos tranquilas, cubiertas bajo el edredón, la persiana nos protege de la luz. Me gusta mirarla. Quizá este sea su primer refugio, puede que entre las dos hayamos construido por fin un recuerdo feliz en su memoria. Me responde que se siente muy bien, que le he quitado el miedo. Me da las gracias por ayudarla y por haber dejado que me contara lo que le pasa por la noche. Me dice que ha probado varios trucos, pero que ninguno le ha funcionado: beber solo un vaso de agua desde las cinco de la tarde, comer canela, dormir con ropa incómoda. Por lo visto, su padre le ha dicho que por qué bebe agua cenando si se supone que está intentando de todo para que deje de pasarle, que deje de compadecerse, que no hace otra cosa. Me pide que no se lo cuente a su hermana y le respondo que lo único que quiero es que nadie le haga dudar de todo lo que está haciendo para encontrarse mejor, y que se olvide de lo del agua y beba, que es importante, que lo suyo no es un problema físico sino un trauma que hay que resolver. Me dice que le pone muy triste tener esas pesadillas y entonces le hablo de las mías y comparto con ella cosas que no he hablado nunca con nadie. Quiero que sienta que no está sola y me descubro. Confío en ella porque sé que el dolor sirve de lugar de unión para personas que no se conocen. Le concedo mi daño y la invito a bailar con él.

No sé cómo terminamos hablando de mi vida. Pienso que estoy utilizando mi propia historia para aliviar la suya y eso me hace dudar brevemente de mi decisión. ¿Lo estoy haciendo bien? Es como si estuviéramos en una reunión de tristes anónimos. Para mí, la empatía es el punto en común de todas las emociones, y aunque defiendo que no hay que sufrir un daño para ser capaz de comprender el de otro, tengo la creencia de que a Sara le puede venir bien escucharme, saber que la suya no es la única herida del mundo, aunque todos las llevemos con orgullo y cierto narcisismo. Puede que, si me coloco al otro lado, justo en el que se encuentra, y cambiamos los papeles por un momento, sea ella quien crezca y se arme para intentar curarme. Es un nuevo intento por socorrerla.

Me giro hacia ella y la miro de una manera distinta. Tiene los ojos pegajosos por las legañas. Me adueño de sus maneras y le pregunto si le puedo contar algo. «Claro que puedes, Elvira, me pue-

des contar lo que sea, si quieres te hago cosquillas en el brazo mientras», responde enseguida, con el gesto serio y expectante, como el de la niña que desea ser adulta. Quiere quererme bien. No me dejo nada. Le hablo de la vez que un hombre me drogó en una discoteca y cómo terminé, sin saberlo, a horcajadas sobre él en mitad de la calle, con un deseo que no era mío pero que mi cuerpo sentía como algo irracional, con tanto delirio que se asustó y me dejó tirada en la calle sin llegar a consumar la agresión del todo. Le digo, también, que tardé siete u ocho días en recordar lo que me había pasado, pero seis o siete años en ponerle nombre. Le hablo de mi ataque de ansiedad más fuerte, unos años atrás, fruto de una relación violenta y cruel en su final que me llevó a desear morir en más de una ocasión. Le detallo la tarde en la que me tomé dos pastillas porque no podía más. Había estado una hora sujetando con mi cuerpo la puerta del baño para que mi pareja de entonces no entrara mientras ella intentaba forzarla y me gritaba que si estaba así era solo por mi culpa. La misma que un par de días antes me había lanzado un teléfono provocándome un moratón en el brazo. La misma que me había maltratado psicológicamente señalando mi soledad para convencerme de que ella era la única persona a la que necesitaba. La misma que se reía cuando a mí me faltaba el aire. Le digo que fue después de aquello cuando aprendí a respirar. Le cuento que casi todos mis amigos de la infancia me abandonaron y que esa es una de mis grandes heridas, algo que sé que nunca dejará de dolerme, y que el pánico a que me abandonen me ha convertido en una persona taciturna que encuentra consuelo en aliviar las tristezas de los demás. Le confieso todas las veces en las que me siento incapaz de lograr algo, que soy una impostora, que todo en mí es palabrería. Le cuento que yo también tengo problemas con mi cuerpo, igual que ella, igual que todas las mujeres que habitan este planeta, y que también he tenido ganas de hacerme daño. Le hablo, con más esfuerzo, de la muerte de Tango. Le digo que aún hay gente que se equivoca y llama a Viento por su nombre y me piden perdón, pero le explico que a mí me encanta, aunque me ponga triste, porque es como tenerlo otra vez conmigo, y creo que hay que hablar de los que queremos para mantenerlos vivos. Le cuento cosas que no he compartido con nadie, como que el día que volví a mi casa sin él me senté en el suelo, derrotada, y lo vi, a mi lado, tumbado, mirándome fijamente, con el cuerpo en paz, y entonces entendí que todo lo que me alivia me sirve, venga de donde venga, me digan lo que me digan.

Le cuento tantas cosas que cuando quiero darme cuenta Sara lo sabe todo y a mí no me queda nada.

Me quedo en silencio. Ella me acerca a su esqueleto y me coloca la cabeza sobre su clavícula, que se me incrusta en la mandíbula y me molesta, pero la dejo hacer. Me pide perdón por no haberme pregun-

tado nunca cómo estoy y me dice que no me preocupe, que ella va a estar conmigo siempre, que no me voy a sentir sola jamás. Añade que siente mucho todo lo que me han hecho, que me entiende y que desearía tener una varita mágica para poder deshacer todo lo que me ha pasado. Me dice que le da mucha pena no saber cómo ayudarme. No ha parado ni un momento de hacerme cosquillas en el brazo. Un día le conté que de pequeña me tumbaba sobre las piernas de mi madre y le pedía que me hiciera cosquillas, que repasara mi piel con su dedo índice, tan suave y cálido, tan profundamente cuidadoso. Las manos de mi madre. Respiro sobre su hombro. La presión del pecho ha desaparecido y me entra el sueño.

Sara solo quiere que la cuiden. Y yo soy el mismo animal. Quizá eso es lo que nos acerca, lo que nos une: el deseo, el instinto, de cuidar, sí, pero también de ser cuidadas.

10

El vídeo era la punta de una historia de maltrato y abusos continuada en el tiempo. Rascar la capa de polvo que cubría a Sara solo significaba seguir encontrando suciedad. Lo que empezó con la filtración no consentida de un encuentro sexual se había convertido en algo retorcido que justificaba su actitud anulada en el mundo: años de violencias, de sometimiento y de manipulación que caerían sobre mí gota a gota, día a día, en un ritual obsesivo de tortura.

A medida que nuestras conversaciones se llenaron de confesiones, la relación entre las dos se estrechó hasta el punto de convertirme en destinataria única de su daño. Nunca llegué a sentirlo como una carga: para mí solo había un camino y era el que nos llevaba juntas a su recuperación. Sabía que no sería fácil, que habría que desenredar todos y cada uno de sus recuerdos para colocarlos en el lugar adecuado, que habría que limpiar su cerebro y darle forma de nuevo y que tendría que escuchar y hacer mías cosas para las que no estaba preparada, pero quizá ese era mi fin, puede que por eso nos hubiéramos encontrado. Lo asumí como tal. No me aparté, no quise echarme a un lado. Me hizo responsable de su bienestar, sí, pero es que yo se lo pedí.

Después de contarme lo que había pasado aquella noche, Sara entró en un bucle del que me costaría sacarla unos días. Le preocupaba el daño que podía causar su denuncia, tanto a los culpables como a mí misma por el hecho de saberlo, así que quería retirarla y seguir con su vida, eso decía, al mismo tiempo que me preguntaba qué pasaría si ella no quería vivir más de esa manera. «¿Si yo dejase de existir tú piensas que mi familia me echaría de menos o que descansaría de tantos problemas?» Al rato, me pedía perdón y me suplicaba que no la dejara sola, que no me alejara de ella, que le daba ganas de vivir y que confiaba en mí más que en nadie. Yo intenté explicarle la importancia de su denuncia, que debía hacerlo por ella misma, para protegerse, para recuperarse, para hacer justicia y defenderse, pero ella estaba profundamente cansada y yo no quería presionarla. ¿Hasta qué punto se puede poner sobre los hombros de una víctima todo el peso de un sistema corrupto? No era justo cargarla con aquello, era cruel, tenía que existir otra manera. Es demencial que la única manera que tenga una mujer de protegerse sea sacrificándose. Porque no: ni había otra opción ni de haberla se encontraba a nuestro alcance. Sentí, como con casi todo lo que le pasaba a Sara, que llegaba tarde.

Estuvo cinco horas en comisaría, cinco largas horas de una mañana que partió por la mitad el mes de febrero de ese año tan salvaje. Recuerdo que me desperté pronto, se me derramó el café en la cocina, estuve más de veinte minutos bajo la ducha. Me quedé cerca de una hora sentada en la taza del cuarto de baño esperando que la pantalla se iluminara con su nombre (¿acaso hacía otra cosa durante aquella época?). Tendí la ropa y volví a lavarla porque me di cuenta de que no había puesto el detergente en la lavadora. Hablé con mi padre, pero no recuerdo de qué. Traté de terminar un par de encargos sin despegar la mirada del teléfono. Me había escrito a las nueve de la mañana:

—Elvira, hola, estoy yendo con mi hermana a la comisaría para denunciar lo que hablamos el otro día porque ella sí que quiere y yo no, pero no sé ni por qué lo estoy haciendo. Estoy muy cansada y no sé qué va a pasar ahora, pero yo quería que fueras tú la primera persona en saber que estamos yendo a denunciar, ¿vale? Pero no te alejes de mí para siempre por estar haciendo esto, porfi.

A las tres y media de la tarde recibí, por fin, un mensaje suyo seguido de un audio. Su voz sonaba tan exhausta que entorné los ojos y me acerqué el teléfono al oído en un intento de amplificarla. Recuerdo el temblor y la sensación de su boca llena de humo antes de hablar. La imaginé saliendo de la comisaría, pidiendo un mechero a alguien, sus mejillas descarnadas al inhalar el tabaco quemado, la vida consumiéndola. Verla fumar era una guerra civil.

Me contó que había estado en un despacho muy pequeño con dos policías hombres que la habían tratado bien, aunque uno de ellos se había enfadado un poco con ella porque iba muy despacio. Por lo visto, después de contar lo que había pasado con detalle tres o cuatro veces, había entrado una policía que había sido muy buena y delicada con ella. Le había preguntado si quería salir a tomar un poco el aire antes de seguir y se habían fumado un cigarrillo juntas. Después, habían hablado durante un buen rato de sus derechos no sin antes volver a contar la historia desde el principio, pero llevaba tanto tiempo llorando que no se había enterado de nada. Laia me escribió después y me explicó que le habían pedido que firmara ella también la declaración de su hermana y que tendrían que volver en unos días para continuar con el proceso.

Llené la pantalla de palabras bonitas, palabras amables, letras que admiraban su valentía, que buscaban zambullirse en la conversación y salir a coger aire para abrazarla. Deseé estar con ella. Lamenté no haberle propuesto recogerla a la salida y así conocer por fin a su hermana e irnos juntas a otro sitio.

—¿Qué va a pasar ahora conmigo y con ellos? —me preguntó.

Me sentí fuera de la historia. Sara era la primera mujer víctima de la violencia machista que conocía. Todos los titulares que leía prácticamente cada día en la prensa sobre mujeres agredidas o asesinadas se me antojaban sinopsis macabras de películas que nunca vería. Es escalofriante la anestesia que concede en algunas personas la normalización, el hábito de una violencia como esta. Esto era otra cosa: estaba delante de mí y a mi lado, dormía conmigo, me despertaba con ella. Era testigo de cada paso, de lo complejo del avance, de las consecuencias. Tenía un nombre, un libro favorito, un marrón determinado como color de ojos. Vivía en un piso en una dirección precisa y le gustaban los galgos, aunque su animal favorito era la jirafa. Su flor preferida era el girasol y odiaba comer. Quería estudiar Bellas Artes, pero ahora solo pensaba en dejar el instituto. Sara era un cúmulo de detalles que la convertían en alguien no solo real sino a mi alcance. Se convirtió en una oportunidad para equilibrar mínimamente la balanza. Aportar algo: ese era mi pensamiento. Ayudar a Sara para ayudar a todas las mujeres. Esa era mi esperanza.

—Pues que no te van a hacer daño nunca más y tú poco a poco vas a estar bien. Confía en mí:

has hecho lo mejor. —Sentía un orgullo diferente, maternal—. ¿Qué te ha dicho tu hermana? ¿Está contenta?

—Ha llorado un poco por mi culpa, pero me ha dicho que soy valiente y que lo he hecho genial y que así ya se va a empezar a solucionar todo.

—No es por tu culpa, Sara —le escribí—, y Laia tiene toda la razón.

—Elvira, ¿tú sabes si ahora ellos van a ir a la cárcel? Es que me ha dado un poco de miedo preguntarlo.

—No lo sé, pero si me preguntas si quiero te diría que ojalá lo hagan porque se lo merecen.

Me quemaba la garganta cuando Rodrigo aparecía en la conversación. Era algo físico: me mordía el labio sin darme cuenta, me clavaba los dientes y me quedaba ahí, un rato, hasta que notaba el dolor y entonces tragaba saliva y con ella la ira, y con ella el asco, y con ella el odio que sentía por ese hombre del que solo conocía su violencia, y entonces el estómago me ardía, se me hinchaba la tripa y notaba cómo mi intestino estrangulaba el cuello de Rodrigo y lo dejaba ahí, asfixiado y protegido en las paredes de mi abdomen.

No podía decírselo a Sara. No de una manera tan evidente, al menos. No quería enfrentarla a esa situación. Ella aún dependía emocionalmente de él: le denunciaba sin ser consciente de que no volvería a verlo y esa ingenuidad era la que le iba a ayudar a dar ese paso. Ponerla delante del monstruo real que era la persona con la que ella había crecido y se había desarrollado, a través de cuyos ojos había observado el mundo por primera vez, la sumiría en otro proceso de deconstrucción para el que no estaba preparada. Me interesaba más que se centrase en ella misma, que analizara cada grieta, que pensara en un futuro cercano más que en su pasado más reciente.

Y no era solo eso. Los límites de Sara estaban ligados a los míos, o puede que fuera al revés. Me parecía peligroso entrar con ella en el mundo de Rodrigo porque no me veía capaz de sacarla de él, y eso me sumió en un estado de frustración que solo sirvió para alimentar mi empeño.

Durante los días posteriores a la denuncia, todo empeoró. No había momento en el que Sara no dudara o no se arrepintiera de haber ido a la comisaría. La situación se puso, de nuevo, muy tensa en su instituto. Volvió a recibir varios mensajes de distintos compañeros y amigas que le echaban en cara haber denunciado a Rodrigo, que aunque ya no estaba en el instituto, todos lo conocían. Le decían que se lo había inventado, que nadie de clase la creía, que se estaba comportando como una niña, que era una puta. Le exigían respuestas, que la retirase, que diera la cara. Yo le pedí que me enviara todas las conversaciones: quería leerlas, asegurarme de que no estaba en peligro. El instituto es un mundo para quien lo habita. Cada suceso que pasa ahí dentro se amplifica, cobra una importancia desmedida, y así ha de ser, como un ensayo o un ejercicio de entrenamiento. Todo es tan frágil, tan consecuente, marca de una manera tan rápida y agresiva que parece una suerte de lotería, un mal llamado destino cuando en muchas ocasiones no es más que una injusticia, inacción, dejadez por parte de los responsables, falta de educación en casa. Es una réplica a menor escala de la sociedad y su construcción social. Si una tiene una buena experiencia, la transición no debería ser tan compleja. Si, por el contrario, sufre acoso, presiones indebidas, hábitos traumáticos, esa etapa resultará igual de infernal que la mudanza a la madurez, donde con suerte fabricará su propio espacio seguro y quizá, solo quizá, consiga reconstruirse a pesar de las consecuencias. Pase lo que pase, es una etapa que nunca se olvida.

Me volví loca. Sentí un impulso de ir a su instituto, hablar con sus profesores, exponerlos ante el público. Quería contar su caso, que sangraran las paredes de ese centro, señalarlos igual que ellos señalaban a Sara para después mirar a otro sitio. No habían hecho nada para evitar la difusión del vídeo y ahora que sabíamos lo que había detrás se mantenían igual de estáticos. Había días en los que era Laia la que quería prender fuego al centro y otros era yo la que necesitaba que me quitase la idea de la cabeza. Me hervía la sangre como me ha pasado siempre que he sido testigo de un abuso. No siento rabia cuando es mi cuerpo el agredido, cuando es a mí a quien dañan, pero no tolero esa pasividad que permite que lo hagan con otros. Quizá me creo capaz de soportarlo y no alcanzo a ver en otros esa fortaleza, por eso me revuelvo y me expongo. ¿Es narcisismo? ¿Empeño? ¿O pura predisposición? ¿Acaso reduzco al otro, lo infravaloro desde el comienzo? Aún hoy no soy capaz de identificar en qué lugar nace esa tendencia, pero sé que forma parte de mí de una manera irremediable, a pesar de la toxicidad. Quiero saber por qué acepto mi daño y no admito el de los demás. No logro responderme.

Finalmente, evité el conflicto directo con el centro. Decidí dirigir mis fuerzas hacia Sara, no apartarme de ella, acompañarla en su camino. Estaba rodeada de tantas guerras que debía elegir, centrarme en una. Y esa sería siempre la que incumbía a su bienestar más allá de venganzas, que es algo en lo que nunca he creído. Ya tomaríamos decisiones. Escribí a Laia y fue ella la que se encargó de reunirse con la jefa de estudios y acordar que dejara a su hermana continuar las clases desde casa.

Pero el acoso continuó hasta el punto de que fue una de sus mejores amigas, Paula, la que volvió a difundir su vídeo entre todos los que quedaban por verlo. Fue la estocada definitiva para Sara. Laia había hablado con su madre y ella, en un arrebato de odio, se había vengado después de decirle que la odiaba y que no sabía cómo había podido ser su amiga. El instituto decidió expulsarla y no tardó en ponerse en contacto con Sara para terminar el golpe:

He escrito este mensaje muchas veces y lo he borrado porque ni siquiera sé qué decirte. Supongo que ya te has enterado de que me han echado del instituto por tu culpa y que todo el mundo se ha enterado. Nunca me hubiese imaginado que íbamos a acabar así y lo único bueno que saco de esto es haber descubierto que eres la persona más asquerosa que conozco y que no pienso volver a dirigirte la puta palabra. A lo mejor me equivoqué mandando tu vídeo, vale, pero no lo habría hecho si no hubieras mentido en algo tan grave que ha hecho tanto daño a una persona que quiero, que quieres y sobre todo que te quiere a ti, a pesar de sus errores y virtudes. Te has cargado tu relación con Rodri y la nuestra por ser una mentirosa de mierda, además de que me has hecho daño, espero que te haya compensado. Te juro que toda la rabia que siento se va a volver contra ti y no vas a volver a tener una amiga en tu puta vida porque todo el insti sabe lo que has hecho. Me voy a asegurar de que no haces daño a ningún pavo ni a ninguna amiga más, te lo juro. Por mi parte nada más, sé que lo hice mal con el vídeo y te pido perdón si te ha molestado, pero honestamente no creo que se acerque al daño que has hecho tú a varias personas, sobre todo a los que se suponía que éramos el amor de tu vida y tu mejor amiga. Entiendo que te intentases suicidar porque vivir dentro de ti debe de ser bastante miserable, pero al menos esta vez no seas tan cobarde y ten cojones para contar la verdad. No quiero saber nada de ti, solo espero que te vayas a dormir hecha una puta mierda igual que me voy a ir yo hoy y que sientas lo mismo todos los días de tu vida si es que no te da por hacer otra niñatada pronto. Vas a quedarte sola, me voy a encargar de ello. Y vas a acabar yendo a la cárcel por mentirosa. Te diría que ha sido un placer, pero ni siquiera lo siento así. Adiós, Sara.

—Yo no quería hacer daño a nadie, Elvira, me siento muy mal, yo solo quería que todo parase y me dejasen en paz, te lo prometo —me dijo después de enviarme la captura del mensaje de Paula. Las lágrimas y la respiración acelerada entorpecían la conversación. Se ahogaba.

—Lo sé, Sara, igual que sé que tú no la habrías denunciado ni habrías querido que la echasen del insti, pero todo eso que dice es una burrada, no te creas ni una palabra. Entiendo que te duela muchísimo porque me duele hasta a mí, pero esa tía es una idiota, Sara. Y no te dejo llorar por ella. Así que ponte de pie, enfádate, grita y chilla si quieres, da un puñetazo a la almohada, desahógate, pero por esa tía no llores, no se merece nada de ti. —Recuerdo mi enfado. Estaba tan cabreada que, sin darme cuenta, le prohibí que llorara.

De alguna manera, asumía el maltrato de su novio y los insultos de sus colegas. Los reconocía: era un mal viviente, existía, no se podía negar, solo luchar. Pero que su mejor amiga no la creyese, la destrozase de esta manera y la empujara a un lugar tan horrible, minimizando su intento de suicidio, alentándola a cometerlo de nuevo, me parecía repugnante. Debemos creernos. Antes de nada, debemos hacerlo. Aunque haya dudas, malestar o posiciones incómodas: la primera respuesta debe ser «yo te creo».

—Es que parece que he hecho algo horrible y que hay personas que van a sufrir por mi culpa y yo no quiero nada de eso —escribió.

—¿Pero acaso esa gente que te da miedo que sufra «por tu culpa», como tú dices, se ha preocupado por ti todo este tiempo? —le pregunté.

—Algunas veces, aunque últimamente ya no tanto, y ahora no, claro.

—Entonces no merecen que te preocupes por ellos. —Pensaba repetírselo todas las veces que hiciera falta.

—Es que no sé por qué no me creen y me pongo muy triste. Ni siquiera se me había ocurrido nunca inventarme algo así, te lo prometo, Elvira, nunca había pensado que haya alguien que lo haga. Perdón, es que estoy muy nerviosa y no puedo pensar, solo quiero ponerme a llorar. ¿Alguien en el mundo que no seáis tú y mi hermana me va a creer?

—Claro que sí, Sara. Te creo yo, te cree tu hermana, y también te creen los policías y te va a creer un juez, que es quien tiene que hacerlo. Yo sé que tu instituto parece un mundo, pero cuando termines te vas a dar cuenta de que el universo es enorme y no los vas a volver a ver. Hay muchas chicas en tu situación, ¿sabes? Y consiguen salir adelante con ayuda, porque todos la necesitamos.

—¿Hay muchas chicas a las que casi nadie cree? —me preguntó, y yo me partí en dos.

—Tú ya lo sabes: en el mundo hay gente buena y gente mala. Y hay muchas chicas que pasan por lo mismo que tú. Y también piensan que nadie las cree porque les han convencido de ello. Pero no es verdad: muchas las creen, y las ayudan, y las apoyan, y consiguen salir de ahí. Tienes que creerme.

—Si yo tardo mucho, ¿te vas a cansar y me vas a dejar sola igual que todo mi instituto?

A Sara había empezado a dejarle de importar lo que hicieran sus amigas con tal de que yo siguiera a su lado. Reconocí ese comienzo de dependencia como un paso inevitable en su reconstrucción. Yo sería su puente. Aprendería a hacerlo sola, estaba segura, pero ahora necesitaba mi ayuda.

—Claro que no, y no te vas a quedar sola. Pase lo que pase yo voy a estar contigo.

—¿Por qué me tratan tan mal mis amigas, Elvira?

—Porque no lo son, Sara, son malas personas. Pero también hay buenas. Piensa en las que te ayudan. Conocerás a gente mucho mejor. ¿Quieres que te cuente un truco? —Sacar la chistera con Sara solía funcionar. Dotarle a todo de un tono infantil, casi mágico, hacerle partícipe de mis hechizos la colocaba delante de mí, expectante. Con ella no funcionaban las reflexiones y los consejos si no iban acompañados de un cuento. Sus diecisiete años no habían transcurrido. Tenía la sensación de que en el momento en el que murió su madre, ella había dejado de cumplir años. Es como si una parte de ella, la interior, estuviera sentada esperando que su madre volviera para seguir creciendo.

—Sí, Elvira, porfi.

—Mira, yo soy muy emocional, pero también muy racional, y le busco un porqué y un sentido a todo. Así que cuando alguien que quiero me hace mucho daño intencionado, como el que te ha hecho Paula a ti, me pongo a pensar y siempre me hago una pregunta: «¿alguien que te quiere puede hacerte daño a propósito?». Y si dudo, me pregunto: «¿tú puedes hacer daño a propósito a alguien a quien quieres?». Es decir, hacer algo sabiendo que va a hacer sentirse mal a alguien y vas a disfrutar por ello. Y me respondo que no, que no puedo, porque para mí querer no es dañar. Y entonces pienso por qué voy a querer a alguien que no me quiere, por qué voy a darle mi amor a alguien que ni lo quiere ni lo cuida.

—Pero eso es como descubrir que alguien a quien tú quieres mucho no te quiere casi nada.

—Es que eso pasa muchas veces en la vida. Y una cosa es querer a alguien que no te quiere y otra querer a alguien que te hace daño. Lo primero es inevitable, pero lo segundo se puede cambiar. Yo aprendí a no hacer eso nunca más —le dije—. Sara, el amor es tan bonito, tan fuerte, tan poderoso, salva tanto de todo lo malo, reconforta de una manera tan salvaje que no podemos desperdiciarlo.

—¿Pero tú no tienes miedo a veces a quedarte sola, Elvira? ¿De que si te deja de querer tu mejor amiga o alguien importante ya nadie te va a querer nunca? Es como que si no me quiere Rodrigo entonces ya no sé quién me quiere, y yo creía que Paula, pero ahora ya tampoco, y eso me hace llorar un montón.

¿Cómo iba a sacarla de ahí sin entrar yo? Confieso que fue una de las cosas difíciles. Sacarla a flote sin hundirme yo con ella. Mantenerla en alto sin caerme. Llevarla lejos y no quedarme. Esa nube gris también estaba encima de mí.

—Claro que da miedo, Sara. Sentirse sola de verdad es algo horrible. Pero cuando me he sentido así he aprendido a estar conmigo, a conocerme y a estar con los que me quieren. Funciona. He conocido a mucha gente nueva con la que me siento yo misma, mucho más libre y capaz. Ya no tengo que hacer cosas que no me apetecen. Ahora me gusta mucho tener mis ratos de soledad porque conecto conmigo misma y me siento a gusto. Todo llega, ya verás.

—¿Y yo sabré hacer todo eso?

—Claro que sí. Tienes que intentar que las fuerzas que tienes no vayan hacia ellos. Bórralos de tu vida y date cuenta de que han hecho algo muy malo los dos. Dejar de querer a alguien que te trata mal no es un proceso tan largo, es más bien un clic: solo tienes que darte cuenta. Sabrás hacer todo lo que te propongas. No necesitas a nadie para ser tú misma: vales muchísimo, eres muy importante. Grábatelo a fuego en la cabeza.

—¿Sabes qué? Muchas veces al día se me quitan las ganas de vivir y pienso que quiero acabar con todo y dejar de pasarlo mal como me pasó hace unas semanas, pero luego me dices cosas bonitas y me tratas bien y me vuelven un poco las ganas.

¿Cómo iba a rehuir ese vínculo? No pensaba alejarme de Sara nunca: era una realidad. Estaba a su lado e iba a estarlo siempre que me necesitara.

—Aquí tendrás siempre cosas bonitas, Sara —le respondí—. Eres una chica muy especial. Y pronto vas a estar mejor. Me tienes a mí, tienes a Laia y pronto a la psicóloga que te va a ayudar mucho y a toda la gente nueva que te queda por conocer. Así que olvídate de Paula y del instituto. Tienes derecho a estar enfadada, pero que no te hagan sentirte triste.

—Muchas gracias por no alejarte nunca de mí, Elvira, me ayudas un montón. Si no fuese por ti, sería alguien llena de pena, te lo prometo, y ahora no sé de qué estoy llena, pero no tengo tanta pena y es gracias a ti. Gracias por no alejarte nunca.

Había conseguido salvarla de otra caída. El abandono y la crueldad de su amiga eran circunstancias con las que no contaba, pero empezaba a sospechar que Sara estaba tocada por la parte mala de la vida, condenada por una suerte maldita.

11

Siento que el desequilibrio que existe entre Sara y yo me concede poder. Yo la busco, pero ella siempre me está esperando. ¿No es esa una coincidencia hermosa? ¿Una puesta a punto para que algo nazca y funcione? Ese es quizá el único rasgo que nos nivela: un paralelismo emocional. Pero, en todo lo demás, partimos de lugares distintos. Mantenemos una dinámica para nada igualitaria. Para ella, es algo normal. Ha vivido toda su adolescencia supeditada al deseo y a la necesidad de Rodrigo de una manera tan normalizada que necesita permiso para hacer cualquier cosa. Ahora que él no está, al menos físicamente, va dando tumbos buscando alguien que le indique cómo tiene que comportarse, qué tiene que pensar. Su padre, como casi todos los padres, ejerce sobre ella una autoridad asfixiante. Ella intenta rebelarse, pero es en vano. A mí me fascina verla pelearse con él, criticar sus normas, lle-

varle la contraria. Si es capaz de hacer eso con su padre, sé que eventualmente será capaz de hacerlo con los hombres que se encuentre e intenten dominarla y ejercer ese papel paternalista que confunde a las parejas. Debe dejar de buscar en ellos una réplica de su padre: un hombre estricto, tan rígido que las caricias no dejan en él ningún rastro, indiferente a las emociones de su hija.

Sus desencuentros son constantes. Si no son por la comida, son por los estudios o porque no deja de llorar. Le sirve platos con cantidades inmensas, la fuerza a estudiar ignorando el proceso del juicio y minimiza sus lágrimas, culpándola de mojar la cama cada noche de pesadillas. Le digo que no podemos vivir esperando que nuestros padres nos den siempre lo que necesitamos, que es lícito buscar lo que nos falta en otras personas. Le recuerdo que lo que no le da su padre se lo damos las demás.

Una tarde me escribe: se ha encerrado en su habitación porque su padre, harto, quiere registrar su cuarto para tirar a la basura todo lo que Sara guarda de Rodrigo. Cartas, fotos, recuerdos. Que para qué narices guarda todo esto, le dice. Que si es tonta o qué le pasa. Deshace con brusquedad un proceso largo sin comprender que ha de ser ella quien tome esa decisión, quien se vea haciéndolo. Una hora después me cuenta que le ha quitado los pantalones a la fuerza para ver las heridas que se está causando a sí misma, esas que esconde con vergüenza, que ni siquiera a mí me ha enseñado. Su padre expresa su preocupación con rugidos: es un hombre desprovisto de ternura. No existe en él un atisbo de paciencia. No soporta no saber qué hacer, es probable que se culpe a sí mismo de la situación, pero vuelca su frustración sobre su hija como el que tira botellas en el contenedor de vidrio y encuentra cierto placer en el sonido de los cristales hechos añicos al golpear contra la superficie.

Reconozco un patrón en su relación. Lo veo en mi generación: ese momento en el que el papá se convierte en padre. Como mujeres, asumimos sus crisis, nos colocamos de tal modo que no noten el cambio, que no perciban que ha habido en nosotras una transformación, que ya no somos las hijas de un gigante. Nos volvemos pequeñas y dóciles cuando lo necesitan. Aplaudimos sus aciertos con un fervor que no empleamos cuando las que aciertan son las madres porque todo lo que se da por hecho en ellas en ellos es evolución, progreso.

«El truco es decirle a todo que sí y después hacer lo que nos dé la gana, hacerles creer que son ellos quienes mandan, porque solo así terminan haciendo lo que queremos.» Hemos crecido con esa frase revoloteando en las conversaciones adultas y resonando en nuestras cabezas infantiles. Es, también, lo que nos han enseñado nuestras madres, nuestras abuelas: la compasión. Llega un momento en nuestra adultez en el que los vemos como hombres que

a veces se comportan como niños y otras como monstruos. Y no pasa nada. Pobres, les cuesta. Hay que entenderlos. Nos compadecemos de ellos. Y así, entre el menosprecio y la servidumbre, las mujeres vamos tejiendo nuestra mecánica de comportamiento y actuando, sin quererlo, de espejo hacia las niñas que se empapan de esas dinámicas. Los infravaloramos por error, pero al mismo tiempo los tememos porque somos conscientes de que su poder está muy por encima del poder del resto. Y no hablo del físico: es algo estructural, generacional, viene de abajo y viene de lejos. Está intrínsecamente unido a la resignación: es más sencillo adoptar ese rol que combatirlo. Al fin y al cabo, como casi todo lo que incumbe a una mujer, subsistir consiste en aprovechar los recursos que nos dejan e intentar sacar algo beneficioso de ellos sin que se den cuenta.

Así, cuando nos hacemos adultas, ellos no se percatan del todo porque decidimos comportarnos de tal manera que no pueden percibir que las cosas son distintas. Debemos continuar la tendencia y protegerlos. No es casualidad que la mayoría de las crisis existenciales masculinas sucedan en la edad de jubilación, cuando ya no trabajan y dejan de sentirse valiosos y esa presión de rendimiento, de ser el que provee, con la que se educan, se intensifica y los invisibiliza. Les duele, puedo entenderlo. No debe de ser nada fácil. Perder la identidad es una de las vicisitudes más terribles. Ese momento suele coincidir, además, con nuestra madurez. Miran a su alrededor y ya no tienen nada que tutelar hasta que sus ojos caen sobre nosotras, se percatan de nuevo de nuestra existencia, y se acercan. No pasa lo mismo con los hijos, claro. Nosotras llevamos encima una mirada de la que nunca, no importa cómo, nos desharemos. Suele mezclar observación y expectación, pero también juicio y exigencia. Así que continuamos nuestra vida de la única manera que podemos: haciendo creer al padre que aún lo necesitamos, poniendo su sentimiento de utilidad por encima de nuestra propia libertad. Y puede ser que sea así: los seguimos necesitando de una manera dolorosa porque fingir nos impide crecer. Volvemos a ellos, a pesar de los traumas y las consecuencias psicológicas, a pesar de que la infancia no es un lugar en el que se pueda vivir, a pesar de las diferencias y el deseo de librarse de esa mano adulta que pesa, de esos ojos que machacan. Volvemos a ellos porque nunca terminan de soltarnos y una parte de nosotras, la más frágil e ingenua, no quiere que lo hagan.

¿Y si resulta que la paternidad no es más que el padre enseñándonos a cuidar? Puede que sea tan fácil como eso, un cambio de rol, y quizá por ese motivo andamos todos confusos sin saber muy bien cómo hacer las cosas.

Creo que los cuidados pueden venir de lugares muy distintos. A veces, no es más que una huida. Es más fácil mirar al otro que a uno mismo. Dirigimos nuestro foco al problema ajeno porque es muy complicado nombrar lo de dentro, muy angustioso, terriblemente agotador. Caemos en un círculo obsesivo que comienza con una pregunta y ya nunca termina. Salir de ese bucle significa cambiar de piel. Escuece. Otras veces, es fruto de la educación, de una estructura que hace que nos sintamos responsables e imprescindibles en la ecuación: tu cuidado por el mío, lo que suele traducirse en renuncia. Y otras, también, es una orilla difusa, un paisaje difuminado por el complejo mundo de las limitaciones, ese precipicio en el que yo misma me encuentro cuando pienso en Sara y en su forma de arrancarse los padrastros con los dientes manchados de tabaco.

Me descubro pensando que el poder, en nuestra relación, no tiene por qué ser algo malo. Que estamos ambas situadas en la posición correcta, como un equipo sincronizado, y solo así el baile puede salir bien. Me cuesta recordar las conversaciones de los primeros días con Sara, esas en las que nos hablábamos desde el mismo lugar, con ternura, sí, pero con una identidad semejante. Eran palabras simétricas, preguntas de iguales, un intercambio conversacional de una chica de veintiocho años con una chica de diecisiete a las que no las separan más que unos años, pero en algún momento eso cambió, justo después de su intento de suicidio. Volvió distinta del hospital, como si hubiera cumplido de pronto diez años. Ya no era la misma, pero esa metamorfosis fue tan sutil y sucedió en mitad de algo tan terrible que no le presté atención. Con Sara siempre había que elegir. Le pasaban tantas cosas terribles que era imposible abarcarlas todas: debía escoger. Y escogí centrarme en lo más importante, en la raíz de todos sus problemas, en lo que solo era inabarcable porque, creía, yo aún no lo había abrazado.

Recuerdo el momento en el que percibí que me había convertido en esa persona para ella, la misma que en su día fue Rodrigo y a la que su padre pretendía parecerse sin éxito. Una suerte de referente, de guía. Cuando una es adolescente, busca quien le responda las preguntas, una figura adulta que, al mismo tiempo, se acerque a ella sin distancias. Pero el desarrollo de Sara estaba corrupto, nada en ella era natural. Es lo que el maltrato consigue: una dependencia absoluta. Los moratones y las marcas de puñetazos, eventualmente, desaparecen. Pero queda dentro un desprecio por la propia vida tan enquistado y escondido que pasa a convertirse en un rasgo de personalidad. Así que me empeñé: yo quería ser esa persona para ella, lo ansiaba, deseaba conseguir que el azar por una vez fuera a su favor y convertirme en una de las escasas cosas buenas de su vida. Y como eran pocas, tan pocas, decidí que no sería buena: sería la mejor.

Sara había creído todo lo que Rodrigo le había dicho. Cuando le decía que se iba a poner gorda si seguía comiendo patatas fritas o cuando le premia-

ba con la misma bolsa si conseguía adelgazar. También cuando le decía que daba asco a todo el mundo o que era demasiado sensible. La acusaba de tener mala memoria y de provocar con su egoísmo cada una de sus discusiones. Sus palabras eran gotas de ácido que caían despacio sobre los huesos de Sara, deshaciéndolos casi por completo, y así la había encontrado yo, desorientada, perdida ya sin él, dispuesta para la siguiente persona que llegara a su vida y le dijera qué comer, qué pensar, cómo caminar. Sara era una amalgama de aprendizajes que habían sido interrumpidos, como si la primera vez que nos enseñaran en el colegio a sumar nunca nos hubieran dado el resultado, simplemente hubieran dejado ahí escrito en la pizarra el signo correspondiente sin la solución. Yo detesto las historias incompletas. Contemplar algo y no ser capaz de resolverlo. Por eso me siento tan atraída por su historia. ¿Cuál es la solución, el resultado correcto? ¿Cómo narices puedo resolver este problema? Necesito darle un final, pero nadie me ha enseñado cómo hacerlo.

La creo afortunada por haberme encontrado, pienso. Es algo que le repito a mi perro después de pasar la tarde juntos en algún monte o de haberle hecho un plato de comida casera para cenar. Es tanto el abandono y el maltrato que existe que le digo al oído la suerte que tiene, pero entonces me imagino mi vida sin él —la falta de ruido, el suelo vacío— y vislumbro un collar en mi cuello que me une a sus patas, una fidelidad exacta que late en mi cuerpo cuando me tumbo en el suelo y le observo dormir en el sofá. Sara es un animal más, me digo, un cachorro abandonado hecho a destiempo.

Qué suerte tiene de que sea yo quien la haya encontrado, pienso, mientras leo en la pantalla lo afortunada que se siente por tenerme en su vida. Qué suerte tiene de que sea yo, me repito, mientras le respondo que la afortunada soy yo, que ha mejorado mis días, que todo es más bonito desde que ha aparecido.

Anudo esos recuerdos, la parte menos autónoma de Sara, al momento actual. Deslizo mis dedos sobre esta historia de principio a fin, como el que acaricia la cuerda y no se atreve a apretar el nudo. Se ha convertido rápidamente en alguien que necesita pedirme permiso para todo. Al principio, me resultaba algo molesto, incluso irritante. Quería que espabilara, que fuera más rápido y que no me necesitara tanto. Pero poco a poco me descubro sabedora del poder y, con él, del placer. El nuestro es un beneficio común y me siento al mando. He dejado a un lado la sensación de responsabilidad, o eso creo: me veo perfectamente capaz de llevar esto, puedo salvarla y lo pienso con una seguridad que electrifica mi cuerpo y me pone la piel de gallina. Recibo un mensaje: «Elvira, acabo de salir de la psicóloga y estoy muy nerviosa, ¿puedo fumarme un cigarrillo?». Tardo un par de minutos en responderle. «Sí, Sara, pero solo uno.»

Son pocas las veces que me dice que no a algo, pero sus mecanismos aún guardan algo de la pericia adolescente, y suele emplearlos en las situaciones más duras: la resistencia a ir a la terapia con Inés, su psicóloga, y el bloqueo a la hora de la comida que me lleva a acompañarla todos los días, a través del teléfono, en cada bocado para asegurarme de que ingiere alimento y no lo vomita después. Me miente, claro, cómo no va a hacerlo. Se salta consultas y no se termina el plato casi nunca. Un día o dos después acostumbra a interrumpir la conversación para preguntarme si puede confesarme algo que le atormenta y entre sorbos de ansiedad me revela lo que yo ya intuyo. Yo le respondo con seriedad, le digo que no lo haga más, que nosotras no funcionamos así, que las mentiras me ponen muy triste, y ella destierra sus preocupaciones del momento, me pide perdón y me pregunta varias veces si la sigo queriendo igual.

Una parte de mí se alegra de ver en ella esa rebeldía, aunque sea fruto de una enfermedad. Sin embargo, nunca se lo digo porque, insisto, esa distancia nos favorece. De esa manera, me expongo con voluntad ante las mentiras, algo que he rechazado siempre, que he condenado en mis relaciones, que he unido siempre a la falta de amor. Me expongo ante ellas y dejo que entren en mi vida, que surquen mis venas como un barquito en vacaciones. A veces, finjo que las creo y otras solo lo sospecho. Pero no me irritan: yo también estoy cambiando. Tengo poco, muy poco, y he de hacer malabares con ello para que la función salga bien y el público se marche a casa sabiendo que lo que acaba de ver será ya algo irrepetible, inolvidable.

Estoy tranquila.

Estoy al mando.

12

En la Primera Guerra Mundial, así como en la guerra civil española, surgió una figura que tiempo más tarde se conocería como *madrina de guerra*. Eran mujeres, mayoritariamente jóvenes, que acompañaban en la distancia a los soldados brindándoles apoyo en forma de cartas, fotografías o elementos básicos como comida, mantas o tabaco. A cambio, recibían pequeñas artesanías, objetos hechos a mano por los hombres enviados al frente, talladas en los casquillos o en trozos de madera. No eran sus parejas ni tampoco sus familiares. No solían establecer contacto posterior más allá del de la propia correspondencia. No se trataba de una cuestión amorosa, aunque en algunos casos era esa posibilidad futura la que alimentaba la moral de los combatientes. Surgían de un encuentro esporádico en plena calle, por ser amigas de hermanas o por anuncios breves en los periódicos en los que se ofrecían a asumir los costes de la correspondencia. En términos generales, era una labor humanitaria, un regalo en forma de cimiento que sostenía el espíritu y la autoestima de esos hombres convertidos en arma.

Cuando se veían solos, enterrados bajo los miembros de otros compañeros; cuando sentían que su muerte pasaría igual que el silencio, sin dejar rastro; cuando su orgullo les instaba a desear ser recordados como héroes de la patria en vez de como muchachos forzados y asustados, se arropaban con esas cartas, con las palabras constantes y cálidas de una joven que rezaba por ellos, y aquello les parecía suficiente para continuar la lucha, para avanzar en la contienda, porque el miedo a la muerte no es distinto a otros miedos y el consuelo siempre existe entre dos cuerpos que se piensan, aunque sea brevemente.

La frontera entre Sara y yo era difusa. No era su amiga ni tampoco era una madre postiza. Ella había escogido dos palabras para mí casi desde el principio de nuestra relación: *hada madrina*. Y aunque reflejaban una inocencia excesiva que me parecía antinatural y que nunca quise para ella, confieso ahora que a pesar de todo me encontré cómoda en ese término, como si estuviera escrito solo para mí. Me hizo sentir dueña de esas palabras, las mismas que terminaría recordando con estremecimiento. De algún modo, ese infantilismo ayudaba a aclarar nuestras posiciones, y el hecho de evitar confusiones entre las dos me facilitaba las cosas. Nunca existió ninguna alerta que confundiera nuestros sentimientos.

No. El amor que existió entre nosotras partía de otro lugar, uno hermoso en el que no cabía la fragilidad de la carne y el deseo. Éramos robustas, firmes en nuestro querer. No había grietas y, menos aún, límites. No conservábamos la secreta ambición del cambio. Nos aceptábamos tal y como nos habíamos encontrado, y en esa tolerancia que yo tanto había anhelado durante toda mi vida, éramos capaces de vernos. Por eso había veces en las que sentía la necesidad de acurrucarme sobre su hombro y pedirle que me hiciera cosquillas en el brazo. Dejar caer mi peso sin miedo. Porque todo lo que recibía de ella era puro, era bondadoso. «Te quiero como a los animales», me dijo un día. Eso éramos Sara y yo: dos animales que se querían de una manera honesta. Solo debía pasar un trapo sobre su cuerpo y barrer el polvo que otros habían dejado a sus pies. Me pareció un intercambio justo.

Tampoco lo viví como si me naciera en las entrañas, como si fuera resultado del mal llamado instinto maternal, que solo es subterfugio de una educación sexista enfocada exclusivamente a la maternidad. No era mi caso. Me he resistido siempre a las presiones y a las convenciones sociales. En ese momento, no quería ser madre, era algo muy lejano a mis planes, tanto que ni siquiera los rozaba. Mis hijos hipotéticos vivían en el futuro y poco o nada sabía de ellos. Así que nunca vi a Sara como tal, era extraño siquiera pensarlo. Quizá, de haberlo hecho, de haberla recibido con brazos de madre, con ese desvelo eterno, con el riesgo de toda emoción incondicional, con el miedo a su avance, a su tropiezo, con la culpabilidad propia de los apegos, no estaría hoy escribiendo esta historia. Seguramente, no habría tenido un final.

—¿Te puedo decir una cosa que siento sin que te asustes? —me preguntó un día.

Asentí.

—Es que con todo esto algunas veces siento que sería mejor estar con mi madre.

—Pero sabes que no es así, Sara, porque con tu madre ya estás, todo el tiempo, y además está Laia, estoy yo, y si tú te fueras ya no podrías estar con nosotras —le respondí—. Me pondría muy triste y no voy a dejar que pase, así que no tengas miedo. Cuando lo sientas, piensa en tu madre, en que está contigo siempre. ¿Cómo se llamaba ella?

—Alicia. —Añadió un corazón roto a su nombre.

—Qué bonito... No te preocupes, tú ahora estás en un momento malo, pero pronto llegará el bueno, y Alicia estará contigo siempre, cuidándote, porque lo que ella quiere es que tú estés aquí con nosotras, y estoy segura de que hace por ello. A lo mejor me ha mandado ella para cuidarte, ¿lo has pensado? —Mi magia, nuestra dulzura, su inocencia. Quizá toda esa creencia de los cuerpos y las almas podía servir para algo bueno.

—Hala, ¿te lo imaginas, Elvira? ¿Que por eso eres mi hada madrina? —De pronto, el corazón roto se convirtió en uno rosado envuelto en estrellas de color amarillo.

Lo único que Sara despertó en mí fue un escudo de ternura que cada día crecía más y más. Podría haber resistido cualquier envite porque ese afecto me hacía imbatible. Mezclar su sensibilidad con la mía y vivir expuesta al resultado no fue más que el tratamiento para resistir tanto daño.

Una de esas noches de terrores nocturnos me mandó un mensaje de audio en el que me contaba que había soñado que estaba en la cama, despierta, pero que no se podía mover. Entonces la puerta se abría y alguien entraba atravesando la oscuridad. Era Rodrigo, ella lo sabía, reconocía al instante su respiración grave, el modo de pisar con dureza el suelo de su habitación. Se acercaba a ella con tanta lentitud que por su cabeza pasaban varias de las escenas de su vida, desde las vacaciones con su madre en Cadaqués hasta las clases de pintura que había dado con Paula. Veía las comidas en casa de su abuela y también la vez que Laia se cayó jugando y se hizo una brecha en la cabeza. La figura, sin descubrirse, se colocaba encima de ella y ponía su cara, oscura, enfrente de la suya. La distancia era mínima. Sara quería gritar y no podía, quería moverse y no podía, quería cerrar los ojos y no podía. Entonces, Rodrigo susurraba mi nombre encima de sus labios, como si le estuviera haciendo la respiración boca a boca, y la luz se encendía y aparecía yo en el cuarto, sonriente, dándole los buenos días.

—Me abrazabas y me hacías reír y hacía sol.

—No sabes lo que me alegro —le respondí con suavidad.

—Muchas gracias por cuidarme hasta cuando estoy dormida, Elvira.

Supe, o de eso me convencí entonces, construir una barrera firme que alcanzara mi altura y cubriera la suya. De ese modo, yo podía saltarla siempre que quisiera y al mismo tiempo usarla de muro de contención. Para mí, esa distancia era tranquilizadora. Debía mantener un punto de separación entre ambas para no perder el foco, para no dejarme llevar por la emoción desmedida y mantener la mente mínimamente fría para actuar con ella de una manera correcta. Sabía que esa era la única manera de que su dolor no me bloqueara. Si no, con toda seguridad habría acabado cediendo a sus súplicas veladas, puede que hubiera acabado viviendo en mi casa o que yo me hubiera involucrado aún más y hubiera ido a hablar con su padre o hubiera formado una parte más activa en el juicio que estaba por venir. No lo sé, las posibilidades ahora me resultan tan infinitas como aterradoras. «Yo solo la estoy ayudando», me repetía una y otra vez, «pero no tengo mayor responsabilidad sobre ella. Tiene una familia, yo solo soy un paso en su camino, un pequeño impulso para continuar». Y entre frases parecidas me justificaba a mí misma mi entrega irracional como algo apropiado y correcto.

—¿Mañana me va a ir bien con la psicóloga, Elvira? —me preguntó unos días después de la visita a la comisaría. Laia había encontrado una terapeuta con muy buenas referencias y experiencia en violencia de género y había concertado una cita a pesar de las reticencias de Sara.

—Claro, será poco a poco, pero ya verás qué bien sienta que alguien te escuche y te ayude.

—Vale, pero... Si no es tan especial como tú, ¿le puedo pedir que lo intente?

—Piensa que es alguien que te cree, que no te juzga y que quiere ayudarte, igual que yo. Sé sincera con ella, aunque te cueste al principio, ¿vale? ¿Harás ese esfuerzo?

—Te lo prometo, Elvira. ¿Le puedo decir que no hablemos de nada de lo que pasó ese día que te conté con Rodrigo y sus amigos o eso no puedo? —me preguntó—. Perdón, es que nunca he ido a una psicóloga y no sé lo que puedo hacer y lo que no.

—Yo creo que te puede venir bien. Cuando me lo contaste a mí te sentiste mejor, ¿no? Pues esto va a ser parecido.

—Es que estoy un poco nerviosa —me dijo—. Yo quiero que sea como tú.

—Piensa que yo ya estoy, Sara —le respondí—. Es mejor que sea distinta para que te pueda dar cosas diferentes y yo seguir igual contigo, ¿no? Sumamos una más al equipo. Recuerda que estarás ahí para desahogarte, no para confesar.

—A veces parece que me estás leyendo la mente, Elvira. —Intuí un atisbo de sonrisa en su cara—. Siempre me quitas el miedo porque si todo sale mal estás aquí. Me voy a acordar de esa frase cada vez que me dé miedo ir y me voy a esforzar mucho porque esto te lo he prometido, de verdad. Y te lo vuelvo a prometer. —Creía en sus promesas tanto como ella creía en la magia de las casualidades.

Inés, su psicóloga, fue una válvula en nuestra relación. A mí me dio aire y me quitó parte del peso que no era consciente de que arrastraba. Al mismo tiempo, me dio seguridad, confianza en mis palabras. Llevaba semanas con miedo a decir la frase incorrecta. Sara estaba en un estado muy frágil y todo lo que escuchaba de mi boca se ampliaba en sus oídos y cobraba una importancia desmedida. Eso me hacía estar alerta, aunque pronto encontramos un lenguaje común en el que ambas nos sentíamos cómodas. Sin embargo, la aparición de Inés, a quien tanto había invocado desde el principio, sofocó esos pequeños incendios y embelleció nuestro vínculo eximiéndome de algunas responsabilidades, ya que me servía de faro para los problemas que no era capaz de resolver.

Con ella me di cuenta de mi profunda soledad, de que la incomprensión que sentía respecto al mundo y que me llevaba a volcarme de esa manera ante las injusticias por fin había encontrado un apoyo, una mano amiga, alguien que no solo se preocupaba por la sinrazón, sino que se había formado académicamente para deshacerla con palabras. Así que decidí dirigirla hacia ella poco a poco y aproveché las conversaciones en las que me preguntaba cosas imposibles para hacerle saber que yo no era la única que podía ayudarla:

—Es que no sé muy bien lo que siento, no entiendo lo que ha pasado, pero no se lo he dicho a nadie porque me siento mal y me da vergüenza. Es como que todo era muy distinto hace dos meses y, de repente, mi vida es otra muy diferente, y no comprendo por qué me ha pasado esto, Elvira. Me da miedo hablar de ello con alguien que no seas tú.

—Es normal y la psicóloga te va a ayudar mucho con esto —le respondí—. Sara, si hablas con ella como hablas conmigo, va a funcionar. Yo no siempre tengo las respuestas.

Entonces ella me mandaba una foto de un dibujo que estaba haciéndome con acuarelas y mi intento se desvanecía como arena en un puño.

Sara trató de negarse desde el principio con la firmeza que le permitía la debilidad de su estado. Le daba miedo, estaba asustada y profundamente cansada. No quería hablar con nadie más de lo que le había pasado y le daba pánico que le sacara «cosas que no quiero contar». Fue entonces cuando se me ocurrió usar la baza que llevaba reservándome todo ese tiempo: el deseo cumplido de vernos por fin en persona si decidía ir a la consulta, aunque solo fuera por probar. Me pareció una buena excusa para que estuviera más motivada, un poco más contenta. Recuerdo su respuesta entusiasmada y la amplitud sonora de su voz en el altavoz de mi teléfono como prueba fehaciente de uno de mis mayores aciertos.

Fui a recogerla la semana siguiente. Mi idea era ir juntas a un vivero de las afueras para comprar unas plantas para mi terraza y regalarle un girasol. De esa manera, tendría algo que cuidar, algo de lo que ser responsable y que dependiera de ella. Así fue la primera vez que nos vimos en persona.

Recuerdo mis nervios. Finales de febrero en la calle Alcalá. La consulta estaba detrás del Círculo de Bellas Artes, una calle estrecha de un único carril indiferente al bullicio de la vía principal. El tráfico era fiero e incómodo. Cuántas veces había cruzado esas avenidas en la bicicleta, cuando todo pesaba menos y el aire me empujaba sin esfuerzo. Qué distinto era ahora, tan contaminado, el sonido del claxon interrumpiendo el viento. Di varias vueltas con el coche porque al ser de único sentido no podía dejarlo en doble fila. Llegó la hora y Sara tardó en aparecer, así que seguí girando por las mismas calles, una y otra vez, como una atleta en una pista llena de marcas. Entonces me llamó: había salido a la calle principal; estaba en un banco, esperándome. Me acerqué, la vi, encendí las luces de emergencia, apagué el motor y me di cuenta. Fue un golpe: aquello era real. Sara existía igual que existían los días largos enganchada a sus palabras, los sueños intranquilos, esa sensación de soledad tan profunda y oscura. Estaba ahí, envuelta en lo que ambas habíamos creado casi sin darnos cuenta. Era ella: me esperaba y a mí me empezó a doler todo el cuerpo.

Bajé del coche, grité su nombre y me quedé apoyada en la puerta, esperando que llegara. El ruido de los *warnings* marcaba el ritmo de los pocos transeúntes que interrumpían la mirada. Caminaba despacio, pero cuando llegó nos fundimos en un abrazo apresurado.

—Por fin —le dije, como la que llega a meta.

—Qué ganas tenía de conocerte, Elvira —me susurró, sonriente.

Y le pedí que entrara rápidamente en el coche mal aparcado, que la iba a llevar a un sitio que le iba a encantar.

Yo seguía nerviosa, pero ella se comportaba como si el origen de nuestra relación no fuera una tragedia, como si formásemos parte de la vida de la una y de la otra desde siempre por una casualidad ajena a lo significativo. A pesar de tenerlo siempre tan presente, nunca la miré como si fuera una víctima. Para mí, antes que eso era fragilidad, una sensibilidad distinta, algo que descifrar, un idioma olvidado. No veía en ella el cuerpo violento y agresor de Rodrigo: veía su herida, el desorden, la consecuencia, pero también las infinitas posibilidades de la luz.

—¿Qué tal ha ido? —le pregunté, ya de camino al vivero.

—No lo sé, pero creo que no quiero ir más a ese sitio, Elvira. Yo prefiero ir contigo. —Sara estaba enfurruñada, percibía en su voz un fastidio blando—. Pero es simpática, tampoco es que me haya caído mal.

—Es que yo no soy psicóloga, Sara, no puedo ayudarte como ella, pero nos tienes a las dos. —La miré brevemente y le sonreí, más tranquila. Todavía no me podía creer que estuviera ahí, a mi lado, en mi coche. A pesar de ello, en el ambiente flotaba cierta timidez—. ¿Te ha tratado bien?

—Sí, en realidad sí. Se llama Inés. Pero yo no quiero ir a ese sitio todas las semanas. —Hizo un mohín y se cruzó de brazos—. Me caes tú mejor. Yo prefiero hablar contigo antes que con ella, Elvira, es que me dice cosas que me duelen un poco y ya no quiero llorar más, pero es que no sé cómo no llorar si me dice todo eso.

—Es que no nos puedes comparar. Yo soy tu hada y ella tu psicóloga, ¿no? —Me sonrojé brevemente. Mis palabras parecían fluir mejor en la pantalla o, al menos, esa era mi sensación—. Mi papel es mucho más guay, pero el suyo es más importante. Además, puedes llorar con ella, así lo echas todo fuera.

Sara suspiró y clavó su vista en el espejo retrovisor.

—En verdad es maja, Elvira, no te quiero engañar, parece que haya sido malísima. —La miré de nuevo, me devolvió la mirada y soltamos una carcajada. Fue como bajar la ventanilla y notar cómo el aire se renovaba—. Además, le he hablado de ti.

—Ah, ¿sí? —Fingí sorpresa. Las palabras de Sara siempre terminaban en el mismo lugar.

—Sí, le he dicho que me ayudas y que eres buena y que ya te quiero. Y ella me ha dicho que como a veces voy a tener miedo de acercarme a personas nuevas que me acuerde de ti, que te has quedado y no me has hecho daño.

No es que aquello me hiciera sentir especial. Nunca me ha gustado que me adulen, es más, es algo que me provoca cierto rechazo, que agradezco pero que esquivo con una sonrisa amable. Sin embargo, en ella sonaba distinto. La suya era una mirada puramente genuina. Confiaba en ella. No sentía que quisiera algo a cambio.

—Claro —asentí—. Tiene toda la razón y es muy bonito eso que te ha dicho. Yo creo que podemos incluirla en el equipo, ¿no?

—Sí, Elvira. Es que no sé por qué estoy tan triste. En realidad, no me ha ido tan mal. De hecho, ha sido muy buena, y no es tan guay como tú, pero un poco sí.

—No pasa nada, es normal que te ponga triste remover cosas. Remover es colocar, en verdad. Colocas la tierra bien para que las raíces puedan seguir creciendo. Ella va a conseguir convertir todo eso en algo de lo que te sientas orgullosa, ya verás.

Torcí por la salida que me indicaba el mapa y un par de minutos después entramos en el vivero, tan amplio y soleado como el día que estábamos viviendo.

Nuestra primera tarde juntas sucedió entre flores, plantas y árboles. Todo olía bien y parecía luminoso a pesar del frío, pero Sara estaba en otro sitio, uno mucho más lejano que el que ocupaba su cuerpo. Los colores, los pétalos que resistían y los que pintaban el suelo, las voces de los niños que descolocaban todo: nada de eso importaba. Yo me había imaginado un encuentro dulce con una chica triste, pero la tristeza de Sara no era la tristeza que yo conocía, esa que es tranquila, melancólica y se queda dormida si no la molestan. Lo que ella exudaba era diferente, era una sensación pesada y algo asfixiante, como la del calor seco del verano en la nuca. Fui a preguntar algo al dependiente del vivero y le pedí que me esperase en uno de los pasillos con el carro, que ya pesaba tanto que era difícil moverlo. Al regresar, me quedé mirándola. Un rayo de sol cruzaba la mitad de su cuerpo, pero ella estaba inmóvil, entre los arbustos y las plantas de flor baratas que duran solo un par de meses. Sujetaba el carro y miraba al infinito con expresión de renuncia. Me pregunté a mí misma si me estaba equivocando, si ya era tarde para marcharme. A pesar de su aspecto quebradizo, me emocionó verla así, de pie, existiendo, intentándolo. Me acerqué a ella y le pregunté si le podía dar un abrazo. Salió de su ensimismamiento en un movimiento de pestañas y con voz de sorpresa me dijo que sí, como si hubiera acertado la pregunta más difícil de su cabeza.

De aquella primera vez no quedaría prueba, no habría imágenes, solo mi recuerdo. Estaba tan acostumbrada a ver a Sara escrita en la pantalla que los pocos encuentros que tuvimos en persona parecen hoy formar parte de otra ficción, de otro arte, como el que dibuja un poema o diseña la escenografía de un teatro. Sara, sus eses líquidas, el carboncillo de sus ojeras, sus nudillos suaves y afilados, la ceniza en su pelo, el hueso prominente de su tobillo: todo eso, toda ella, había cobrado vida y se había posado en mis manos, como un pequeño milagro, siempre tan hambriento, suplicando alimento.

13

La forma de expresarse de Sara es reposada. Su relato está construido sobre un vertedero, pero las palabras que escoge, las imágenes, manifiestan una belleza que es complicada de asumir porque resulta incómoda. Todo lo que recibo de ella es tétrico, sombrío, pero a la vez es suave y cae sobre mí como una caricia cálida. Me habla de cosas que ignoro, pero que asumo al escucharla. Me las sirve en bandeja. Es como si me empujara por la espalda y me tirase a un montón de escombros que se me quedan pegados en la piel. Hay ratas que saltan, que bucean entre la porquería para encontrar alimento y salen victoriosas porque alguien, en un momento determinado, decidió tirar a la basura la mitad de su plato. Me veo como ellas: cómoda en la mugre, habituada, superviviente. No se está tan mal, pienso: este es el mundo real, un montón de mierda que nadie quiere ver de frente, pero es que yo no quiero vivir de espaldas a la realidad, no quiero ser una de esas personas autómatas y ajenas. No me vale la felicidad unida a la ignorancia. Ansío la sombra porque estoy enamorada de la luz y Sara ejemplifica mi identidad de una manera perfecta. No me interesa el final: es la inmersión lo que me resulta atrayente. Es ahí, en la observación y en la búsqueda, donde encuentro las razones.

14

—¿Quieres contarme qué es lo que te pasa con la comida? —Habían pasado un par de meses desde que empezamos a hablar y decidí abrir una puerta más, así, tan fácil, escribiendo dos interrogantes.

—¿Te voy a dar asco o miedo? Tengo mucho miedo de que te enfades conmigo o que te separes de mí o que me grites —me respondió. Ella sabía que eso no iba a pasar, lo sabía, pero estaba obsesionada con la idea del abandono.

—No voy a hacer nada de eso nunca, solo quiero ayudarte.

—Es que se me da mal la comida, Elvira, y a veces no sé hacerlo mejor. —Se quedó callada, esperando que mi impulso apareciera en la pantalla—. Además, ahora con los nervios se me cierra el estómago.

—¿Entonces el problema es que comes poco? ¿O que comes y luego lo vomitas? —Yo conocía la respuesta, y era tan desagradable que me aterrorizaba antes de que contestase. Aun así, preguntarle era ponérselo fácil, responder por ella, como si le diera la mano para que bajara el escalón.

—¿Por qué sabes siempre todo lo que hay en mi cabeza y no me atrevo a decir en voz alta? —me preguntó—. Es que es difícil, yo sé que lo hago mal, solo que no sé cambiarlo porque me acuerdo de comentarios y me cuesta.

—¿Te refieres a comentarios que hacía él sobre tu físico?

—Sí, pero muy feos y duros y que hacen mucho daño. Se me aparecen en la cabeza y no sé evitarlo, aunque suene a que oigo voces y estoy loca, es que no sé cómo evitarlo. —Escuchaba su suspiro denso a través del teléfono.

—No pareces loca, Sara, para nada. Es que está metido en tu cabeza y sigue manipulándote desde el pasado. Pero hay una cosa que está muy bien y es que lo sabes, eres consciente, así que solo hay que controlar esos pensamientos. ¿Y para eso sabes qué hay que hacer? —añadí—. Negar siempre todo lo que venga de él. Que no te haga dudar, sea lo que sea lo que recuerdes. No te fíes de nada.

—Pero... ¿Y si no es mentira, Elvira? —me preguntó.

—Claro que es mentira, porque tú eres preciosa todo el tiempo, también recién levantada y llorando y asustada, además de valiente y fuerte y sensible y buena. —Quería que mis palabras hicieran de cascada y la limpiaran por completo.

—¿Tú crees que mi cuerpo está bien hecho? —Mis interrogantes abrían puertas, pero los suyos las cerraban de un portazo.

—Es perfecto, Sara. Solo le falta un poquito de alimento para estar sano. Dime qué dudas de él —le pedí, en un intento de que verbalizase lo que sentía.

—Es que lo odio un poco. Me acuerdo de cosas muy feas y comentarios y eso. No me gusta mi tripa y me dan un poco de asco mis piernas. Y yo sé que el físico no es lo más importante, te prometo que no soy superficial, pero es que me hace mucho daño.

—Es normal que te haga daño, Sara. Es su poder. Pero no podemos dejar que se salga con la suya —declaré en un tono épico que me hacía dudar.

—No me pasa siempre, solo cuando estoy nerviosa o muy triste y me acuerdo de él y de cuando yo estaba más gordita. Él se enfadaba mucho conmigo y me decía cosas que me dolían. Entonces me acuerdo tanto que voy al baño y lo hago, pero después me siento muy mal porque no me encuentro mejor. —Se quedaba callada uno, dos minutos. Dejaba que lo hiciera, no le estaba resultando fácil—. Pero no me pasa siempre, es solo que hay momentos en los que me acuerdo de sus gritos cuando voy a comer y ya no puedo y tengo que hacerlo porque no sé cómo pararlo. Se parece un poco a lo de hacerse daño, más o menos, es el mismo mecanismo. ¿Puedo contarte otra cosa que me pasa y que es un poco horrible? —añadió.

—Claro, todo lo que quieras. —Yo era un recipiente, era su contenedor.

—A veces, cuando estoy comiendo, veo escenas.

—¿Y qué pasa en ellas?

—Es que... Le hago cosas con la boca, Elvira. Y no puedo tragar porque es como si lo hiciera de verdad y me creo que tengo sus manos en mi cuello y en la cabeza.

—Eso es terrible, Sara. —Tragué saliva sin darme cuenta, me atraganté y empecé a toser. Era espantoso lo que acababa de decirme. No creía que pudiera olvidarlo nunca—. Es normal que pierdas el apetito —continué—. Pero vamos a hacer una cosa, ¿vale? Cada vez que te pase algo así, sea una o diez veces, antes de llegar a ese punto me vas a avisar. Me vas a decir: Elvira, acabo de comer y me están viniendo a la mente los pensamientos de Rodrigo y todo lo que me decía. Y yo te voy a ayudar a pararlo, ¿te parece? Así no tienes que llegar ahí.

—Pero, Elvira, es que no podemos hacer eso.

—¿Por qué no? Claro que sí —le rogué.

—Porque si me pasa muchas veces, ¿qué hacemos? —me preguntó con tristeza.

—Pues me avisas muchas veces, porque te me vas a desaparecer como sigas así. —El desconsuelo en mis palabras también era evidente.

—Pero es que yo no quiero traspasarte cosas malas que no son tuyas, Elvira, y que te sientas mal y te pongas triste por mi culpa, porque de verdad que todo lo que pasa por mi cabeza es horrible —afirmó, y yo la creía.

—Sara, yo me siento bien y llena de energía cuando te ayudo, aunque sean cosas difíciles. Si no, no podría haberte ayudado el primer día —insistí, a pesar de que últimamente me notaba más cansada que nunca.

—¿Y te puedo avisar también cuando me haya hecho daño en la pierna si se me ha ido un poco para que me digas qué tengo que hacer? A veces lo busco en internet, pero hacerlo es más difícil en la vida real y nunca se lo digo a nadie.

—Claro que puedes, es más, te pido que lo hagas, que me avises antes de hacer cualquier cosa de estas. —Ignoré el escalofrío al escucharla.

—Vale, Elvira, muchas gracias por quererme aun con todo, de verdad. Me estás enseñando un montón de cosas que no sabía que existían, como que cuando alguien fuera de tu familia te quiere no se enfada ni te grita, aunque hagas algo mal: solo te explica las cosas y te cuida como tú a mí. Y como que si estás frágil no siempre te van a hacer daño, aunque yo crea que sí —me confesó—. Así que a lo mejor no hace falta encerrarse en la cabeza porque puedes encontrar a tu hada madrina para que te cuide y te ayude.

—Sara, si yo pudiera cogerte y limpiarte poquito a poco, como se limpian las cosas que encuentras de repente y que son frágiles e importantes, lo haría, con un cepillito, un poco de agua y jabón. Te recogería todas las lágrimas y las metería en un bote de cristal y lo dejaría en el estante más alto de la librería para no olvidar que están ahí, pero para no verlas más, y te abrazaría con un albornoz grande y te dejaría al sol para que te curases del todo. Eso es lo que quiero hacer todo el rato.

Eso es lo que quería hacer todo el rato.

—Nunca sé que contestarte a estas cosas tan bonitas porque creo que no me las merezco, pero si te sirve de algo y siendo supersincera, cuando estoy contigo o hablo contigo o hago algo que me recuerda a ti no tengo ganas de morirme, te lo prometo. Y no es que tengas que hablar conmigo siempre para evitarlo, que a mí eso me lo decía Rodrigo y me ponía muy nerviosa —se apresuró a aclarar—; es que eres la única persona del mundo que me quita esas ganas, aunque haya más gente buena y tenga familia. Sois mi refugio, tú y tus palabras, y cuando estoy ahí dentro me separo un poco de todo lo demás. Ojalá pudieras meterte dentro de mi cabeza y entender lo que siento. Además de mi hada, también eres mi motivo.

—Haremos que te vuelvas a sentir bien, Sara, te lo prometo. Tú confía en mí, hazme caso en todo y lo conseguiremos —afirmé.

—Vale, Elvira. Me cuesta creerlo porque me siento muy perdida, pero sé que si tú me dices que sí que lo ves es que es verdad.

—Eso está muy bien, Sara, quédate con ello: cuando no sepas qué creer, créeme a mí.

Todo se emborronó a partir de su nueva confesión. La herida de Sara se ampliaba: Rodrigo había conseguido que odiara su vida y ahora era ella quien se dañaba a sí misma con consciencia. No solo privaba a su cuerpo de alimento, sino que lo estaba lesionando porque era incapaz de querer nada que tuviera que ver consigo misma. La bulimia y su conducta autolesiva eran dos losas que caían sobre mí y me enterraban bajo un manto de escombros. Aun así, trataba de que no se diera cuenta de mi miedo, del temor que me producía saber que carecía de las herramientas para gestionar su estado emocional, que era mucho peor del que presuponía al principio de nuestra relación. Pero ¿qué esperaba? ¿Que la tristeza de Sara fuera como la mía, un mar tranquilo por el que mecerse los días de sol? ¿Que un poco de mi amor llenase de tierra húmeda el agujero inmenso en el que vivía y consiguiera iluminar un poco sus intentos? ¿De verdad me creía tan especial, tan poderosa? Hoy me siento ridícula al pensarlo. Sara no era una tristeza común, no era una adolescente melancólica, no usaba la nostalgia como punto de encuentro con ella misma. No quería llamar la atención, como decía su padre. Tampoco era que no se estuviera esforzando lo suficiente, como empezaba a verbalizar Laia. A Sara la habían maltratado, la habían agredido, habían vejado su cuerpo y su mundo emocional, habían cortado su desarrollo. Sara había perdido a su madre, existía muy lejos de su padre, su hermana cada vez estaba más ausente. Sus amigos se habían convertido en verdugos. Si no lloraba era porque estaba teniendo una pesadilla. No se alimentaba porque se sentía enjaulada. Ese era su bucle, esa era su vida. Y estaba sucediendo lo que nunca deseé que sucediera: dentro de poco, solo me tendría a mí. Tanto dolor me venía grande, me faltaban manos, no era capaz de mirarlo, sentía que se me escapaban los detalles y al final son los detalles los que determinan personalidades tan dañadas como la de Sara.

Yo notaba cómo mi cuerpo se aceleraba: quería ir mucho más rápido de lo que la realidad nos permitía. Conocer a Sara era abrir una ventana y ver cómo las bombas caían a cámara lenta. Era consciente de que las guerras no duran solo un día. Intentaba respirar más despacio y pensaba, mientras vaciaba mis pulmones, que vivía en un sufrimiento insoportable. No la juzgaba por autolesionarse. No quería que lo hiciese, pero entendía de dónde venían sus motivos e intuía que las quemaduras que se provocaba al rascarse la piel o la herida infectada que dejaba el bolígrafo que se había clavado en el muslo respondía al deseo de controlar un dolor que solo dependía de ella. Un dolor que, al contrario que el emocional, ella sabía que tenía una cura rápida y que iba a terminar. Sara estaba buscando una salida, algo que pudiera manejar de una manera relativamente sencilla, que calmara por un instante tanta angustia, pero lo hacía de una manera equivocada porque el dolor no es sustituible y tampoco se puede esconder. Lo único que recibía era un placebo que se diluía con rapidez en el pus que emanaba y que no era capaz de curar hasta que me avisaba y me pedía, por favor, que la ayudara, que no sabía cómo hacerlo, que se encontraba muy mal, que le daba muchísima vergüenza.

Hice un poco de investigación sobre las autolesiones y descubrí, alarmada, que es algo muy común entre los adolescentes y algunos adultos. No es solo una conducta propia de los que han sufrido algún tipo de agresión sexual, maltrato psicológico, desórdenes alimentarios o depresiones severas. Sc da también en aquellos que conviven con una elevada autocrítica en el trabajo o en las escuelas, que manifiestan dificultad al expresar y gestionar emociones o que no son capaces de manejar el estrés, lo que me hizo ver que no son personas que vivan en un riesgo alto, sino que aquellos que sienten los aprietos lógicos de la existencia también ven en la autolesión una vía de escape que siempre termina fallando. Los expertos la describen como una catarsis para aliviar emociones negativas, y me quedo pensando en lo agrietado que está todo, en cómo puede ser que, para distraer la atención de otros problemas, para olvidar los agobios y para disminuir la rabia, un ser humano se vea abocado a herirse a sí mismo. El suelo que pisamos está completamente roto.

A partir de ese día, todo fueron recordatorios para su curación, preguntas sobre el agua oxigenada, el Betadine y el color del borde de la herida, e intentos de averiguar si era mejor dejarla al aire o cubrirla con una gasa. Procuré asegurarme en los momentos más delicados de que no volvía a hacerlo, que acudía a mí antes de autolesionarse de nuevo. A veces me escribía y me decía que sentía muchísimas ganas de hacerse daño, pero que no lo había hecho, que solo quería contármelo. Me convertí en recipiente de sus incapacidades emocionales. Y descubrí en sus respuestas que el cuerpo de Sara estaba cubierto de heridas antiguas, algunas más recientes, casi todas provocadas por ella misma, aunque también me había mostrado una cicatriz en el dedo, una pequeña muesca blanca en el borde del anular, que le había hecho Rodrigo apagando un cigarrillo en su mano, una tarde que la encerró en el baño durante horas después de discutir.

Nunca llegué a ver sus heridas. Me daba cuenta de que lo de la ropa ancha y larga no era solo por el trastorno de alimentación y odio a su cuerpo: era para cubrirlas, era por vergüenza. Un día se duchó en mi casa y sentí la tentación de pedirle que me las enseñara, pero me arrepentí: no iba a entrar en ese espacio, no iba a insistir a un cuerpo dañado.

Esperé a que saliera del cuarto de baño y le di un abrazo. Su pelo estaba empapado y me mojó la camiseta, pero no me importaba. Nos reímos. Le dije que todo estaba bien, que no hacía falta que me enseñara sus heridas, que iba a esperar a que estuviera preparada. Que si me las describía bien yo podía intentar imaginarlas y ayudarle a curarlas. Que no debía tener vergüenza, que su cuerpo era una de las cosas más importantes que tenía. Una gota se deslizó por mi hombro y cayó al suelo. La miré desde nuestro abrazo y sentí cómo se expandía sobre el parqué.

—Imagínate tu cuerpo así —le dije—, como un trocito de mar en el que descansan un puñadito de veleros. Cada velero es una herida. No son grandes barcos con motores poderosos: son humildes, no los lleva un capitán, son solo amasijos de madera y hierro con un trocito de tela que se dejan mecer en la orilla de los puertos y no alcanzan el océano. Solo están ahí para recordarte los sitios por los que has navegado. Y ese trocito de mar es tu cuerpo. Tienes que protegerlo, tienes que quererlo y tienes que comprender lo que te dice. Debes dejar de verlo como un enemigo —le pedí, mientras volvía a recogerla en un abrazo—. Es tu casa, Sara. Y tienes que dejar de tratarla así y defenderla de esos pensamientos intrusivos que te convencen de que es una jaula, porque no lo es. La jaula está en otro sitio, es esa voz que te dice que no comas, que estás gorda, que te hagas daño, que te arranques las costras porque es lo único que te va a hacer sentir algo distinto a lo que ya sientes.

Se sorbió la nariz sobre mi hombro, ya empapado.

—Es una mentira, Sara. Tu cuerpo no se lo merece y tú tampoco. Tienes que protegerlo cuando se hace de noche, tienes que defenderlo, tienes que dejar de herirlo, tienes que prometerme que lo vas a intentar.

15

Me escribe: tiene una sorpresa. Le digo que me lo cuente después de comer y me envía un dibujo por teléfono. Acaba de cenar, por fin, después de una hora de intentos. Inés no le deja usar el móvil en las horas de las comidas para que no se distraiga, pero han acordado que si se atora demasiado o le entra de nuevo el agobio puede escribirme para que yo la ayude. Todos los días, antes y después de cada comida, me envía una foto del plato lleno y medio vacío. También suele mandarme un mensaje para contarme que se le está dando regular, que le está costando, pero que lo está intentando y solo quiere contármelo. Un día me dice que hay ratos en los que siente que tiene la mano de Rodrigo en la garganta mientras come. Yo le aliento, le repito sus cualidades como cada día desde que la conozco, le pregunto qué es lo que siente, quiero que se exprese, le digo lo fuerte que es, lo bien que se va a encontrar cuando termine el plato, todo lo que confío en ella. Me pregunta si conozco a alguien con su mismo problema. Le digo que no, pero que la conozco a ella y que eso es suficiente. Me responde que lo hago genial, que se siente muy comprendida, y siento un poquito de paz en el cuerpo al responderle que debe de ser porque de alguna manera estamos conectadas. La única manera que se me ocurre de enfrentarme a esto es con amor. No sé hacerlo de otro modo. No sé siquiera si existe otra forma.

Ha dibujado dos figuras que simbolizan dos cuerpos. Son grandes, redondos. Es digital, lo ha hecho con el dedo en la pantalla del teléfono y se disculpa por lo feo que piensa que es. «Quería desahogarme de algo que no sabía qué era», me dice. «Somos tú y yo y por eso me gusta.» Sara dibuja muy bien, en sus retratos todo tiene un sentido y se esfuerza por explicármelo. Es importante para ella y lo entiendo; comprendemos el arte de una manera similar. Sabemos que nada se crea por casualidad, que todo tiene un propósito. Me asombra su capacidad de expresión y veo en el dibujo, en su arte, una posibilidad de futuro. Me la imagino ilustrando libros, haciendo exposiciones. Se lo cuento, le digo que cuando se ponga bien la voy a recomendar a las editoriales con las que trabajo y se asombra: «¿crees que yo podré hacer todo eso?». Le digo que ella aún no lo sabe, pero que será capaz de hacer todo lo que se proponga. Me responde que su familia está contenta: le han dicho que así al menos hace algo. Habla-

mos de la carrera de Bellas Artes, de la vida en la universidad. Me emociono y le digo que tengo muchos planes para ella, pero que no se los voy a contar todavía, no quiero agobiarla. La Sara del futuro que me imagino está viva y esa imagen me provoca un entusiasmo que nunca he sentido al hablar con ella. Sé que está lejos de ello. Le pregunto si le gustaría estudiar una carrera artística y me dice que le asusta un poco pensar en el futuro porque no lo ve muy claro, pero que sí, que suena bien. Le respondo que no pasa nada, que ya iré yo pensando en esas cosas para que cuando esté bien tenga las puertas abiertas, que es como si también estuviera cuidando de ella en el futuro.

Me dice que la figura más pequeña es ella «teniendo mucho miedo». Está llena de borrones de color rojo y me explica que está manchada de algo que no sabe qué es y que le hace sentir mal. Tiene la tripa muy grande y unas líneas rojas cruzan su brazo izquierdo. Me dice que la tripa es así porque la entiendo con la comida y que lo del brazo simboliza las heridas de las piernas, que lo ha dibujado de esa manera porque no quería que pareciera tan obvio. La otra figura tiene unas manos enormes y está abrazando a la figura más pequeña. «Eres tú y también estás manchada porque estás cogiéndome», me aclara.

«¿Sabes qué veo yo?», le respondo. «Que el color en verdad es el mío, por eso está en la cabeza y en las manos y en los pies, porque es lo que te cuida.

Y la que se está coloreando con mis manchas eres tú y tu tripa es así porque ya está curada. A veces solo hay que cambiar la mirada», le digo, «eso es lo que me pasa contigo. Tú te ves de una manera, pero yo veo algo mucho más bonito cuando te miro».

«¿Tú cuánto daño crees que se puede aguantar dentro? ¿A ti no te parece como una sombra cada vez más gigante?», continúa.

«Sara, el daño que tú tienes es del mismo tamaño siempre, lo que pasa es que ahora se está removiendo y cuando se remueve parece más grande, pero hay que hacerlo, hay que amasarlo como a la plastilina para convertirlo en un rollito y sacarlo del cuerpo.»

«¿Va a estar todo bien, Elvira?», me pregunta.

Le prometo que va a estar todo bien.

No tengo tiempo para lamentarme. La situación con Sara no permite que mis emociones existan, que fluyan por mi cuerpo como lo han hecho siempre, que les haga hueco y las escuche y las comprenda para deshacerme de ellas, pero esto es algo que descubriré mucho más adelante. Ahora sé que ese fue mi error más grande: no cuidar de mí, no proteger mi cuerpo de las bombas que caían constantemente al lado de mi casa, habituarme al estruendo de la peor manera, dejando de escucharlo. Cuando vivimos en un estado de cuidado constante, todo lo propio desaparece. La atención está ahí, en la planta frágil que no crece, y no en el pájaro que brinca antes de marcharse.

Me estoy dejando y no me doy cuenta, estoy desapareciendo poco a poco, pero mi sangre no se ve, no es como la de Sara, espesa y tan viscosa, no cubre paredes ni llena mi cuarto de mensajes inconexos. Solo soy un humo borroso, he perdido el olor y no sé cuánto llevo sin beber agua y sin ir a casa de mis padres. Echo de menos que un cuerpo me abrace y me haga recordar mi forma. Llevo mucho tiempo sin escuchar una voz limpia que me cuide y creo que me he alejado de todo lo que me hace sentir bien. Puede que mi piel esté libre de cicatrices, que mi desconsuelo haya aprendido a caminar por otros lugares menos amargos. Es posible que una parte de mí, lo reconozco, se encuentre cómoda en el pesar. Quizá ese sea mi lugar seguro, la emoción que me protege. Quizá vea la tristeza como una fragilidad, algo que puedo manipular a mi antojo. Sé que la mayoría de las personas la rechaza, por eso me entrego a ella, para que nadie más me hiera, para llevar yo el mando de mi emoción. No quiero compartirla con nadie. Pero me estoy dejando y no me doy cuenta. Estoy atrapada y creo que Sara se ha convertido en mi catarsis. Cada una de sus heridas físicas abre en mí cientos de heridas emocionales. Ella es mi manera de hacerme daño para huir de mí y de todo lo que forma parte de mí y estoy empezando a rechazar.

16

Sara y yo iniciamos un proceso psicológico conjunto. De pronto, me vi siendo partícipe de sus sesiones de una manera natural, como lo era todo con ella. Cada paso era una consecuencia del anterior y nos sentíamos cómodas en ese movimiento. No parecía que existiera otra alternativa.

Los comienzos fueron difíciles. La resistencia de Sara era, en cierto punto, infantil: el día de antes expresaba su negativa a acudir a las sesiones en mensajes de voz en los que no paraba de llorar y me costaba horas de charla llegar a convencerla. Empecé a acostumbrarme a su llanto y a vivir en un estado de humedad constante. Había momentos en los que su lentitud me irritaba y le decía que no podía comportarse así, que tenía que esforzarse un poco más. Entonces ella se asustaba y me preguntaba si me había enfadado, si estaba seria, si había dejado de querer cuidarla.

Mi vida al margen de Sara ya no existía, pero tampoco se había parado, a pesar de mis intentos. No hablaba de otra cosa que no fuera ella y no me daba cuenta de mis fallos en el trabajo, de la ausencia con mi familia, de la escasa energía que me quedaba para hacer otra cosa que no fuera estar ahí, a su lado. A ella tampoco parecía importarle mi agotamiento hasta que lo notaba y entonces se deshacía en mil disculpas y me prometía que iría y que lo haría lo mejor posible por mí, no sin antes preguntarme de nuevo si me estaba cansando de ella. Yo quería que entendiera que no iba a formar parte de aquello, que la consulta sería su espacio seguro, un lugar donde mejorar por sí misma sin necesidad de mi impulso, pero ese era un deseo que no se cumpliría. «Debes querer hacerlo por ti», le decía. Ella me respondía que no estaba muy segura de poder mejorar, pero que si yo se lo decía entonces quería intentarlo. Recibía sus palabras como un trozo de madera en mitad del océano, me agarraba a ellas como si fuera suficiente y me quedaba pegada al teléfono hasta que salía de la consulta y volvía a coger aire.

Fue uno de los primeros momentos en los que sentí que yo sola no sería capaz de salvarla. Lo que ahora entiendo como un alivio, entonces lo viví como un fracaso.

El arranque fue casi más complicado que convencerla para ir. Cada vez que salía del edificio donde trabajaba Inés, de fachada señorial, ascensor de cristal y despachos vetustos, tenía que sentarse en un banco de la calle Alcalá para respirar. En mitad del tumulto, se volvía invisible. Las terrazas de las cafeterías no daban abasto y los vehículos, ajenos, rompían la calma de una ciudad en constante búsqueda de atención. Me pasa con las grandes ciudades: las presupongo tímidas, calladas, habitantes de un espacio que ha dejado de quererlas. El estado de nervios de Sara era tal que una tarde perdió la conciencia del tiempo y tuve que ir a buscarla para llevarla a su casa porque no sabía dónde estaba. Me encontraba en la presentación de un libro, pero me ausenté con una disculpa que ni siquiera recuerdo y me acerqué a por ella. La recogí envuelta en lágrimas, tan delgadita, invisible ante el tráfico de gente que pasaba por allí, y le di un abrazo cuando me dijo que no quería ir más a ese sitio, que no le quedaban fuerzas, que no podía más. La ayudé a levantarse, alcanzamos el paso de cebra, esperamos pacientemente que el semáforo se coloreara de verde para nosotras y avanzamos, juntas y sin soltarnos de la mano, hacia la otra acera, para desaparecer poco después bajo las escaleras subterráneas del aparcamiento donde había dejado el coche. A nuestro paso, la luz ya roja, el descalabro de la ciudad. Confiaba en ella. Era el mundo el que me hacía dudar.

Terminé acompañándola a través del teléfono antes y después de cada sesión. El día previo repasábamos juntas lo que le iba a contar a su psicóloga en la consulta. Le regalé un cuaderno de tapas amarillas y le dije que le serviría para escribir todo lo que le hacía sentirse mal para que Inés la ayudara a superarlo, pero no serviría: era yo, y no un cuaderno, la única receptora de sus palabras. Aquello se convirtió en un simulacro semanal de terapia psicológica.

—¿Puedo repasar contigo lo que tengo que decir a Inés hoy, porfa? Es que me está entrando un poco de miedo de ir a la psicóloga.

La luz del teléfono parpadeaba de una manera distinta cuando eran suyos los mensajes, podía asegurarlo.

—Claro que sí, sin problema. Tú sabes que solo hay que tener miedo a las cosas malas, no a las buenas —le respondí.

—Sí, Elvira, lo siento —se lamentó—. Le tengo que hablar de las pesadillas y de que me pone un poco nerviosa que haya que ensayar el juicio.

—Genial, Sara. ¿Algo más?

Que verbalizara por su cuenta todas y cada una de sus inquietudes era mi objetivo. No quería darle nada hecho.

—Y lo que te he contado antes de que a veces, si me duele mucho algo, quiero hacerme daño para que se me pase, pero le voy a decir que lo voy a ensayar contigo antes.

—Perfecto, ¡lo tienes muy claro! —la animé—. Y también le puedes contar lo de Rodrigo, eso que me dijiste ayer de que a veces te da miedo porque sientes que vives con él dentro de ti. Si quieres puedes mandarme un audio ensayándolo y después lo escribes en el cuaderno para que no se te olvide.

—¿Tengo que hablar mal de Rodrigo con Inés para estar bien? ¿Eso es obligatorio o vale con que le cuente lo que pasó? —me preguntó asustada.

—Tienes que decirle lo que tú quieras y sientas —le expliqué—. Nadie te obliga a nada. A veces vemos las cosas de una manera y en realidad son de otra y nos tienen que ayudar a verlo.

—Y si ella pensase que la realidad es una y yo pienso que es otra, ¿qué hay que hacer?

—Pues descifrarlo juntas —resolví con una sonrisa.

—¿Y le puedo contar que me dejaste dormir en tu casa y me hiciste sentir muy bien? —me preguntó.

—Claro. Puedes contarle todo lo que quieras. Es tu espacio seguro.

Entonces me enviaba un audio y escuchaba de nuevo todo lo que ya sabía, todo lo que hablábamos de manera repetida, cada uno de sus miedos, la ansiedad modulando el tono de su voz. Una vez más.

—¿Puedo contarte qué tal cuando salga?

—Por supuesto. Aquí voy a estar esperándote.

Aquello era como repasar la herida una y otra vez. Cuando la escuchaba resumir lo que hablábamos diariamente sentía que pasaba un cuchillo ardiendo por una herida abierta. Volvía al bucle, vivía en un detalle constante.

Sus secretos se fueron deshilachando poco a poco y pronto aparecieron nuevos traumas. A los terrores nocturnos, las autolesiones y el proceso de preparación del juicio se fueron añadiendo varios episodios escabrosos del maltrato de Rodrigo y todo lo que envolvía el complejo trastorno de alimentación que sufría. Yo intentaba que lo pusiera por escrito antes de cruzar la puerta de la consulta para que el proceso fuera menos severo, pero empecé a dudar de ello. Había días en los que pensaba que era mejor distraerla, hablar de libros o de perros o de anécdotas de cuando éramos pequeñas, permitirle la risa y dejar a un lado las partes oscuras. Pero ella acababa volviendo a los mismos temas, a preguntarme si podía contarme cosas de las que se acordaba, conversaciones que se alargaban tres o cuatro días con sus correspondientes pausas. A veces, me interrumpía con dulzura con una de sus preguntas imposibles y entonces volvíamos a sumergirnos en el análisis, en la transcripción de todos los episodios violentos de los que yo tomaba nota para contárselo a Laia y a Ana, su abogada recién contratada, para así ampliar, poco a poco, la denuncia contra Rodrigo. El juicio por la violación grupal y la grabación y difusión sin consentimiento de esta se aproximaba, y cualquier cosa escabrosa añadida, por paradójico que resultara, le ayudaría en el mismo.

El momento de la salida era el peor. Me escribía nada más cruzar la puerta: «ya está, Elvira». Y me pedía que la esperase, que estaba un poco mareada y que se había sentado en el banco de siempre. Era capaz de visualizarla como las esculturas de las grandes ciudades a quienes nadie se detiene a mirar a no ser que estén expuestas en un museo. Recordé la expresión de *Julia*, de Jaume Plensa, en plena plaza del centro de la capital, respirando con los ojos cerrados en un gesto interminable. La calma, su tristeza, una soledad vertiginosa. «El desafío de respirar», leí en algún titular. Me imaginé sus pulmones llenos del alquitrán de la carretera.

Sara solía quedarse ahí una hora o dos antes de irse a casa por su propio pie, abatida, con el único anhelo de esconderse. A veces, intuía un atisbo de enfado en sus palabras y lo aplaudía. Me parecía positivo que empezara a sentir otras emociones y confiaba en que la rabia le diera poco a poco la fuerza que necesitaba para salir de aquello. También defendía su derecho a estar mal, a que tomara sus propias decisiones, aunque fuera estar triste y no querer intentarlo más lo que quedaba de día.

—Mañana volveremos a estar bien y a hablar de cosas bonitas y llenas de luz, no pasa nada —le decía. Y ella me daba las gracias por entenderla.

—Es que se me revuelven muchas cosas al hablar con ella y no sé si es porque estoy haciendo algo mal, pero me sale solo, sin querer —se quejaba.

—Es lo más normal del mundo, Sara. Ya sabes que para que las cosas se curen hay que hablar de ellas. Es un trago feo y largo, pero poco a poco te va a sentar mejor. ¿Te ha ayudado?

—Me ha dado consejos, ¿te los puedo contar?

—¡Por favor! —le pedía.

—Me ha dicho que intente pensar que es imposible que Rodrigo me haga daño ahora, que sabe que es difícil porque parece real, pero que busque cosas en mi vida que antes no estaban y ahora sí para entender que estoy en otro momento —me contaba—. Por ejemplo, si pienso que estás tú es imposible que esté él porque no os conocéis, eso nunca ha ocurrido a la vez.

Así fue como empecé a conocer a Inés, a través de las palabras de Sara. Era una mujer amable, sensible, con fuertes valores feministas, muy comprensiva, que había empatizado desde el principio con Sara y que me hizo sentir tranquilidad. Estaba en unas manos dulces que iban a cuidar de ella con profesionalidad. Definitivamente, fueron unos meses algo más amables. Noté que el peso de mis hombros se rebajaba y que el exceso de responsabilidad que empezaba a asfixiarme disminuía, lo cual fue tan agradable que pensé, y esta vez con pleno convencimiento, que todo iba a salir bien.

Volví a las tardes de cine, recuperé los paseos largos con mi perro, cambié mi cama de lugar en el dormitorio. Sus palabras; todo lo que le decía era hermoso, era cálido a pesar de la dureza, era esperanzador para las dos, dotaba a su historia de un sentido lógico y científico. Su voz adulta y experta fue un refuerzo para mí.

Me convertí en un tema recurrente en las sesiones de Sara e Inés. Había días en los que yo era lo único de lo que le apetecía hablar, me decía, porque era lo único que le hacía sentir bien. Era raro el día en el que Sara no me contaba lo que le había dicho Inés sobre mí.

—Dice que tengo suerte de que me cuides tan bien, que si eres así conmigo solo puede ser porque me quieres por lo que soy y no por lo que te doy —me contaba. Y yo le pedía más—. Me ha preguntado qué supones para mí y le he dicho que eres mi familia, que me tratas muy bien, que eres muy buena conmigo, que sé que podemos hablar de cosas poco importantes, pero que también sé que si te cuento algo serio me vas a ayudar, pero no diciéndome que no me preocupe y ya está, sino que lo vas a hacer como mi hermana.

¿Puedes hacerme cosquillas en el brazo mientras me lo cuentas, Sara, por favor?

—Le he dicho que si no estuvieras conmigo yo no sabría qué hacer porque me ahogo en cien problemas que no sé solucionar sola, y me ha dicho que ya lo sabe, que ella también lo cree, que creceré y recordaré esta época como algo feo que se verá borroso, pero que también me acordaré de que estuviste y eso me pondrá feliz.

Un poco más, Sara.

—Esta tarde me he agobiado mucho hablando de las pesadillas, me he bloqueado y no podía parar de llorar, y le he dicho que yo solo te lo quiero contar a ti, Elvira, y me ha dicho que si prefiero hacerlo contigo y a ti te parece bien puedo hacerlo.

Sigue, por favor.

—Quería contarte que hemos tenido una sesión muy larga y bonita y que hemos hablado un montón de ti, Elvira, y le he preguntado cómo puedo cuidarte cuando tú estés mal, y me ha dicho que esté aquí para ti y que te haga cosas bonitas para dártelas, así que es lo que voy a hacer, voy a estar aquí contigo para cuando estés triste y enfadada y para cuando todo, y te voy a mandar muchos más audios diciéndote que te quiero y que todo va a estar bien para que se te pasen más rápidos los días malos.

¿No te ha dicho nada más de mí, Sara?

Lo que entonces sentí como un reforzamiento positivo lo intuyo ahora, que escribo desde la honestidad de esta historia, como un empuje a mi ego, al que nunca le habían tocado especialmente los cumplidos y las palabras de admiración. Escuchar mis logros en la voz experta de Inés me producía un placer que en este momento me sonroja. Era de mí de quien hablaba y admiraba mis capacidades, mi forma de enfrentarme a esta historia tan compleja sin estar preparada para ello. Me vanaglorié entonces de mi sensibilidad, de mi papel de guía espiritual para con Sara (y cualquiera que acudiera a mí, pensaba). Me sentí especial, alguien por encima de los afectos comunes, la verdadera protagonista de un dolor que había hecho mío con generosidad y valentía. ¿Era Sara, únicamente, el contexto de mi historia de amor propio? Sus palabras acariciaban mi perfeccionismo, lo envolvían en papel de regalo y me convencían de que no me estaba equivocando, que mi forma de ser tenía un propósito en el mundo, que era yo la única capaz de restablecer un equilibrio dañado. No había fallos en mi labor y eso me ponía la piel de gallina. Despejó todas y cada una de las dudas. Inés subrayó mi bondad en un trazo perfecto y me dejó así, rendida y feliz sobre la cama, extasiada con mis maneras, enamorada de todo lo correcto que ahora sí sabía que existía dentro de mí.

¿Bajo qué pretexto, pienso ahora, existió mi involucramiento con Sara? ¿Fue mi ayuda un acto de egoísmo, de alimento para mi ego? Me asusta reconocer parte de esta verdad que me atormenta. Escucho una voz que me dice que la belleza no es más que una mirada fabricada, una mentira. Y me resisto a ponerlo por escrito porque es doloroso admitirlo, pensar que todo lo que hice por ella en verdad lo estaba haciendo por mí, para rellenar un vacío que nadie ha sabido ver nunca, que he protegido con cautela. Y yo lo sé, insisto, porque veía en Sara a todas las mujeres del mundo. No era ella: era su petición de auxilio lo que me hundió en la locura. ¿Es eso un error? ¿O simplemente forma parte de la condición humana? Quizá solo me estaba queriendo por primera vez. Desvío todos los intentos de los otros por cuidarme porque he crecido así, esa es mi experiencia: una vida de atención para otros y distracción para mí. ¿Fue esta historia un gesto propio de torpeza? ¿O fue velar por otra persona hasta la extenuación el mayor acto de amor que he tenido conmigo misma? El cuidado al otro implica siempre un abandono porque se cuida desde la renuncia. Hay en ese gesto una épica mal narrada: ¿somos héroes o solo estamos equivocados? Puede que, sencillamente, no sirvamos para otra cosa.

El 12 de marzo recibí un correo electrónico de Inés. En él se presentaba y, con el permiso de Sara, me decía que quería que tuviera su correo guardado por si hiciera falta que contactáramos en algún momento, algo que siempre hacía en situaciones delicadas, apuntó. A pesar de contar con el de Laia, sabía de mi implicación con Sara y quería contar con ello de manera preventiva.

> Aprovecho para felicitarte por cómo estás desarrollando tu papel con Sara. Eres un pilar para ella.

Muchas veces vemos en la consulta pacientes adolescentes, sobre todo si han sido víctimas de violencia machista, con infinitos problemas para confiar de nuevo y percibir en otras personas una figura de seguridad. Es uno de los puntos más difíciles de recuperar en su totalidad y en los que más años de terapia se invierten, porque su cerebro todavía se está moldeando y han crecido aceptando y normalizando situaciones muy dañinas.

Por eso, una de las primeras cosas que intentamos hacer es buscar en el entorno una persona de confianza para ellas, a la que puedan acudir y pedir ayuda sabiendo que no van a recibir ninguna reprimenda, que no van a ser juzgadas ni ignoradas, donde se les va a escuchar, cuidar y atender. En este caso, esa persona eres tú. Es muy sanador lo que haces con ella, eres una figura de absoluta seguridad y gran parte de su recuperación se deberá a ello.

La terapia sería mucho más difícil y ardua si ella no estuviese recibiendo todos estos cuidados y comprensión por tu parte. Lo estás haciendo muy bien. Intuyo de ti que eres una persona muy sensible y empática. Dice mucho de ti que hayas adoptado ese papel de «hada madrina» (escucho esta expresión en cada sesión con ella sin excepción y se le destensa el gesto) y que lo estés ejerciendo con esta madurez y este amor. Mi trabajo sería más fácil si todas mis pacientes tuviesen cerca a alguien como tú.

Te agradezco mucho el apoyo que supones para Sara. Los tres pilares de un buen tratamiento psicológico son la voluntad propia, la terapia y el apoyo familiar. Sin duda, no solo entras de lleno en el tercer bloque, sino que lo lideras. Eres una pieza absolutamente clave en su recuperación, así lo dice ella y así lo percibo yo también. Espero que vayamos viendo cómo evoluciona y que sea dentro de no mucho tiempo.

Los correos se sucedieron durante varias semanas. Me explicó que Sara sufría, entre otras cosas, estrés postraumático y que, por desgracia, apenas contaba con herramientas y apoyo familiar. Me contó que en ese estado era normal padecer recaídas fruto de la presión a la que se veía sometida en casa. Laia estaba cada vez más encima de Sara, forzándola a comer y a estudiar, y estaba provocando que su relación empeorase. «El estrés postraumático», me explicó, «funciona como un mar embravecido: navegas en olas que suben y bajan continuamente hasta que desaparecen». Inés tenía la impresión de que sus bajones eran fruto de esa presión familiar y que en cuanto esta desapareciera ella mejoraría. Me convenció de que, aunque pareciera paradójico por el aparente descontrol en su vida, lo mejor era que su hermana se mantuviera alejada, cosa que estaba a punto de ocurrir.

Nada de eso se salía de la norma, me dijo: la culpa que sienten los familiares de las víctimas de violencia de género y violencia sexual los lleva al extremo de querer controlarlo todo para que no se les vuelva a escapar nada. Se detuvo en explicarme con detalle el tema de las autolesiones como vía para romper con un dolor emocional extremo, así como la facilidad de que Sara hubiera caído en la bulimia, que ella entendía como una consecuencia de haber estado escuchando durante todos los días de su formación temprana que le sobraban kilos. Se ofreció a resolver todas mis dudas. Me dijo que Sara necesitaba comprensión, un espacio seguro donde poder hablar y alguien que estuviera con ella en las comidas. «Eres tú, Elvira. Esa persona eres tú.»

Volví a colocar la cama en el lugar de siempre y a acariciar a mi perro desde el sofá.

La terapia se volvió más compleja para Sara. Su estado era tan frágil que Inés le había recetado una pastilla para dormir. Todos sus trastornos y alteraciones daban la cara en la hora que duraba la sesión y eso la dejaba hastiada y algo enfadada. Ese estado provocaba que hubiera días en los que no le apetecía hablar tanto conmigo, no al menos de lo que yo intentaba en aquel momento: que reconstruyera todos los episodios violentos vividos con Rodrigo para poder usarlo en el juicio y que todo se inclinara a su favor. De algún modo, me quedé a un lado y fue algo a lo que tuve que acostumbrarme. El desplazamiento fue mínimo, lo veo ahora, pero yo lo viví como un golpe extraño. Sara ya no me necesitaba tanto, no de una manera tan dependiente, y, aunque eso supuso un alivio, una parte de mí se sintió inútil.

Llevaba unos días notándola muy lejos de mí. Sus respuestas eran lánguidas y no conseguía que retomásemos las conversaciones importantes. Tampoco esquivaba ya las palabras serias con una de sus perlas repentinas e ingeniosas. Solo se interesaba por lo que había hecho durante el día o me preguntaba si estaba muy cansada y me escuchaba sin sorpresa. Dejé que se alejase porque entendí que formaba parte de la complejidad de su tristeza: momentos de cercanía y otros en los que nuestros cuerpos debían separarse. Pero pasaba el tiempo y no regresaba y una parte de mí empezaba a secarse, así que le pregunté si se encontraba bien.

Entonces dejó caer por la pantalla todas sus palabras.

«Siento que desde que he aparecido te doy más problemas que cosas bonitas. Sé que me vas a decir que no y yo te creo porque si fuera así no harías tantas cosas por mí, pero es que quiero estar bien y pienso que algo se me ha roto dentro y no sé qué es. No sé cuánto tiempo voy a tardar en arreglarlo, Elvira, y entonces pienso en ti e imagino cuánto sufres cuando te cuento cosas malas o pesadillas o problemas y quiero quitarte ese dolor, porque tu dolor es distinto al de mi hermana o mi padre, te lo prometo. Es que si tú tienes ese dolor, Elvira, es como si lo tuviera mi madre: me duele en otro sitio distinto. Y pienso que no paran de salirme problemas como telarañas, como si yo fuese un árbol con una enfermedad de esas que acaban llenos de bichos. Yo quiero estar bien, pero no puedo del todo, y quiero comer bien, pero llevo dos días que me acuerdo de él, y no quiero llorar más, pero es que me sale solo, y quiero dormir, pero tengo pesadillas y me despierto y está todo mojado otra vez, y no sé qué hacer. Entonces siento que quiero contártelo todo porque eres tú y yo ya me quiero hacer mayor contándote hasta cuando voy a hacer pis, pero es que si te aviso pienso que cuando te despiertes vas a leer ese mensaje en vez de otro más bonito y me da muchísima pena. No me había parado a pensarlo nunca porque nadie había creído tanto en mí, pero desde que mi hermana me dijo que tengo que dejar de estar así no paro de darle vueltas. Te prometo que yo no soy así siempre. A veces pienso que me gustaría ser una mochila repleta de flores y cosas bonitas y logros para ti, pero solo llevo problemas encima. ¿Por qué si yo siento este dolor tan grande tengo que extendértelo a ti y contagiarte mis ganas de llorar si tú solo me das cosas bonitas? Lo siento mucho, Elvira, se me ha hecho una bola, me he quedado atrapada y no sabía a quién pedirle que me sacara. Ahora todo el mundo me ha dicho que estoy rara y yo les he dicho que no, pero tú me has dicho que me sientes lejos y me he sentido muy mal por haberte hecho daño al pensar eso. Lo siento muchísimo. Yo quiero estar siempre cerca de ti, Elvira. Quiero contarte hasta cuando tengo sed.»

Aquí estaré para darte de beber.

Mis enfados con Sara, aunque mínimos, existieron. No me hace falta hacer un ejercicio de memoria para saber que aquel día fue una de las pocas veces en las que me sentí realmente molesta con Sara. El resto de mis emociones estaban dirigidas: sentía un cariño absoluto y la paciencia evitaba siempre el enojo. No me incordiaba tener que repetirle las cosas, responder a las mismas preguntas. Si ella daba un paso atrás, yo paraba mi movimiento y la esperaba. Si ella se equivocaba y se hacía daño o dejaba la comida en el plato, yo la absolvía como una terapeuta, sin consecuencias furibundas, aplicando la razón. La comprensión era la base de nuestra relación. Sin embargo, yo no podía, aunque así lo creyera, mantener un control estricto sobre mis emociones. Medía cada palabra, sí, puedo asegurarlo, todo en mí tenía un sentido, pero todos conservamos grietas por las que entra el agua.

—Me he tomado una pastilla, pero es un secreto —me escribió una noche.

—¿Cómo que te has tomado una pastilla? ¿De las de Inés? —me alarmé.

—Sí, pero no me la ha dado Inés, es que en casa de mi padre hay siempre todo tipo de pastillas, y estas son de cuando pasó lo de mamá. Lo que pasa es que Laia no me deja cogerlas por lo que hice la última vez cuando pasó lo del vídeo —me respondió en un mensaje de audio. Su voz sonaba tranquila, incluso orgullosa. Había en su expresión algo turbio.

—Vale, pero ¿ella te ha dicho que te la tomes? —insistí, inquieta.

—No, he sido yo sola.

—Sara, las pastillas te las tiene que recetar alguien, no puedes cogerlas tú porque sí. ¿Es que no te acuerdas de lo que pasó? —Su despreocupación me exasperó y ella volvió a su tono de siempre.

—Sí, Elvira, lo siento mucho, es que me sentía muy mal. No he sabido curarme bien la herida y me he agobiado mucho. No te he avisado porque quería intentarlo sola, pero es que no he podido y no quería molestarte más. Lo siento, te prometo que solo ha sido una. No te enfades conmigo, por favor —me suplicó.

—No me enfado, Sara, pero esto me asusta, no te las puedes tomar tú sola. Esto no funciona así.

No puede ser. Antes de coger nada me lo dices, y yo te digo si puedes o no, como la otra vez. —Como tantas veces—. ¿Te la has tomado entera?

—No, solo la mitad, de la redondita que es pequeña. Perdóname, Elvira, porfa, es que yo solo quería estar bien.

—¿Seguro que media? ¿No ha sido una? —Me sentía culpable y eso me cabreaba. No había visto a Sara como lo que era, una adolescente con ganas de ser adulta y tomar sus propias decisiones. ¿Cómo no me había dado cuenta de que también a mí podía mentirme? ¿Y por qué lo había hecho? Estaba mejorando poco a poco, lo veía. ¿Por qué ese tropiezo?

—Sí, te lo prometo, solo había media suelta y así no tenía que abrir otra. Lo siento. No quería asustarte. No te pongas seria conmigo, por favor.

Respiré. Su delicadeza me desactivaba. En el fondo, no era rabia lo que sentía: era miedo. Me daban pánico los químicos y me daba pánico perderla. Había fallado; quizá no estaba lo suficientemente encima o había sido un error concederle tanta confianza. Me sorprendí pensando en los métodos educativos dirigidos a adolescentes que a su vez son víctimas de violencia de género. ¿Cómo había llegado a ese punto en tan solo unos meses? Me dio miedo todo: mi implicación sin retorno, los límites difusos, saber que cualquier fallo involuntario podía suponerle un daño irreparable. No me había sentido así el día que recibí el primer mensaje de Laia diciéndome que Sara se había intentado suicidar un par de días después de hablar conmigo. No: sabía distinguir bien lo propio de lo ajeno, mantenerme al margen. Me esforzaba por no hacer míos los problemas de los demás. ¿Cuánto había cambiado en unas semanas? ¿Es mi cariño tan peligroso? No me sentí atrapada, que era como estaba de verdad. No me vi acorralada en una situación imposible de manejar. Su error era el mío. Era tarde. Ya la quería. Y me asustaba profundamente perderla.

A lo largo de las sesiones, Inés y Sara fueron profundizando en las pesadillas, que era algo que retrasaba todo lo demás, ya que le impedía descansar bien. Es lo que llaman *higiene del sueño*. Sufría parálisis y enuresis nocturna, es decir, su cuerpo era incapaz de moverse en el estado que media el sueño y el despertar y, además, no podía evitar orinarse encima. Sus noches eran salvajes. Inés le dijo que no era algo raro, que le ocurría a un montón de chicas que estaban pasando por su misma situación, que mejoraría y se iría solo. «Vamos a curar tu sueño», le decía, «vamos a conseguirlo».

Sara y yo teníamos un truco: cada vez que se despertaba por culpa de un mal sueño tenía que escribirme un mensaje diciéndome que no era real. Lo hicimos casi desde el principio. Llevaba meses despertándome con las mismas palabras de madrugada: un grito de auxilio. Le pedí que añadiera que eso no podía estar pasando, que, tal y como nos había dicho Inés, Rodrigo y yo no podíamos coexistir en su vida, pero la angustia no siempre se deshace con la lógica y la suya cubría con un manto espeso mi despertar.

—Si te despiertas escríbeme y dime otra vez que no puede ser real porque tú y yo nos queremos, Sara, y cuando nos queremos nada malo pasa —le escribí una noche antes de despedirnos.

—Es verdad, Elvira. Cuando nos queremos nada malo pasa.

—¿Sabes que hay una técnica para las pesadillas recurrentes? —le conté un día. Había estado leyendo sobre la parálisis del sueño en un intento de ayudarla un poco más.

—No, ¿cuál es, Elvira? —Imaginé sus ojos abiertos esperando el milagro.

—Consiste en superar las pesadillas y los miedos desde la propia pesadilla. Por ejemplo, imagina un niño que sueña con un monstruo. Hay que decirle que cuando aparezca, le lance unos polvos mágicos para que el monstruo se vaya. Como estás en una situación del subconsciente —le expliqué—, puedes usar herramientas que no sean reales, como esos polvos. Así que puedes dormirte pensando en ello y cuando Rodrigo se acerque a ti lanzarle esos polvos, como si te metieras en la pesadilla. ¿Me explico? Seguro que Inés sabe mucho más de todo eso.

—¿Como si yo estuviese dentro de la pesadilla y también pudiese hacer lo que quisiera? —me preguntó.

—Efectivamente. Desde decirle que no a irte corriendo o hacer lo de los polvos. O abrir, por ejemplo, no sé, una puerta y aparecer en el mar o cerrar los ojos y teletransportarte al sofá con tu madre.

—Vale, lo entiendo, Elvira. Como si fuera magia. ¿Te imaginas que lo intento y me funciona?

Sara siguió desgranando conmigo sus terrores nocturnos. En casi todos aparecía Rodrigo y la tocaba y le hacía cosas que la dañaban. Ella me explicaba que eran tan reales que se paralizaba y no podía moverse. Le pregunté si era lo que le hacía en la vida real y me dijo que sí, que se parecía mucho.

—Es que yo creía que Rodrigo iba a entrar, Elvira, te lo juro, y no me podía mover, ni hacer nada, ni avisarte, ni dar la luz, ni coger los cascos o un libro —me contó—. He intentado levantarme, pero las piernas no me funcionaban bien, ni siquiera podía fumar porque no se me movían los brazos como yo quería, era todo muy de verdad y me daba muchísima vergüenza contártelo por si ya no querías dormir más conmigo. Tenía verdadero pánico a que se hiciera de noche. ¿Me sigues mirando igual después de esto, Elvira? —preguntó.

—Te miro mejor, Sara —le respondí.

—Odio dormir, Elvira. Yo sé que parece que tengo pesadillas y ya, pero es que es otra cosa, algo muy difícil, como si llegase un momento horrible todos los días a partir de las ocho —me escribió.

—¿Pero es por algo más aparte de las pesadillas? —le pregunté—. ¿Te trae recuerdos feos?

—Es que un día pasó una cosa de noche, hace mucho tiempo, y desde entonces siempre me da miedo que llegue la hora. Como el otro día, cuando estaba en tu casa. Me sentía genial, pero de repente me entró el susto y me encogí a tu lado, ¿te acuerdas?

Claro que me acordaba. Estábamos en casa, habíamos pedido algo para cenar y charlábamos sobre literatura. Tenía un examen la semana siguiente y le había pedido que me contara cosas, lo que quisiera. «Háblame de los poetas, Sara, cuéntame cosas de la generación del 27, dime cuál es tu poema favorito.» Estaba animada, sentía que por una vez era ella la que podía enseñarme algo, y ese entusiasmo era un regalo. De repente, Viento, que descansaba en la terraza, ladró al movimiento del vecino de enfrente y Sara se sobresaltó y empezó a respirar un poco más rápido. Le llamé para que entrase y colocó la cabeza, en un gesto de compasión, sobre las rodillas de Sara. Ella se agachó con suavidad y dispuso la frente sobre la de Viento en un gesto hermoso. «A mí también me da miedo todo», susurró. Y se quedaron ahí, suspendidos, con los ojos cerrados y el pulso perfecto.

—Es que de repente miré a la ventana de la terraza, donde estaba Viento, y vi que el cielo estaba supernegro y que ya era noche cerrada. Entonces me agobié mucho.

—¿Pero te pasa porque ves que es de noche y eso te recuerda alguna cosa fea?

—Me pasa desde la noche en la que pensé que me iba a morir —me respondió.

—¿Una noche que estabas con él? —le pregunté, y ella lo confirmó con un «sí», apesadumbrada—. ¿Me quieres contar lo que pasó?

—Es que nunca se lo he dicho a nadie, y además cuando nos reconciliamos nos prometimos que nunca lo íbamos a contar —continuó—. Pero es que ahora me pincha el cuerpo cuando se hace de noche porque me acuerdo sin darme cuenta.

—¿Sabes qué creo? Que las promesas malas deben romperse y no pasa nada. No está mal.

—Es que yo creía que me iba a morir ese día, Elvira —me repitió—. Estaba tan segura que en mi cabeza me despedí de todo el mundo y ni siquiera tuve miedo porque lo tenía claro. —Hizo una pausa de un par de minutos antes de continuar escribiendo—. Es que le llamé maltratador. Se lo dije para insultarle y hacerle daño.

—¿Y qué pasó?

—Estábamos en su coche y volvíamos por Aravaca, cerca del sitio de las flores por el que pasamos el otro día. Entonces discutimos y le dije esa palabra y él se quedó callado todo el camino, pero luego en casa me volvió a hablar y pasó todo.

—¿Qué te hizo? —le pregunté en tono serio y temeroso.

—Me estoy asustando, Elvira. No sé si puedo seguir —gimió.

—No pasa nada, Sara. Recuerda que te dijo Inés que era muy bueno que habláramos de estas cosas. Piensa que decirlo es como que salga de ti, de ahí dentro donde está metido, de tu cuerpo, que salga y se quede fuera.

—Me da mucho miedo, aunque ya no esté aquí —se lamentó, y yo traté de animarla.

—No pasa nada, porque yo sí que estoy, y conmigo no hay miedo.

Es que me cogió del cuello, Elvira.

—¿De repente?

—Un poco por mi culpa, creo.

—No, Sara, ninguno de sus golpes es por tu culpa, nada de eso se merece. ¿Por qué te hizo eso?

—Porque cuando llegamos a casa discutimos y él me dijo que era una puta por una cosa de la ropa que llevaba y entonces yo le dije que le odiaba y que era un maltratador. Me respondió que era una vergüenza que le llamase eso por las mujeres realmente maltratadas y entonces tiré un vaso al suelo a propósito, pero no para darle ni nada. Es como si me hubiera vuelto loca.

Me quedé callada, esperando que continuara. Era importante conocer los detalles, hacer un ejercicio de memoria para después poder usarlo en el juicio.

—Me estoy intentando acordar de un trozo que me falta, pero no lo recuerdo bien, Elvira. Solo tengo flashes sueltos, pero no me lo estoy inventando, te lo juro. Tengo la escena borrosa. Me acuerdo de que se enfadó muchísimo y luego pasó todo y yo creía que me moría.

Esperé.

—Es que me hizo daño. Me empujó, me tocó un poco fuerte y nos desnudamos y todo eso y me cogió del cuello y solo recuerdo que todo se volvió muy oscuro y que me iba a morir.

Me imaginé el cuerpo de Sara muerto. Me imaginé sus huesos hechos arena sobre la cama de Rodrigo. Me imaginé su cuello sin latido, las venas durmiendo. Me imaginé su cadáver sin sobresaltos, sin miedo. Me imaginé un cuarto oscuro y la presencia casi invisible de una mujer marchita. Me imaginé su pelo y sus uñas creciendo como crecen las malas hierbas en un jardín abandonado. Me imaginé también sus ojos, ya grises, en calma bajo los párpados, en un lugar mucho más hermoso que el que acababan de habitar. Me imaginé su olor de muerta. ¿Es distinto el hedor de una persona muerta por causas naturales al de alguien asesinado? ¿Huelen distinto las mujeres a las que golpean hasta morir que las que fallecen por una enfermedad o un accidente? Por mi cabeza pasaron todas las noches en las que se despertaba pensando que lo estaba viviendo de nuevo. Comprendí, en su totalidad y en ese preciso momento, su pánico a quedarse dormida. Comprendí el pis nocturno, el sudor enfermo, el pus de sus heridas. Comprendí su cuerpo contrahecho. Comprendí el filo de su clavícula hambrienta. Comprendí el hundimiento.

17

A pesar del ambiente lóbrego sobre el que nuestra relación ha nacido y se va construyendo, siento que recibo de ella multitud de cosas hermosas que están vivas y nos regalan momentos de alegría. Somos las dos expertas en bucear por muros de piedra porque sabemos encontrar la grieta. Todo, hasta lo más innombrable, termina siempre en algo que se contrapone y nos ilumina, como dos milagros alzados al techo de una catedral. Utilizamos el mismo idioma, palabras que no se quedan en la superficie, sino que la bordean, la perforan hasta hallar un agujerito por el que escapar.

Sus respuestas son tiernas y me hacen envidiar su ingenuidad. Si conversamos repetidamente sobre su pánico a quedarse dormida, me declara que soy su «orfidal humano» cuando no sabe gestionar el miedo. Si le escribo un poema sobre la necesidad de que exista su tristeza, me pregunta si puedo ir a hablar con Inés en vez de ella porque nadie la entiende como yo. Si vamos a vernos y le consulto con cautela qué quiere para merendar, me responde que todo le vale con tal de estar conmigo, que si quiero que meriende una sopa de repollo (aunque odie el repollo), lo hará. Si se agobia estudiando y se lamenta porque no consigue retener nada, me dice que si ella escribiera los libros de texto hablaría de mis libros y añadiría que la dejo dormir conmigo y que le mando canciones bonitas para dormir.

Es igual de lista que los niños curiosos y no le importa preguntarme cosas para las que no tengo una solución clara. «¿Me puedes ayudar a que mi hermana me deje no dormir?», me pide un día. E implora en un momento de angustia: «¿Me puedes ayudar a comer bien?». En otro momento, me pregunta si la puedo ayudar a ser de otra forma. También lo intenta, aunque conozca la respuesta: «¿Me vas a decir que puedo no acabar bachillerato?». No faltan las preguntas llenas de miedo: «¿Te vas a asustar de mí cuando nos veamos después de lo que te he contado? ¿Soy un problema para ti? ¿Por qué a algunas chicas no las creen? ¿Tú piensas que esto se me va a pasar algún día?».

Una tarde me escribe: «¿Tú me puedes ayudar a entender el miedo?». Rescato una frase de una película de dibujos animados, El viaje de Arlo, *y se la envío: «No puedes librarte del miedo: tienes que entenderlo». Y ella la reconoce de inmediato y me dice que su hermana la llama Arlo cuando pone cara de no estar enterándose de algo porque dice que tiene sus ojos. «Es cierto», le respondo, «esos ojos son de dibujito animado». Y se va de mi vida, solo por un instante, dando saltos.*

Son radiantes sus intentos. Prosperan, triunfan. Se los agradezco en cada ocasión porque solo ella sabe silenciar los golpes de esta manera, con ese ingenio tan propio con el que dejo que mi cuerpo también se ría.

Me concede espacio, a pesar de que no se lo pido. Solo lo rompe si se olvida de respirar. Intuye mi cansancio como si estuviera observándome de cerca y no quiere molestarme. Los días en los que sabe que tengo trabajo acumulado, que estoy comiendo con mi familia o que he encontrado por fin un rato libre para ir al cine, espera a que sea yo quien le escriba. Normalmente, la encuentro tumbada en la cama con voz triste. Suele contarme que lleva en bucle unas horas y que, aunque lo ha intentado, no ha conseguido salir sola. No me hace caso cuando le digo que puede mandarme un mensaje en cualquier momento, que estoy pendiente, que no hace falta que pase por esto sola si me tiene a mí. «A veces te quiero contar tantas cosas que siento que voy a derretirte de tanto hablarte, Elvira», me dice.

Conoce de sobra mi melodía favorita. La articula con maestría, deja que suene antes de que yo sepa siquiera que anhelo escucharla. La toca para mis oídos, solo para mis oídos. Domina mis puntos débiles y los acaricia con sus dedos finos. Me hace saber que me necesita y eso es suficiente.

18

Un día me escribió Laia para contarme que Sara había hecho con su tarjeta una donación de seiscientos euros a una protectora de galgos. Habían discutido y quería matarla, pero al mismo tiempo se partía de risa porque sabía que ese tipo de cosas solo las podía hacer ella. Escribí a Sara para decirle que me parecía un gesto precioso, pero que debería haberlo consultado con su hermana antes, y se justificó diciendo que son animales que sufren mucho, que les hacen daño y nadie sabe si están tristes porque no pueden hablar. Sara quería adoptar un galguito y me pedía que la ayudase a convencer a Laia. Yo sentía que me derretía por dentro: «¿quién eres, Sara, y por qué has tardado tanto en aparecer?».

Ella insistía en la adopción, encaprichada como una niña pequeña, pero conseguí convencerla de que no era el momento. «Tienes que estar bien para poder cuidar de un animal», la avisé. Se defendía diciéndome que ella era muy responsable, aunque no lo pareciera, que lo iba a cuidar un montón, que ahorraría toda su paga para los gastos, que le daría todo su amor. Tenía la misma voz que tenía yo cuando con trece años les suplicaba a mis padres que me dejaran adoptar un animal. Le dije que el amor, por desgracia, no es suficiente. Le conté que lo peor que le puede pasar a un perro adoptado no son los problemas derivados del maltrato, sino que lo abandonen por segunda vez porque no se pueden hacer cargo de él. Que no lo entienden, que eso los mata. Que hay que estudiar para tener trabajo y un espacio adecuado y muchos planes B y, sobre todo, estar bien, y que ella no estaba todavía en ese punto.

Le propuse otra opción y enseguida se entusiasmó: amadrinar un perro juntas. Se llamaba Julio, estaba en una protectora que se dedica a buscar familias para los galgos que abandonan porque ya no son útiles para la caza. Los que no tienen esa triste suerte acaban ahorcados en los campos como si fueran los restos de una práctica furibunda. «Ellos también nos necesitan, Sara. Podemos amadrinar las dos a Julio, mandarle un poquito de dinero, ir juntas a verlo, limpiar su chenil, rascarle la barriga, regalarle algún juguete. Y mientras tanto», añadí, «puedes seguir viniendo a pasar tiempo con mi perro para que vayas aprendiendo a cuidarlo». Ella brincaba, dando saltos por la pantalla, dejando caer su felicidad por la conversación, y me dijo, muy en serio, que ya no quería estudiar Bellas Artes, que de mayor quería ser voluntaria de una protectora. Yo me reí, le envié fotos de Julio mientras pensaba que podría pasarme toda la vida quitándole de la cabeza esas ideas hermosas que muy probablemente convertirían el mundo en un lugar del que no siempre tendría ganas de huir.

Sin embargo, poco después, me preguntó qué pasaría si ella algún día se ponía triste o peor, si tendríamos entonces que *desamadrinar* a Julio, que le agobiaba mucho pensarlo. Le respondí que eso no iba a pasar porque él ya era nuestro ahijado, que pensase en él cuando se pusiera muy triste, en su resistencia, en su esperanza.

—No le vas a abandonar nunca igual que yo no te voy a abandonar a ti.

Se agitó de nuevo y me dijo que Julio tenía cara de lapicero y que sus ojos también eran de dibujo animado y que quería comprarle jerséis y abrigos para el invierno y que iba a intentar con todas sus fuerzas estar bien para él.

—Te lo prometo, Elvira. Gracias por hacerme sentir importante.

Sara se mecía entre el entusiasmo y la angustia. No era capaz de controlar su respiración y tampoco lograba gestionar el frenesí cuando hallábamos cosas que animaban sus días. Yo era opuesta a ella. Servía de espejo a mis carencias. Suelo analizar tanto mis emociones que no me permito enloquecer ni dejarme llevar por los impulsos. Todo en mí está medido, estudiado. Me lamento porque creo que lo que esconde mi comportamiento no es más que temor al fracaso o al rechazo. Antes, solía justificarlo pensando que de esa manera todo lo que me saliera finalmente bien se multiplicaría, pero ahora sé que estoy equivocada. Puede que detrás de ese control tan férreo solo haya desidia provocada por la inseguridad.

Durante años, tuve que protegerme de una situación de machaque psicológico constante por parte de una antigua pareja. Me encerré en mí misma y me convertí en una persona fría y distante. Aquello no mejoró la situación, me acusaba de estar muerta por dentro y no creía mis palabras, pero yo defendí mi frialdad y creí en ella como refugio. Me sirvió para no ceder, para protegerme. Ahora pienso que duró tanto tiempo que una parte de mí se quedó congelada de verdad. Envidio el arrebato de Sara, su descontrol. La miraba, la veía montada en esa montaña rusa que la acercaba y la alejaba de mí, y quería subirme a su vagón, quitarme el cinturón, saber qué se sentía al volar, soltar las riendas de todo lo que es incierto y dejar que así fuera, morder las nubes y la arena al caer y chillar tan fuerte que los pájaros no supieran si es de miedo o de felicidad.

Todo en ella era excesivo. Cuando estaba contenta, el aire se movía igual que cuando Viento se emociona y menea la cola. Sus arrebatos me embelesaban. Nos hicimos muchos regalos a lo largo de los meses. Yo le compraba cuadernos y pinturas para que siguiera creando, le enviaba libros a casa, le di el cuarzo que me compré en La Plata y que no me quitaba desde entonces y le enseñé mis poemas antes que a nadie. Su respuesta solía ser exagerada. No solo me hacía dibujos —docenas de ellos— y me dejaba mensajes preciosos escritos con un lápiz especial en los espejos de mi casa cuando venía a visitarme, sino que me mandaba cantidades inmensas del sushi más caro de la capital. Una mañana, me preguntó qué bebía para desayunar y la siguiente tarde que quedamos apareció con diez cajas de mi té favorito. En otra ocasión, me envió a casa una camiseta personalizada con la palabra *respirar*. Recuerdo el día que compró cien ejemplares de mi último libro con la tarjeta de su padre por internet y les pidió a las amigas de su hermana que lo repartieran entre sus conocidos para que todos me leyeran. También quería regalarme un pijama con el dibujo de un perrito, pero entonces cambiaba de opinión y me preguntaba qué me parecía una manta grande con el mismo dibujo, que sabía que pasaba frío por las noches, que a lo mejor me gustaba más.

Yo le agradecía cada regalo, pero le decía que no necesitaba tanto, que no tenía por qué hacerlo.

Me respondía que me lo merecía, que si fuera rica y tuviera su propio dinero me regalaría muchas más cosas. Yo le insistía, la convencía de que ya me sentía muy querida por ella, que no hacía falta que se gastase dinero para creérmelo. Que lo que me hacía verdadera ilusión era que me hiciera caso, que se esforzase, que lo intentase. Ella se desentendía de la parte de los regalos y me decía que ese día había pensado mucho en mí, que había estado triste y enfadada y que cuando se acordaba de mí le volvían las ganas de estar bien. «Eso me hace más feliz que cualquier regalo», le respondía.

Pasó semanas hablándome de un dibujo que quería regalarme por haberla ayudado cuando salió del hospital. Tenía dudas; quería que fuera perfecto y no paraba de consultarme. «Tengo muchas ganas de contarte lo que es», me decía, «pero es que también quiero que sea una sorpresa, y que te guste mucho, y que al verlo te sientas tan bien como tú me haces sentir a mí cuando me ayudas». Después me pedía perdón: «Voy a acabar espachurrando la sorpresa», añadía, «pero es que estoy emocionadísima pensando que te va a gustar». Cuando por fin lo recibí, descubrí una ilustración preciosa. No se parecía a su estilo, lo que hizo que me sorprendiera aún más. Sus capacidades artísticas eran infinitas. En ella, aparecíamos Viento, Sara y yo sumidos en un abrazo. Sus patas y nuestros brazos se entrelazaban y parecíamos una figura única, un abrazo de piel. Los colores eran brillantes, las frentes descansaban las unas sobre las otras y debajo de nosotros crecían flores pequeñitas de tonos amarillos. Las dos sonreíamos. Teníamos los ojos cerrados y parecíamos felices. Entre los pétalos, en pequeñito, estaba escrita la frase «Te quiero como a los animales». Me eché a llorar cuando lo vi.

Otra noche se quedó a cenar. Pedimos algo de comer y le conté que estaba viendo una serie sobre adolescentes que le gustaría. Está ambientada en un instituto y trata sobre los dramas y desavenencias de un grupo de amigos. Hay sexo, hay relaciones sanas y otras de comportamientos muy tóxicos, y también hay rupturas de amistad, equivocaciones e inseguridades. «Creo que te puede servir para ver otras vidas que se parecen un poco a la tuya», le dije. Le pregunté sobre la jerga de hoy en día, le pedí que me enseñara las nuevas palabras que se han creado. Le confesé que no entendía qué narices significa *bae* y *otp*, que no sé en qué momento se usa la expresión *te renta*, que envidio profundamente que se sepan libres tan jóvenes. Nos reímos y terminó detallándome los juegos sexuales que practica la gente de su instituto cuando salen a beber. Me habló del juego del muelle, que consiste en que los chicos se tumban sin ropa interior en forma de círculo y las chicas pasan buscando la penetración, perdiendo así el chico que eyacule primero. Un par de chicas de su instituto se quedaron embarazadas y tuvieron que abortar y otros tantos contrajeron enfermedades de transmisión sexual. Me quedé perpleja: no se parecía en nada a lo que vivíamos tan solo unos años antes. Sara le quitó importancia: estaba muy de moda y a los amigos de Rodrigo les encantaba, pero nunca había jugado a eso, no le interesaba y le daba miedo.

Respiré aliviada con un gesto de exageración mientras ella reía.

—No te preocupes, Elvira, si además yo ahora no estoy yendo al insti, estoy mejor aquí, contigo. Yo lo que quiero es tener tu edad ya —me dijo—, y vivir sola y poder hacer lo que quiera.

Sonreí.

—Toda la gente de mi edad quiere tener la tuya, Sara. Lo mejor es desear lo que se tiene, que nunca volverá.

—¿Para estar bien es obligatorio que vuelva a ir a un instituto? —curioseaba con una de sus dudas enrevesadas.

—Efectivamente —le respondí, y le pregunté si lo entendía.

Me dijo que sí, pero que le daba mucho miedo y que estaba todo el rato intentando encontrar un caminito para no ir, y me pidió si podía ayudarla si volvía y le hacían daño de nuevo.

—No te preocupes, Sara. Yo siempre voy a estar en tu camino.

Hay un tema que, a pesar de todo, siempre la hacía brillar. Cada vez que me decía que echaba mucho de menos a su madre, yo le pedía que me contara cosas sobre ella, lo que quisiera. Y notaba cómo su sonrisa se iba ampliando mientras recuperaba anécdotas o recuerdos especiales. Me pedía hacerlo despacio, que a veces le dolía un poco. Yo le contestaba que podía hacerlo como quisiera, que me encantaba conocer a su madre a través de sus palabras. Una mañana, me contó lo que hacía siempre un día sorpresa del curso. Empezaba a dictar los apuntes del tema que correspondiera y, después de un rato, leía una frase de Mecano, la de *aire, soñé por un momento que era aire, oxígeno, nitrógeno y argón*, y continuaba la lección un par de líneas más. Solía haber tres o cuatro alumnos que se daban cuenta, se reían y no lo copiaban, pero el resto no se percataba y seguía escribiendo. Entonces, su madre daba un golpe en la mesa y bramaba: «¡No tenéis que copiar estupideces solo porque os lo diga alguien desde arriba!». Soltó una carcajada y le dije que me habría encantado conocerla, que seguro que era una persona muy especial e inteligente. Me respondió que sí, que se parecía a mí porque siempre sabía todo antes de que pasara, y que ella también le decía que era muy cabezota.

Le pregunté qué pensaba su madre sobre su relación con Rodrigo y me confesó que no le gustaba, que le pedía que saliera de ahí, y que fue muy feliz cuando lo hizo. «Hasta se reía distinto.» Pero luego volvió con él cuando ella enfermó y no se lo contó para que no sufriera.

—Murió sin saberlo, o eso creo —me dijo.

Le pregunté si se la imaginaba en algún lugar cuando pensaba en ella.

—Yo siempre pienso que Tango está en la nieve porque era su lugar favorito.

Sara se la imaginaba en un sillón con una lámpara, rodeada de montones de libros y de plantas.

—Pero no sé si será verdad —añadía. Y me daba las gracias—: Eres la única persona con la que no me duele hablar de esto, Elvira.

—Estoy segura de que está contigo y sigue riéndose distinto —le contesté.

El amor de Sara era contagioso. No me invadía, era ingenuo. Me quería porque la cuidaba, porque era amable y la trataba bien. Era tan sencillo al principio. Sara estaba dañada, era un animal maltratado, pero sin miedo. ¿Cómo no iba a quererla? ¿Cómo podía evitar tenerle cariño a sus palabras dulces, a sus maneras bondadosas, a su cuidado? Era todo aquello, y no sus avances, lo que me mantenía a su lado. Sabía que iba a mejorar, que terminaría recuperándose, que conseguiría tener una vida mucho más amable, que dejaría entrar en su vida a gente buena a la que querría y dejaría que la quisieran, que sufriría y tendría las herramientas para gestionarlo, que lograría empezar la carrera, que alcanzaría un acuerdo con su padre cuando fuera ella quien tuviera que cuidar de él, que se haría mayor y le crecería el pelo y rellenaría de carne los huecos que entonces me dejaba ver su esqueleto. Todo eso lo sabía porque daba por hecho su resiliencia. Estaba casi convencida de que podría conseguirlo sin mí. Era, sin embargo, su manera de quererme lo que me hacía quedarme. Era eso y no otra cosa. Me sentía querida más veces de las que me sentía necesitada. Y no estaba preparada para rechazar ese amor.

Ella también me miraba con suavidad, prestaba atención a mis pensamientos, confiaba en mí. Yo era sabedora de lo que eso suponía y me sentía elegida. Sara tenía miedo a todo y a todos, pero a mí no. Evitaba conocer a gente nueva porque le asustaba que le hicieran daño, no quería pensar en los amigos que podría hacer cuando fuera a la universidad y tampoco en futuras parejas, pero no cuestionaba nada de lo que yo le entregaba.

A continuación, me habló de un chico con el que se veía en las épocas en las que no estaba con Rodrigo. Me contó que la trataba muy bien y que siempre le preguntaba si le apetecía antes de practicar sexo. «Era amable y cuidadoso conmigo», añadió. Le dije que eso era lo que le esperaba en el futuro, que me iba a encargar de que en su vida solo hubiera hombres buenos. Me respondió que entonces no le apetecía mucho pensar en eso y me pidió permiso para preguntarme algo.

—¿Cada cuánto tiempo es normal acostarse con un novio, Elvira? ¿Todos los días?

Me confesó que estaba pensando en Rodrigo y que se había dado cuenta de que no sabía cómo funcionaba el sexo en las parejas que están bien porque nadie habla de ello. Le expliqué que dependía de muchísimas cosas, que lo más importante era estar en consonancia. Después se quedó en silencio unos instantes y escribió:

—¿Me pueden gustar las chicas a partir de ahora?

Sonreí a la pantalla y le respondí que le podía gustar quien quisiera cuando quisiera, como si no le gustaba nadie nunca, o al día siguiente le gustaban todos y todas. Le expliqué que eso no era algo que se pudiera elegir, pero que tampoco había que darle demasiada importancia.

—Es que cuando te gusta alguien, Sara, da igual que sea chico o chica. Solo os miráis y te pones feliz. Es sencillo, aunque luego a veces se complique. Pero lo que no puede pasar —añadí— es que quieras que te guste alguien por miedo a otro. Lo mejor que puedes hacer es mirar a la gente como personas, nada más, y mirar solo a las personas buenas, las que te van a cuidar y querer como tú a ellas.

—¿Y cómo voy a saber si me gusta una chica porque me gusta de verdad o porque los chicos me asustan? —Se disculpó—: En realidad creo que no me gustan, Elvira, que solo tengo miedo.

Le respondí que era normal y le hablé de todos los hombres buenos que conocía. Me preguntó si trataban bien a sus parejas, si comprendían sus miedos, si se enfadaban a menudo. Me rompía el corazón.

—Sé que no has conocido otra cosa, Sara, y que no te lo crees mucho porque estás acostumbrada, pero te prometo que el amor bueno existe y que acabarás dándote cuenta.

Recuerdo de nuevo el día que dormimos juntas por primera vez. Sara venía de semanas sin dormir bien por las pesadillas y le había propuesto que se quedara a dormir. A la mañana siguiente, tumbada en el sofá, me dolían los ojos porque apenas había descansado. Sara se había ido hacía media hora y yo todavía no me había cambiado de ropa. Me escribió un mensaje nada más llegar a casa. Era atropellado, me decía que el número de mi portal parecía sacado de una exposición de arte moderno y me daba las gracias por haberla dejado fumar en la terraza. Me contó que Viento le había lamido un ojo para despertarla y que le gustaría vivir cerca de nosotros. Me interesó saber si a su padre le había parecido bien que se quedara en casa y me respondió que sí, que le había preguntado si de verdad no había sido ella quien había insistido en quedarse, pero que Sara le había dicho que no y que podía preguntarme a mí si no la creía. Después me dio las gracias por haberla hecho sentir a salvo y añadió que estaba definitivamente contratada como hada madrina. Me hizo reír y se lo agradecí. «Me siento afortunada porque has decidido quedarte y encima me dejas hacer cosas como dormir en tu casa, y yo ahora quiero mudarme a tu sofá y hacerte cosquillas en el brazo y que tú me las hagas en el pelo todas las noches que sean malas. Lo siento mucho porque estoy llorando y tengo los ojos de sapo y no quiero mentirte, pero te prometo que es de alegría. Ya no me da vergüenza decirte que te quiero mucho, Elvira.»

Me repetía que me quería todos los días. En mensajes escritos y en notas de audio, en el parque cuando me acompañaba a sacar a mi perro, en el sofá de mi casa cuando se quedaba a cenar. Su amor se deslizaba por la pantalla y por mi piel como una cascada de agua cristalina. Inundaba el teléfono, empapaba mis manos y se deslizaba por todo mi cuerpo. No quedaba una parte de mí que no estuviera calada. Me cubría los pies y alcanzaba mi altura. Desbordaba la habitación y bautizaba mi casa. No me ahogaba: era como si de repente fuera un pez que brincaba veloz por un mar que llevaba su nombre y no me daba miedo. Me sentía ágil y viva. ¿Cuánto podía tardar en atravesar el océano y llegar a otro continente? Sentía que podía cruzarlo de un salto. Observaba su cariño iluminando mis escamas y, de pronto, todo brillaba y era capaz de ver a través del agua. Siempre me ha asustado perder de vista la orilla, no tocar la arena con los dedos, no conseguir alcanzar tierra cuando las olas me empujen. Sin embargo, ese mar sí quería conocerlo, sí quería que me arrastrase, sí quería que me llevara a un lugar desconocido.

Se acercó a mí y me hizo cosquillas.

Yo también te quiero mucho, Sara.

Te voy a querer siempre.

19

Claro que hubo conversaciones hermosas, momentos de alegría. La energía de Sara era tierna e inteligente. Las suyas eran preguntas de una niña curiosa y para nada dirigida. Sus palabras, insisto, eran pequeñas aberturas por las que entraba la luz. Me retaba, pero también facilitaba el amor. Aprovechaba cada resquicio para deslizar el cariño que sentía por mí. Su ternura, verdaderamente, me hacía feliz y me mantenía enganchada. Era adicta a esos momentos luminosos. Ahora creo que todo estaba orquestado, que manejó cada interrogante para ponerme en bandeja la respuesta y hacerme sentir capaz, aunque yo pensara que era al revés. Escogió las palabras, sin lugar a duda, con una clara intención. No existió ninguna conversación que fuera casual. Todo era hermoso, sí. Sin embargo, observo hoy, siempre apagaba el interruptor después de que viviéramos un momento así, en el que nos reíamos por algo. Entonces, cortaba la conversación con un pensamiento doloroso y volvíamos de nuevo al bucle. Su risa, escrita con consonantes y vocales en la pantalla de mi teléfono, se diluía tan rápido que no fui capaz de atraparla nunca. Todavía hoy, en los rincones más oscuros, puedo escuchar sin esfuerzo cómo se deshace.

La escribo ahora aquí, su risa, para dejar constancia de que existió, que Sara fue feliz en momentos breves porque la insistencia no siempre daña, porque confié en su resistencia.

Tengo fe en la recuperación. Tiendo a dirigirme hacia las causas perdidas, hacia lo dañado y supuestamente irreparable, hacia todo aquello que nadie quiere cerca. Me siento atraída de una manera irremediable por lo que está roto, por las grietas. Me interesa la capa de mugre que no se limpia. Las miradas tristes en los vagones del metro, la fragilidad de algunos cuerpos, las voces que se quiebran, las plantas que no crecen. Rechazo el optimismo, no creo en él, soy consciente de que todos guardamos dentro un abismo. Y yo no busco llenarlo, solo iluminarlo, pero no sé bien por qué.

Tengo confianza en que existen cosas que curan y sé que son menos que las que dañan, de ahí mi ahínco, mi energía focalizada en salvar a quien me lo pide.

Ahora que ha pasado el tiempo, siento la necesidad de adentrarme en esta historia sin disfraces. Quiero despojar a la verdad de la poesía. Hundir la mano en mi cuerpo y descubrirlo. Comprender que hay cosas que no se pueden transformar. Que la realidad, a veces, es lo suficientemente valiosa como para necesitar adornos.

Quiero contar esta historia desde el suelo, desde la honestidad más feroz, desde el lugar en el que me quedé, y todavía sigo, cuando Sara se fue.

20

Inés y Sara doblaron las sesiones a pesar de las reticencias de su padre. Tanto él como Laia querían que Sara dedicase más tiempo a los exámenes. Se aproximaba la prueba de acceso a la universidad y ella, que estaba haciendo un esfuerzo sobrehumano para aprobar bachillerato, se veía incapaz de retener en la memoria más fórmulas matemáticas, accidentes geográficos y fechas encapsuladas de batallas. Estaba viviendo su propia guerra y ni siquiera creía que existía un futuro para ella. ¿Cómo iba a estudiar? Yo insistí: me parecía innecesario que sus fuerzas se dirigieran a los estudios y no a su recuperación. La alegría al aprobar cada examen quedaba difuminada unos minutos después, al desaparecer la euforia. Pero su familia se agarraba a eso como un clavo ardiendo. Pretendía tapar la herida y continuar el trazo, pensando que nadie se daría cuenta. Pero Sara era en sí misma un recordatorio de lo que le había pasado y estudiar no iba a alejarla de aquello.

Su padre, estricto en maneras y en actos, se sentía profundamente avergonzado de su hija. Decepcionado, quizá, consigo mismo, buscó un psiquiatra privado, un viejo amigo de la familia, para que acelerase su recuperación a base de químicos, pero después de hablar conmigo Sara logró convencerle para no tomarse más pastillas a cambio de aprobar los exámenes y hacer la prueba de acceso. Laia había conseguido que le dieran un permiso para estudiar desde casa y poder hacer los exámenes finales en un aula sin sus compañeros, pero más allá de eso no habían puesto mayores facilidades, lo cual me enfurecía. Fue así como empezamos las clases particulares.

Cada tarde, dedicaba un par de horas a explicarle algunos temas de Filosofía, de Historia y de Lengua y Literatura. Yo apenas recordaba nada de lo aprendido en el instituto, no al menos con esa precisión memorística que exigen los programas, así que reservaba gran parte de la mañana para escuchar podcasts educativos y subrayar los apuntes que me enviaba la noche anterior. Me descubrí entonces recreando en cierta manera esa pesadilla recurrente en la que me presentaba a exámenes sin haber estudiado antes, solo que ahora era ella la que acudía por mí, la que respondía preguntas con mis palabras, la que utilizaba los recursos mnemotécnicos que me inventaba para memorizar los conceptos más complicados. La presión que sentía era tan alta que acababa profundamente agotada. Los triunfos de Sara y las heridas de su gesta, de alguna manera, también me pertenecían.

Su concentración, por otra parte, era mínima: se distraía con el paso de las hojas, se detenía cada dos por tres para que la ayudase a respirar, se echaba a llorar en mitad de una explicación, me decía cosas como que se sentía incapaz y que no entendía por qué tenía que estar estudiando cuando ella lo único que sentía eran ganas de huir y yo, por más malabares que hacía con las naranjas mientras le explicaba el principio de causalidad de Hume, no conseguía encontrar la respuesta. Ella no tardaba en romperse:

—Pienso que no voy a aguantar sintiendo todo esto, Elvira, que voy a acabar volviendo con Rodrigo sin querer, que no voy a poder hacer lo de Ana, lo de Inés y terminar el curso a la vez. Y también pienso que hago muchas cosas, pero que en realidad no hago ninguna bien porque son tantas que no me da tiempo a estar en lo que me toca porque todavía no he terminado lo de antes. Y ya sé que no pasa nada si suspendo, sé que no te vas a enfadar, pero a mí me importa un poco y siento que no tengo fuerzas para estudiar más horas al día. Es que no sé cómo concentrarme sin que se me metan escenas en la cabeza. —En la pantalla, su rostro, ralentizado por la mala conexión, se quedaba congelado en muecas horribles. Su voz, en cambio, llegaba a mis oídos con una nitidez espantosa—. Quiero dejar de sentir que soy algo que se ha caído, se ha roto y que ahora está entero porque alguien ha pegado los trocitos con pegamento. Porque no es lo mismo, no soy la misma. Yo antes sacaba dieces, no me quedaba en blanco en los exámenes, era una de las mejores de la clase. Y ahora no soy capaz de retener ni una sola cosa —se lamentó con un hipo infantil. Más que derrota, en su voz existía queja, un pequeño graznido animal—. ¿Sabes qué me pasa? Que siento que ya no me conozco, que no entiendo muchas cosas que siento o que quiero, que no soy normal, que mi vida no se parece a la de las chicas de mi edad. Que quiero que mi cabeza me deje de insultar cuando estoy comiendo bien y dejar de tener esa cosa en el pecho a la que ya me he acostumbrado y que me molesta cuando quiero coger aire. Quiero dejar de sentirme sucia cuando recuerdo cosas. Y también quiero dejar de hacerme pis en la cama, pero sé que no va a pasar, así que ya ni siquiera me esfuerzo en pensarlo.

Retiré la mirada de la pantalla. Lo que antes veía sin esfuerzo, ahora me costaba. Sara me dolía en partes de mi cuerpo a las que no les estaba haciendo caso. Cuando la escuchaba, un calambre recorría mi muñeca derecha, como si la sangre se hubiera salido de las venas y estuviera dando saltos en los músculos. También notaba un pinzamiento en la sien, profundo, como si mi cabeza me forzara a cerrar los ojos y dejar de mirarla. El estómago se me llenaba de hormigas y el hecho de pensar en comida me daba ganas de vomitar. Estaba perdiendo las ganas, pero no sabía bien de qué. Sin embargo, mis palabras seguían ahí, tan dispuestas, arrebatando el control a mi cuerpo, ignorando lo que este suplicaba.

—Hoy sería uno de esos días en los que dormiríamos juntas, ¿a que sí? —Lancé al aire mi deseo, que chocó contra el ordenador y se desparramó sobre el teclado con tristeza.

—Sí, Elvira, mucho, sin soltarte —musitó.

—Así te convencería de que todo va a salir bien, aunque tú ahora creas que no. Sé que lo que te digo son solo palabras —insistí—, por eso te abrazaría muy fuerte y entre abrazo y abrazo te lo repetiría para que te lo creyeras.

—Yo te creo, Elvira, te lo prometo —me dijo—. Es solo que algunos días mi cabeza es un sitio muy difícil y no consigo hacer nada bien.

—Sara, cuando te digo que me sorprende tu fortaleza no exagero. Creo que las cosas que puedes hacer bien las haces increíblemente bien, y las que no es porque no se puede. No hay nada que reprocharte.

—Me siento atrapada entre muchas cosas y a veces pienso que soy yo misma la que se ha metido ahí —reconoció.

—No, Sara —repliqué—. Ahí te equivocas. No eres tú la que te has puesto en esta situación. El único culpable es Rodrigo. Tú estás haciéndolo como buenamente puedes. Es como si te hubieran encerrado en un sitio y estuvieras intentando salir por todos los medios. Y yo estoy fuera, sé que vas a salir y por eso estoy tranquila. Pero tú estás dentro y no lo sabes.

—¿Y por qué no puedo saberlo y vivir en paz en vez de así? —me preguntó.

—Estás en ello, trabajando mucho para descubrir el modo de hacerlo. Con Inés, con Laia, conmigo. Y, mientras, te cuidas, comes mejor, intentas estudiar. No puedes permitirte parar y rendirte —añadí— porque tienes una luz increíble dentro y yo la necesito.

—¿Sabes qué siento a veces, Elvira? —Sara tenía esa capacidad narrativa en sus conversaciones, la manera perfecta de colocar las palabras justas para que todo lo que viniera a continuación se descalabrase—. Que tengo algo detrás que me coge de los tobillos, no me deja seguir y me llena la cabeza de cosas, hasta que un día se rompe todo.

—¿Te digo lo que creo que tienes que hacer? Porque es justo lo que estás haciendo ahora: ponerle nombre y palabras y contarlo —respondí—. Vamos a dejar la clase por hoy, ¿te parece? Date esta noche para estar triste, llora hasta que te canses, vacíalo todo, pero sin nervios, ya sabes.

—Vale, Elvira. Es que llevo mucho rato llorando y aun así es como si sintiese que acabo de empezar.

—No tengas miedo y llora el tiempo que necesites —le pedí—, que si no se te enquista.

—¿Hasta la hora que yo quiera? —preguntó levantando la cabeza, sutilmente iluminada por el rayo de sol que entraba por la ventana de su habitación. Recordé los momentos en los que me pedía permiso para fumar.

—Claro. Hasta que tú quieras. ¿No ves que es agua? Limpia mucho, ¿no crees?

—Sí. Al terminar sientes lo mismo que cuando te haces daño, pero sin hacértelo, que es mucho mejor, Elvira.

—Efectivamente. Es la manera que tienen el cuerpo y la mente de protegernos. —La ternura que me llevaba a pronunciar en voz alta frases hechas que, como un milagro, funcionaban era la que nos salvaba a ambas.

—¿Puedo decirte la última cosa? —rogó.

—Claro, todas las que quieras.

—Es que, ¿sabes qué pienso? —El vértigo de esa pregunta me acompaña desde entonces, sea quien sea el que la formule—. Que me he dado cuenta de que no sé quién soy. Por ejemplo, siempre he creído que soy tímida, pero ahora no sé si lo soy o es que tengo miedo de que alguien me diga algo. También pensaba que era generosa, pero ahora no sé si lo que me pasa es que hago cosas por los demás porque no quiero que se vayan y me dejen sola. Y creía que era atenta, pero ya no sé si es que estoy alerta a todo por si acaso en algún momento hago algo que moleste sin querer y eso provoque algo malo. —Paró la verborrea unos segundos en un profundo suspiro—. Elvira, si no sé quién soy, entonces, ¿qué hago aquí?

—Sara, la vida se vive dentro de uno mismo —le expliqué—. Las personas no somos de una manera porque sí. Es decir, no nacemos tímidos o asustadizos o simpáticos o enamoradizos. Hay algunas cosas que sí, que son solo nuestras y que forman parte de nosotros, todo eso que te sale de forma innata. Eso pase lo que pase no cambia. Pero todo lo demás es producto de las cosas que nos ocurren. La bondad, la generosidad, la agresividad: todo eso tiene un origen. Por eso somos distintos en cada etapa de nuestra vida. Tú ahora eres así por las cosas que te han sucedido, por todo lo que te han hecho. Pero cuando todo esto pase, serás otra Sara, con cosas distintas, mucho más fuerte y poderosa de lo que ya eres, llena de aprendizajes. ¿Lo entiendes?

—Creo que sí, Elvira. —Su voz, mucho más tranquila ahora, me esperaba—. ¿Tú te conoces bien? —me preguntó.

—Qué va. Yo no sabía que era buena hasta que tú me lo dijiste, por ejemplo. Y seguramente sea otras cosas que puede que nunca descubra porque no suceda algo que despierte ese rasgo de mi personalidad que todavía no conozco. Además —continué—, que la vida es un poco eso, irse conociendo a uno mismo, comprender que estamos en constante cambio.

—¿Si yo me quedo así mucho tiempo tú me puedes ayudar a saber quién soy, por favor? —Detrás de la mujer perdida, la niña abandonada.

—Claro que sí. Yo te enciendo la luz. ¿Te cuento algo? —le pregunté—. Lo que yo veo ahora es una chica triste y dañada llena de cosas preciosas, como el tesoro escondido bajo un montón de piedras, y así estamos cada día, quitando un pedrusco. Lo que pasa es que llevas mucho tiempo a oscuras y la luz al principio molesta un poco, pero conseguirás verla sin que te dañe. Te lo prometo.

—Vale, hada. Muchas gracias por dejar que nos saltemos la clase hoy y por haber hablado conmigo. Siento como si llevase muchas horas teniendo frío y hubieses venido de repente a ponerme una mantita. Cuando descubra quién soy te daré todo lo bueno que tenga. Te lo prometo.

—La bondad es una de esas cosas innatas que tienes desde el primer día, así que no te preocupes: ya me la estás dando —le dije antes de mandarle un beso, colgar la videollamada y bajar la pantalla del ordenador.

Suspiré con esfuerzo y dejé caer mi cabeza sobre las manos. Me estiré la piel de la cara con los dedos y me quedé así unos instantes, con los ojos cerrados y las fosas nasales ávidas de aire limpio, desoyendo a mis pulmones que, desesperados, seguían rogándome un respiro.

Las pesadillas se intensificaron a medida que su estrés aumentó, así que Inés y Sara comenzaron una terapia de EMDR. El objetivo de esta técnica psicoterapéutica, dirigida por lo general a pacientes que han sufrido abusos u otras experiencias traumáticas, es integrar los recuerdos de forma saludable en el cerebro a través de la estimulación con sonidos, golpecitos en las rodillas o movimientos oculares. Normalmente, la conmoción derivada de una situación muy compleja a nivel emocional suele almacenarse de forma errónea y queda, así, bloqueada. Esto condiciona la conducta de quienes la sufren, que pueden llegar a ver afectada su vida de una manera insoportable. Lo que Sara tenía que hacer, en definitiva, era concentrarse en sus peores recuerdos, mantener la mente fija en esos momentos, mientras Inés le provocaba un movimiento en su cuerpo. Ella debía entonces contarle lo que le venía a la mente, ya fueran imágenes o sonidos. A través de la repetición de este proceso, conseguían hacer desaparecer esas sensaciones negativas. El recuerdo traumático cobra así vida, une las piezas, se coloca en el pasado y se procesa con los recursos actuales aprendidos en la terapia. Es un movimiento perfecto, un reflejo de lo que no le estaban dejando hacer: dar un sentido a su daño, mirar la herida hasta pulverizarla.

Las primeras sesiones fueron terribles. Sara terminaba desmayada o vomitando por los nervios en el suelo de la consulta, pero no me daba muchos más detalles. Solo me contaba que Inés le había dicho que al principio sería difícil, pero que acabaría acostumbrándose. Añadía que era asqueroso, que parecía que la estaba tocando y que, aunque al abrir los ojos se diera cuenta de que no era real, la tripa se le quedaba revuelta, como si hubiera sucedido de verdad. Yo la animaba, insistía en mi fe en ella sobre todas las cosas, la creía verdaderamente capaz de todo. Ella lloraba y me decía que me echaba de menos, que lo único que hacía era pensar en que estaba ahí a su lado. «Ese es tu poder, Sara, agárrate siempre a eso», le decía.

Ese era el contexto de Sara: un paisaje salvaje lleno de trampas en el que mantener el equilibrio era casi imposible. No sé de qué manera aprendí a colocar las manos en el lugar preciso para que nunca llegara a tocar el suelo, pero creo que sería capaz de hacerlo de nuevo.

Además de los estudios y la terapia psicológica, existía una palabra que acompañaba a Sara casi desde el principio y que, por más que intentaba evitarla, manchaba sus días de un miedo ponzoñoso: el juicio. Desde la denuncia de la violación grupal y la difusión del vídeo, Rodrigo se encontraba en la cárcel de manera preventiva. El hecho de que la vista se pospusiera un par de veces por motivos que alegó el abogado de Rodrigo solo consiguió alargar el sufrimiento de Sara, cuyo único deseo era que terminase cuanto antes.

Pasó varias semanas con pavor a hablar con Ana, su abogada, por el miedo a lo que pudiera pasarle. Al principio se rebeló: no quería ir y faltó a las primeras sesiones, con el consecuente enfado de Laia, que le exigía responsabilidad y esfuerzo.

—¿Y si me tienes que cuidar mucho durante un tiempo porque lo del juicio se me da mal? —me preguntó un día después de una gran discusión con su hermana que ni siquiera yo pude suavizar.

—Te traeré a mi casa para acariciarte el pelito y ponerte sonidos del mar —le respondí con dulzura.

—Y si todo sale mal, ¿me puedo quedar a vivir en tu sofá para siempre? —añadió con tono de súplica.

—No va a salir mal, pero sí, te vas a poder quedar ahí siempre que quieras.

Y ella brincaba en la pantalla mientras me escribía, con suma inocencia, que le encantaría que la jueza de su juicio fuera yo.

Me hizo cientos de preguntas teñidas todas de ingenuidad, como que si los juicios eran como en las películas, en los que hay alguien que pierde y alguien que gana, y si había que ir vestida de una forma especial o hablar de una determinada manera. Me pidió permiso para dormir conmigo el día previo al juicio para después rogarme, por favor, que fuera a declarar con ella, que me sentase a su lado. También me preguntó si Rodrigo sabría todo lo que ella podía contar, si estaba permitido llorar en la sala o la regañarían como hacía su padre, si los jueces asustan, si iba a tener que contar cosas desagradables delante de todo el mundo. Le preocupaba quedarse en blanco y también que el juicio pudiera salir en la televisión. No quería convertirse en unas siglas, que su historia formara parte de debates televisivos, que todo el mundo se enterase y se quedase manchada para siempre. Le aseguré que eso no iba a pasar y ella me rompió con otra pregunta: «Cuando empiece el juicio, ¿ya no sentiré nada por él?».

Las horas previas a la primera reunión con la abogada, a la que me esforcé por convencerla de que acudiera, Sara era un manojo de nervios. Se había comido una caja de croissants entera y tenía el estómago revuelto. Estuve con ella toda la mañana a través del teléfono. Le envié fotos de Julio y le pedí ayuda para elegir el título de un poema. También le aconsejé que se diera una ducha para despejarse y que saliera a secarse el pelo a la terraza de su casa. Le recordé que se curase la herida, que ya no le escocía tanto al echarse agua oxigenada. Habían quedado en su casa para evitar que se saltara la reunión, así que solo tenía que esperar a que llegase Ana. Me quedé pendiente del teléfono como si tuviera los dedos anclados a la carcasa de metal y acero. Cualquier notificación aceleraba mi pulso, que esperaba con preocupación sus noticias.

Cuarenta minutos después, me escribió. Le había pedido a Ana un descanso y se había ido al baño para hablar conmigo. La llamé por teléfono: lloraba de otra manera, como activada por el cansancio. Un ratito después, ya desahogada, me envió una foto por mensaje mientras hablábamos:

—Me acabo de dar cuenta de que los calcetines que llevo son amarillos, tu color favorito, y creo que eso es una señal. —La puse en manos libres y amplié la imagen: sus tobillos, tan finos, eran del grosor de una muñeca. Los calcetines abrigaban sus huesos, pero estaba convencida de que esa piel no notaba el calor—. Tengo que seguir, ¿no? —me preguntó.

—Con todas las fuerzas —le respondí sin apartar la mirada de sus piernas.

Cuando terminaron, le dije que no hacía falta que habláramos de ello en ese momento y le propuse vernos esa misma tarde para merendar juntas. Me acerqué al supermercado y le compré lo que me pidió: un bote de Nocilla para hacerle un sándwich y una Coca-Cola Light. Al cruzar la puerta, después de agacharse para abrazar a Viento, suspiró mi nombre y sonrió. Su actitud cuando llegaba a mi casa era, más que cuidadosa, respetuosa. Se quedaba en el quicio hasta que yo la animaba a entrar y se sentaba en el sofá sin quitarse el abrigo. Le saqué la merienda, que terminaría dejando a la mitad, y dejó que Viento se acurrucara en sus rodillas mientras masticaba con desgana el bocadillo.

Me contó que el juicio sería en septiembre. Me explicó que le preguntarían todo lo que había pasado entre ella y Rodrigo y que tendría que responder con mucho detalle. Ana le había dicho que los jueces, a veces, pueden ser un poco duros, así que tenían que prepararlo todo muy bien, hasta su manera de expresarse.

—Tengo que usar las palabras que son, evitar los eufemismos —me dijo.

Le pregunté si entendía a lo que se refería, ella lo negó y entonces le aclaré que un eufemismo se emplea cuando te da mucho miedo decir una palabra y buscas otra que signifique lo mismo, pero que no asuste tanto. Fue entonces cuando lo pronuncié por primera vez: «violación, maltrato». Ella bajó de inmediato la mirada. Rápidamente, añadí otra:

—¿Te acuerdas cuando te conté que me daba mucho miedo la muerte hasta que le puse nombre y empecé a dirigirme a ella? Esto es similar. No te preocupes —continué—. Podemos practicarlo juntas.

Ella asintió y, de pronto, comenzó a llorar de manera desconsolada, enterrando la cabeza bajo sus brazos.

—¿Qué te ocurre, Sara? —Me arrodillé y le levanté la cabeza con cuidado. Me coloqué así, en cuclillas, frente a ella, y observé su mirada de cerca por primera vez. Dudé entonces de mi atracción por los abismos, esos espacios que se me antojaban misteriosos. Ese mundo interior que me obsesionaba cuidar y alimentar y que ahora tenía justo delante estaba completamente vacío. No había nada. Sentí un escalofrío, pero no dejé de acariciarle el pelo.

—Me da mucho miedo una cosa —me dijo—. Llevo desde esta mañana pensando en ello, pero es que no quiero contárselo a Ana. Si me preguntan si yo he hecho algo malo y digo la verdad, ¿voy a ir a la cárcel?

La miré extrañada y me senté a su lado.

—No, tú no vas a ir a la cárcel. No es lo mismo lo que tú le has podido hacer que lo que te ha hecho él a ti —traté de explicarle—. ¿Quieres contarme a qué te refieres exactamente?

—Pero ¿y si son varias cosas, Elvira? ¿Cosas malas? ¿Y te asustas de mí?

—Eso no va a pasar, Sara. Puedes confiar en mí —la tranquilicé.

—Vale, es que son cosas que yo he hecho estando nerviosa. Te prometo de verdad que yo no soy así. Es que a veces me ponía nerviosísima, creía que me iban a pasar cosas horribles y que no iba a salir de ahí y entonces se me cruzaban los cables —empezó—. Pero nunca he vuelto a hacerlo ni lo voy a hacer, en serio. Es que ahora creo que si un juez se entera a lo mejor me pasan cosas malas, y eso me pone muy nerviosa. —El llanto había dado paso al hipo, provocando una escena inocente, como si fuera una niña a punto de confesar el robo de una bolsa de caramelos en un quiosco—. Es que yo también he hecho daño a Rodrigo muchas veces, y algunas empezaba yo. Y no me atrevo a contárselo a Ana por si acaso me pasa algo, pero también sé que tengo que decir la verdad.

—No pasa nada si estabas nerviosa, si te defendías o si le decías cosas feas. Estabais en desigualdad de condiciones. Aquí la víctima eres tú, todo lo que ha hecho él no tiene nombre. Pero es muy importante que tu abogada sepa todo, Sara, que se convierta en tu confesora de lo bueno, de lo malo y de lo horrible, porque si no se lo cuentas entonces ellos lo pueden usar en tu contra y Ana no va a estar preparada. ¿Lo entiendes?

—No mucho, Elvira —musitó.

—Mira, es como nosotras. —Lo intenté de nuevo—. Si yo no te cuento que tengo miedo cuando me quedo sola, entonces tú no podrás venir a ayudarme si algún día te lo pido porque no habrás tenido tiempo para pensar qué hacer.

Esbozó una pequeña sonrisa. El que le concedía conmigo era el único cometido que le ponía contenta.

—¿Rodrigo puede usar cosas malas contra mí para que no le pase nada? —me preguntó después.

—No, porque ha hecho suficientes cosas malas como para perder, pero su abogado buscará trucos y para que eso no pase tienes que contárselo todo a Ana. Ella hará todo el trabajo, no te preocupes. Tiene mucha experiencia y lo hará muy bien.

—Es que le he pegado. —Esta vez no miró al suelo, sino que clavó sus ojos en los míos con lástima—. Algunas veces, aunque una vez me pasé.

—¿Y cómo fue? —le pregunté.

—Es que me hizo mucho daño porque me insultó, aunque ya sé que eso no lo justifica, pero me puse muy nerviosa.

—Bueno, Sara, bastante aguantabas, la verdad —le dije—. ¿Quieres contármelo?

—Sí, Elvira, pero prométeme que no me va a pasar nada malo si lo cuento.

Asentí rápidamente.

—¿Me ayudas a empezar, por favor?

Había ocurrido el curso anterior. Sara tenía por aquel entonces dieciséis años, llevaban tres de relación. Había quedado en el parque con Rodrigo y un amigo suyo para beber unas cervezas y comer algo. Ella apenas participaba en la conversación: se burlaban el uno del otro tratando de dejarse en ridículo con esa dinámica extraña de comportamiento masculino. Entonces, Sara, con ánimo de formar parte, le contó a su amigo que Rodrigo había llorado viendo una película cuando empezaron a salir. Él, irritado, cortó en seco su intento y le dijo que se callase y dejase de comer. Una vez en casa, le gritó que estaba gorda y que le daba asco que intentase ligar con sus amigos y añadió, para rematarla, que su madre iba a morirse sabiendo que ella era una decepción. Ella se puso nerviosa y le dio un tortazo. Traté de imaginar la escena, un fotograma que dejara retratada para siempre la rabia ahora inexistente de Sara, pero me resultó imposible. Rodrigo, como respuesta, la dejó encerrada en el baño y se fue de casa. Al volver unas horas después, la dejó salir y ella le pidió perdón, pero él seguía fuera de sí y continuó insultándola. Le dijo que era una inmadura y que no sabía cuándo tenía que callarse, que no se le ocurriera volver a dejarle en ridículo delante de sus amigos, que como volviera a tocarle la mataría. Fue entonces cuando la agarró del brazo y con un giro brusco le quemó el antebrazo con un cigarrillo hasta apagarlo. Me enseñó la cicatriz, una muesca blanca y con cierto relieve alumbraba mínimamente su piel, como un fuego mal avivado. Le di un beso breve en la marquita y me lamenté de lo horrible que era todo y lo que sentía que hubiera pasado por ello. El final de esa escena resultó ser tan espantoso como todo lo demás. Le preguntó si quería que le hiciese algo para que la perdonase y así, con esa renuncia a la voluntad tan lastimosa, Rodrigó abusó una vez más de su cuerpo multiplicando, en un acto final lamentable, su violencia.

Pienso ahora en las consecuencias que esta historia ha tenido en mí. Me siento incapaz de mirarme al espejo porque intuyo una transformación, un cambio que se amplía a medida que mantengo la mirada. No puedo llevar la honestidad a todos los campos de mi vida; no ahora, al menos. La estoy dejando aquí. Si me dejo cuidar por el optimismo, siento que por fin he conseguido alejarme de lo perfecto, que deseo abrazar la culpa de los fallos, que puede que sea en el fracaso donde encuentre el descanso que tanto ansío. Quiero huir de los cuidados irracionales, del sacrificio del cuerpo que no conoce límites. Estoy analizando las sombras con suma precisión porque creo que es lo que me hace humana, lo que me permite vivir en paz. En cambio, en los días más tristes, no puedo evitar sentirme incompleta, como si una parte de mi interior se hubiera desconectado y el equilibrio ya no fuera posible. Creo que esta historia me ha arrebatado la esperanza o que, de alguna manera, le he dedicado toda la que tenía. Ya no me queda nada, no sé en qué lugares me falta, pero antes de descubrirlo retiro la mirada del espejo y continúo escribiendo, buscando algo que me alivie. ¿Y si yo tampoco sé quién soy? ¿Y si no hay nadie que me pueda ayudar?

—Elvira, si usamos las palabras que hemos dicho y descubrimos que ha pasado muchísimas veces, ¿qué va a pasar? —me preguntó. Su mente bullía: de repente, ya no estaba intranquila por lo que pudiera pasarle a ella. De una forma retorcida y desgraciadamente común en las víctimas de maltrato continuado, sus pensamientos volvían a preocuparse por él.

—Pues que va a ser mucho mejor para ti de cara al juicio, va a ser más fácil, aunque sea una mierda que funcione así —le expliqué.

—Ya, pero ¿él va a ir a la cárcel? —insistió.

—Es lo que merece, Sara. Lo siento mucho, sé que es difícil para ti, pero ojalá pase, la verdad. Rodrigo es un peligro para ti y para otras mujeres. No puede estar libre. No es bueno —le dije con toda la suavidad que pude, consciente de que mi rabia estaba limpia del amor enfermo que ella aún sentía.

—Es que a veces quiero entender por qué me ha hecho esto si yo no voy a querer nunca a nadie tanto como a él, Elvira —suspiró, llenando la habitación de angustia—. A veces lo pienso, pero no me atrevo a decirlo en voz alta.

—No se puede vivir así, Sara, ya lo has visto. Rodrigo te ha maltratado, te ha violado, te ha agredido durante todos estos años física y psicológicamente. Lo que sientes no es amor: es dependencia fruto de su maltrato. Poco a poco te vas a dar cuenta, te lo prometo.

—Siento mucho dolor, Elvira —me dijo.

—Es normal, estás en ese momento en el que sale pus de la herida, pero eso es que se está curando. Como tu pierna, ¿ves? Me has dicho que está mucho mejor. Pero tiene que doler, si no estaría todo mal. —Volví a acercar su cuerpo derrotado por la confesión al mío en búsqueda de una prueba que justificara que Sara no había muerto ese día, que estaba conmigo, que seguía respirando—. Confía en mí: yo te doy toda mi fuerza para que mires de frente a la herida, le pongas el nombre de Rodrigo y tengas tantas ganas como yo de que se convierta en una cicatriz minúscula, tan pequeña que no quepa su nombre.

—Pero ¿por qué tiene que doler tanto, Elvira? ¿Por qué no se me pasa?

—Porque el dolor es un mecanismo del cuerpo para que las cosas feas no nos maten, solo nos hagan daño. Es un aviso de que tenemos que cuidarnos y hacernos justicia. Como cuando te olvidas de respirar y el pulso se te acelera como un recordatorio —le expliqué—. Tienes que aprender a convivir estos meses con ese dolor porque forma parte de ti y en verdad te está protegiendo, está de tu lado. Es como la tristeza —añadí—, que esto te duela me hace ver que no estás rota. Si no, no sentirías nada.

Se dejó caer sobre mis piernas y cerró los ojos para tumbarse. El movimiento de su pecho era tranquilo, las lágrimas y los mocos ya eran una costra blanda en su piel. Sus piernas colgaban del brazo del sofá y las manos, entrelazadas y manchadas de migas, reposaban en su vientre. Aparté el abrigo para que pudiera estirarse bien y le retiré un mechón de pelo de la frente. Ella gimió y me agarró la mano para dirigirla a su cabello y provocar la caricia.

—Contigo es tan fácil, Elvira —suspiró sin abrir los ojos—, porque sé que puedo decirte cualquier cosa y tú vas a seguir aquí.

Con una dinámica parecida a lo que hacíamos antes de las sesiones con Inés, comenzamos a ensayar por mensajería las conversaciones con Ana en las que ella tenía que contarle, con la máxima cantidad de detalles posible, las situaciones violentas que había sufrido a manos de Rodrigo. Los episodios eran macabros y le llevaba semanas y ataques de ansiedad terminar de contármelos.

Un día, retomamos lo que ella describía como el momento en el que pensaba que se iba a morir. Durante el camino de vuelta a casa habían discutido, él le había hecho algún comentario sobre su ropa y ya en casa, después de insultarla, la había empujado al sofá. «Después nos acostamos», me dijo, y fue entonces cuando él continuó la agresión verbal. Ella le pidió que parase, pero él le apretó el cuello con una mano para que se callase. «Lo hice y me quedé quieta mientras todo estaba pasando, aunque sabía que no tenía que hacerlo», continuó. Él prolongó la agresión mientras vomitaba insultos sobre su cuerpo. Entonces pasó. «No sé seguir, Elvira», me dijo. Le pregunté si fue en ese momento en el que pensó que iba a matarla. «Me apretó mucho durante un tiempo muy largo, y entonces me dijo que me mataría. Yo creía que iba a ser verdad, Elvira, y te prometo que durante veinte segundos más o menos no tuve miedo, porque lo sabía, sabía que ya estaba, que había llegado el momento, que era el final, y de pronto dejó de importarme todo, cerré los ojos y deseé que lo hiciera, que acabara con todo de una vez, pero luego volví a abrirlos, me puse a llorar y él me soltó.»

Me quedé atrapada en sus palabras. No supe qué decirle. Ni siquiera sentí rabia: sé que existen hombres cuya maldad enferma todo lo que tocan. Sé que es muy peligroso hacer como que no existen para vivir más tranquilas. Sé que la violencia machista es una guerra que se lucha con las manos y con las palabras, que no debemos mirarla solo con esperanza en su erradicación sino con empeño en que desaparezca inmediatamente. Sé que el día que nos acostumbremos a ella habremos perdido. Sé que ya vamos perdiendo.

Es fácil encontrar los nombres de las mujeres asesinadas a manos de sus parejas: tan solo basta con una búsqueda rápida en internet, como el que necesita la receta del risotto o los horarios del autobús. Es fácil y eso lo convierte en algo estremecedor. Pero es que la violencia machista es mucho más. Toca nuestros cuerpos desde que nacemos con una marca en la frente. Y no es solo la herida en la mejilla, la sombra oscura en la ojera, el labio que sangra. No es solo el trauma por el examen médico después de una violación, la mano en la boca o en el cuello, la risa descalabrada. No es solo el insulto, la mirada lasciva, el control de la ropa o del teléfono, las preguntas repetidas. Todo eso no es más que la introducción de una historia que atraviesa consecuencias terribles. Las mujeres que consiguen evitar la muerte se enfrentan a secuelas que, en algunos casos, son de por vida. La autoestima desaparece, ya no saben quiénes son y es sencillo que pierdan la intuición y la capacidad de tomar decisiones por sí solas. Pierden el futuro porque no son capaces de avanzar. Pueden desarrollar trastornos psicológicos graves y, al mismo tiempo, ver incrementada su agresividad, tanto con los demás como con ellas mismas, ya que no pueden controlar sus emociones, que yacen desperdigadas por su cabeza después de que el maltratador haya practicado sobre ellas un control férreo. Pierden la identidad de una manera inmediata: son cuerpos a la deriva, a menudo olvidados por el sistema, que no facilita siempre como debiera la ayuda psicológica. Son piezas de un dominó trucado y, al caerse, arrollan a todo aquel que se encuentra en su camino.

El paisaje era desolador, pero era consciente de su existencia. Sin embargo, la derrota de Sara, su rendición, saberla deseosa de morir porque todo lo que le esperaba al otro lado era peor que el infierno, me hundió. Qué abrazo, qué palabra se utiliza, qué gesto es el más preciso, de qué manera salir, cómo continuar después de escuchar a una chica de diecisiete años confesarme que deseó morirse mientras el hombre que ella amaba la insultaba, le pegaba y la violaba.

Me contó que cuando la soltó vomitó en el suelo y se quedó en el sofá. No estaba segura de cuánto tiempo y le preocupaba inventarse algo que no recordaba bien. Él salió a fumar a la terraza y ella, al rato, en un intento de arreglar las cosas, le dijo que no quería estar así con él, que la había asustado, pero que quería olvidar lo que había pasado. Le preguntó si era posible. Como respuesta, Rodrigo se rio y le dijo que era una exagerada, que cómo se atrevía a decirle eso cuando había chicas sufriendo de verdad, que no tenía derecho. Al parecer, no era la primera vez que le decía algo así.

—¿Te puedo preguntar una cosa un poco dura? —le escribí la mañana siguiente.

—Sí, Elvira.

—¿Tú crees que cuando te empujó al sofá y os acostasteis en realidad te estaba violando? —Ahí estaba: la palabra maldita salió de mi boca para llegar a sus labios en un vuelo perfecto. Cógela, Sara, pensé. Dilo. Tienes que decirlo. Tienes que reconocerlo.

—Creo que un poco sí, Elvira —respondió.

—Sé que asusta mucho, pero es importante que aprendamos a usar estas palabras, ¿vale? No es lo mismo decir que os acostasteis a que te violó, no tiene nada que ver. Y es muy normal que tengas miedo a una violación, obviamente, pero no al sexo en general. Por eso —continué—, si les ponemos nombre tu cerebro y tu subconsciente podrán distinguirlos.

—Perdón, me da mucho miedo decirlo, Elvira, reconocerlo, aunque en el fondo lo sepa.

—Lo sé, Sara, es durísimo, pero es una manera de enfrentarte a ello. Hay que reconocer las cosas para empezar a superarlas.

—Es que es mejor que lo diga así porque si no me siento tonta —confesó. Le pregunté por qué decía eso y continuó—: Yo también le he querido y mi cabeza está siempre liada. Te prometo que sé que era eso, aunque no lo diga porque me siento mal. Pero es que también pienso por qué no me defendía nunca y me siento mal por estar quejándome de esto porque no hice nada para que parase.

—Una cosa no quita la otra, Sara. Si no le hubieras querido esto sería mucho más fácil. Pero no tienes que pensar esas cosas de ti. Estabas asustada y, a veces, cuando tenemos miedo nos paralizamos. Solo estabas intentando sobrevivir. A mí, de momento, me basta con que lo sepas —la consolé—, y me parece algo muy bueno que puedas verbalizarlo.

—Siento algo horrible cuando pienso en ello, Elvira, y no sé cómo evitarlo. Es que mi cabeza se pone a recordar, y aunque nunca volvió a pasar lo del cuello, me vienen a la mente otras veces y pienso: ¿y esta?, ¿y esta?, ¿y esta?

—Porque pasó más veces, ¿no? Y no sabes si esas veces fueron violaciones, porque si lo sabes entonces tu cabeza estalla y se bloquea.

—Sí, es eso, y a veces pienso que me lo estoy inventando sin querer porque no puede ser verdad, y entonces paro.

—Es como si dentro de tu cabeza todo fuera un ovillo de lana enredado y hay cosas que tu cerebro, como mecanismo de defensa, no asume y otras que tapa. De ahí las pesadillas —le expliqué—. Es como un laberinto: hay que entrar para conseguir salir, aunque dentro esté lleno de monstruos.

—Hay días en los que me asusto cuando empiezo a contarlo y entonces voy para atrás porque pienso que no voy a ser capaz. Otros días pienso que no importa que no cuente todo porque no hace falta. Y otros días creo que alguien me va a decir que exagero o que se va a reír, y me da mucho miedo y entonces me callo.

—¿Sabes qué pasa, Sara? Que tus miedos son la prueba de que todo lo que cuentas es cierto. Hasta el modo en el que pides perdón por todo. No tienes que convencer a nadie porque tú en sí eres una prueba de la verdad. ¿Te acuerdas del día en el que me contaste lo que pasó en la fiesta cuando te drogaron, te metieron en la habitación y abusaron de ti? —continué—. Me lo dijiste y ese nudo se deshizo un poquito.

—Sí, me acuerdo mucho de ese día. Es verdad que me ayudó un poco contártelo. Me creíste y me hiciste sentir bien.

—Pues eso es lo que va a pasar. Podemos compartir esos miedos las dos juntas. No tienes que cargar con ello tú sola.

—Pero ¿y tú, Elvira? No quiero contagiarte de esto que me pasa. Lo siento mucho, de verdad.

—A mí no me da miedo, Sara. Me da muchísimo alivio que lo saques.

—¿Puedo parar un poco para concentrarme en respirar? —me preguntó.

Desde entonces, Sara soñaba recurrentemente con ese momento. Cada mañana, tardaba un rato en darse cuenta de que no se iba a morir, de que aquello no era real, pero seguía viviendo con la mano de Rodrigo en su cuello, apretando lo justo para no dejarla morir. Bastaba un mensaje, una vuelta a tierra, para despertarla.

El episodio del cigarrillo nos ayudó a saber que la presencia de los objetos en las agresiones aumentaba la pena. Con la ley en la mano, una agresión física en la que se use cualquier tipo de arma agrava el delito. «Aunque suene raro», le expliqué, «la herida que te hizo con el cigarrillo puede jugar a nuestro favor, puede servir de prueba». Acordó con Ana hacer una lista por escrito en la que detallara esas escenas para no olvidarlas y así pasamos las semanas siguientes, en conversaciones terroríficas que se interrumpían antes de empezar, ataques de ansiedad continuados y una extraña sensación de bienestar al terminar de contarme cada historia, como la de la noche en la que Rodrigo la violó amenazándola con una botella de cristal en la mano. Le daba miedo escribirlas y verbalizarlas y que se convirtieran en nuevas pesadillas tan gráficas como el día que le apretó el cuello. Inés le había explicado que eso le sucedía porque su cerebro no lo había procesado del todo y por ello esa escena se quedaba ahí, en bucle en el subconsciente. Saber que podía desbloquearla sirvió para emocionarla, como un aliciente. Lo que más deseaba era dormir sin hacerse pis en la cama y tenía la firme convicción de conseguirlo, aunque la mayoría de los días se quedara en un intento. Empezó a aprender a respirar por su cuenta y ya no eran tantas las veces que tenía que avisarme para que le recordara cómo hacerlo. Una o dos noches a la semana lograba esquivar las pesadillas más descriptivas y, gracias también a Inés, se hizo un horario, en el que siempre incluía hablar conmigo, para cumplir con los estudios y las horas de las comidas con relativo éxito. Sin embargo, seguía sufriendo momentos de bloqueo, pánico recurrente, a veces vomitaba sin querer por los nervios y las discusiones con su hermana cada vez eran mayores.

Un nuevo miedo apareció en sus noches. Se obsesionó con que Rodrigo iba a hacerme daño por haberme contado todo, pero Inés le dijo que era algo que les ocurría a muchas chicas que habían sufrido maltrato, lo que hizo que se sintiera menos rara y quisiera seguir intentándolo. Comenzaba a mejorar muy poco a poco y yo contemplaba su avance con orgullo. Me recordaba a los caracoles que se arrastran con parsimonia por las hojas hasta hacerlas desaparecer por completo.

Varias semanas después, Ana le dijo que quería que fueran a ampliar la denuncia esa misma tarde. Contaba con suficientes escenas como para añadir delitos a la causa ya abierta. Pensaba añadir, además, un delito por omisión de socorro por la noche de la violación grupal. Aunque hubiera sufrido todo aquello, le había explicado, lo que no estuviera detallado por escrito no contaría de cara al juicio y no habría servido para nada. Ana era una mujer seria, algo dura en sus palabras, aunque con Sara había suavizado sus maneras al ver la paciencia que requería su trabajo con ella. Le pregunté si le parecía bien y, para mi sorpresa, me dijo que no iba a hacerlo y quiso cambiar de tema. El hastío en su voz, que en el altavoz de mi teléfono sonaba ese día metalizada, era seco y evidente. Expuso que no tenía fuerzas para ir a una comisaría y contarle a un desconocido cosas que ni siquiera se había atrevido a decirle a Inés.

—Entiendo que Ana quiera que lo haga, pero todo el mundo quiere algo diferente para todas las cosas de mi vida y a mí nadie me pregunta —añadió—. Ya sé que es importante, y de alguna manera me he acostumbrado, pero es que Ana tampoco me ha preguntado si estoy preparada y empiezo a cansarme. Siento que para Ana o que para mi padre o para mi hermana esto es algo mucho menos difícil de lo que es, como si solo consistiera en ir a la comisaría y poner una denuncia. No sé —continuó—, a lo mejor debería ser así, pero yo no lo vivo de esa manera. Pero, vamos, les da igual, así que cuando vuelva a casa me comeré la bronca de mi padre después de que haya hablado con Ana porque siempre hago las cosas mal, y así hasta la próxima.

Dejé que se desahogara y volví a escuchar el mensaje de audio. Por primera vez, Sara no parecía Sara. Su voz era la de alguien adulto, se había deshecho del halo quebradizo que la cubría. Estaba enfadada y ya no me recordaba a los pájaros ni a las hormigas. Existía en ella un cambio que abrió de golpe las ventanas de mi habitación, desde donde le escribía. Miré la nube que cabalgaba feroz en el cielo, justo encima del tejado de mi vecina de enfrente, que tendía, con la prisa típica de las mujeres mayores, su ropa interior. Le respondí que tenía razón, que todo lo que decía era cierto y que comprendía su frustración, pero que por desgracia tenía que entender la importancia de que lo hiciera. «Lo voy a hacer, Elvira, pero no hoy», me dijo.

No volvimos a hablar hasta esa noche. A las diez y media, me envió un mensaje para contarme que su hermana y ella habían discutido y que se había ido de casa a dar una vuelta ella sola. Desde que la conocía, nunca había salido de noche a la calle. Le angustiaba la oscuridad, el silencio de la ciudad vacía. Se sobresaltaba con las ventanas encendidas porque creía que pertenecían a personas que la vigilaban, que habían visto su vídeo, que conocían a Rodrigo. Le dije que no podía irse de casa sin avisar. Ella se disculpó y me preguntó si podía ser yo quien avisara a Laia, que no quería hablar con ella, y lo hice, pero no me respondió. «No quiero ir a ningún sitio donde me pregunten cosas ni tenga que hablar de esto.» La llamé por teléfono para que me contara qué era lo que había pasado.

—Me ha gritado muchísimo, Elvira —sollozó—. Y no es porque sea sensible, es que ha sido así. Pero lo he empezado yo, solo que no sabía que le iba a hacer explotar así.

—¿Y por qué ha pasado eso? —le pregunté.

—Porque ya estaba un poco enfadada conmigo. Bueno, en realidad creo que está enfadada casi desde el principio. Le he dicho que no quería ir a ampliar la denuncia; no esta semana, al menos. Que necesito hablar antes con Inés y que me ayude. Y ella me ha dado la charla. Después le he dicho que por qué siempre me deja sola cuando tengo que decidir cosas difíciles y por qué cuando lo hago le parece mal. Y que siempre me pongo triste cuando me doy cuenta de que ella me aconseja pensando en lo que ella quiere y no en lo que yo puedo o no puedo hacer.

Sabía a lo que se refería. Llevaba semanas insistiéndole a Laia para que aflojara con su hermana, para que rebajara sus exigencias. Se había obsesionado con los exámenes y el juicio, y las únicas conversaciones que mantenía con Sara consistían en controlar que cumplía con todo. Ya no era su hermana: se había convertido en su guardesa. Su foto de WhatsApp seguía siendo la misma desde que la guardé en mi agenda: una pancarta que rezaba HERMANA, YO SÍ TE CREO. Pero la determinación y el empuje de esa mujer de mi edad convertida a la fuerza en madre habían desaparecido. Se estaba rindiendo de la peor manera: arrinconando a su hermana. Incapaz de gestionar algo tan inmenso, me compadecí de ella. Pero era Sara mi cometido, no Laia, por mucho que la considerase ya una amiga aunque no nos hubiéramos visto nunca, alguien con quien poder maldecir a Rodrigo y al instituto, al sistema y a las declaraciones nauseabundas y, al mismo tiempo, comentar el último capítulo de nuestra serie favorita, la última cantada del político de turno, las discusiones con su novia o el cotilleo del famoso del momento. Así que, de nuevo, me vi forzada a elegir. Y la respuesta a todo siempre sería Sara.

—Yo entiendo que debe de ser difícil ver que eso no coincide —continuó—, pero me da mucha pena cuando me voy a la cama y pienso que lo que ella quiere es que yo sea de otra manera y me aconseja pensando que si me trata como si estuviera normal lo voy a estar. Así que me frustro, porque no sé cómo hacerlo —se lamentó de nuevo—. Elvira, yo he probado muchas cosas sin decirle nada a nadie, ni siquiera a ti. He probado a hablar con mucha sinceridad de lo que me pasa con la comida y también a no decir nada, o a llorar cuando me apetece algunas veces y otras aguantar hasta estar sola, pero nunca vale del todo porque ella lo que quiere, o al menos eso es lo que yo siento, es que esté normal, y no puedo.

—¿Y ella qué te ha dicho después de todo eso? —le pregunté.

—Nada. Me ha dicho que no tenía razón y se ha ido a la terraza. Yo me he ido a la habitación a estar un rato en la cama y después me ha llamado para cenar. Entonces le he dicho que si podíamos cambiar el plátano por otra fruta porque tenía el estómago cerrado. Y vale que a lo mejor no me he dado cuenta de que estaba nerviosa, Elvira —añadió—, pero tampoco sabía que iba a pasar esto. Le he dicho que para mí todo lo de Ana es muy duro porque significa hablar de cosas que no quiero hablar con nadie. Ella me ha respondido que no tenía que afectarme tanto, que debía ser más fuerte, y me he puesto a llorar mucho porque me he sentido como si ella quisiese otra hermana que no soy yo.

—Sara, estoy segura de que eso no es cierto. Ella te quiere tal y como eres, pero está preocupada y no sabe cómo hacerlo. —Intenté suavizar la situación, pero en ese momento renegué de Laia: ¿cómo podía ser tan dura con ella?

—Le he dicho que a veces me hace sentir mal porque nunca acierto, que se parece a mi padre mucho más de lo que piensa, y entonces me ha gritado y me ha dicho que lo llamase para irme con él, que quería que me fuera de su casa y que no quería volver a verme. Lo he hecho y él ha venido. Ha estado despotricando contra mi hermana durante todo el viaje y ya en casa se ha metido en la habitación y no me ha hablado más. Así que he cogido el tabaco y las llaves y me he salido con el móvil a la calle para contártelo, pero me está dando un poco de miedo y creo que voy a subir ya.

—Siento mucho que haya pasado esto, Sara, y siento más no haber podido evitarlo. De verdad, confiaba en que tu hermana iba a ser capaz, pero imagino que no está preparada. Supongo que para ella esto habrá sido la gota que ha colmado el vaso.

—No lo sientas, hada —me respondió—. Si en un tiempo me puedo acordar de esto sin que me duela lo único bueno que voy a recordar es que tú nunca me has hecho sentir como un trofeo o, mejor dicho, como algo con lo que nadie quiere quedarse.

—Tú eres mucho más que eso —le dije—. Que nadie te haga dudar nunca de ello.

—Gracias por quedarte conmigo y no querer cambiarme. Y gracias por quererme así, Elvira. Si no estuvieses aquí, creo que esta noche me hubiera escapado lejos. —Volví a vislumbrar la inocencia en sus palabras, la voz corrupta, las eses líquidas, mi nombre bailando mareado en su saliva.

—Es una suerte tener a alguien que te retenga de una manera tan bonita. Sigue agarrándote a eso cuando creas que no tienes nada, ¿vale? Porque tú nunca más vas a estar sola.

Lo peor que le pasó a Sara no fueron los nervios del juicio, las pesadillas recurrentes, la ansiedad continuada, el hueso cada vez más afilado de su clavícula. No fueron las exigencias de su padre, el anhelo opresor de que su madre volviera a la vida, la ausencia de una amiga que le pudiera recordar que ella también tenía derecho a una vida distinta. Lo peor que le pasó a Sara fue el abandono de su hermana.

Desde aquella noche, Laia dejó de escribir a Sara y de hablar con su padre. Seguía hablando de vez en cuando con Ana y con Inés para ver cómo iba todo, pero eso era lo único a lo que se reducía su presencia. Desde la distancia, continuó interesándose por Sara, pero poco a poco sus preguntas terminaron desapareciendo de la escena. La dejó sola en el momento más difícil de su vida. Justo cuando estaba a punto de avanzar, Laia se puso en medio y frenó su intento. La caída de Sara, su descalabro, otra vez.

Fue terrible por lo inesperado. Nos dejó en jaque en una partida donde lo que se jugaba era la vida de Sara. Me enfadé, me enfurecí tanto con Laia que archivé nuestra conversación y silencié sus notificaciones. No le escribí, no quise preguntarle. No le concedí importancia alguna a sus motivos. En nuestra última conversación, unos días antes, se mezclaban las carcajadas con los memes. Las tres compartíamos un grupo de WhatsApp en el que hablábamos indistintamente y Laia se había equivocado enviando al grupo un mensaje que quería mandarme a mí. Carecía de importancia, pero no quería que su hermana supiera que hablábamos de ella, aunque yo siempre le pedía permiso a Sara para contarle a Laia las cosas más significativas. Esos ratos de complicidad conjunta, de ir las dos a una, de maldecir con furia a Rodrigo y servirnos de desahogo mutuo para decir las cosas que pensábamos sin filtro, eran también mi bálsamo, mi lugar de descanso. Laia era mi contrafuerte. Era madura, me acompañaba en mi camino con Sara, me dejaba el espacio necesario con generosidad, era consciente de sus limitaciones y me las expresaba con sinceridad para que yo hiciera lo que ella no podía. Del mismo modo, yo contaba con ella para todo aquello que se escapaba a mi control, como el instituto, el juicio o la relación con su padre. Era mi plan B para todo. Saber que contaba con ella facilitaba el triunfo, como la jugadora que pasa el balón para que otra enceste. No sé qué papel jugábamos cada una, pero funcionaba y eso era todo. Repasé la última frase en la que le decía que no se preocupase por su hermana, que había salido a dar una vuelta, pero que la tenía controlada. Nunca me respondió.

21

Hay un frío incómodo asentado en el lugar en el que me encuentro hoy. Tengo la nariz y los pies congelados, pero mis manos están extrañamente cálidas. Mis dedos se deslizan por el teclado sin premura, ajenos a la nube que oscurece la habitación y me obliga a encender la lámpara de mesa. Me reclino sobre la silla para desentumecer los músculos cansados y vuelvo a recogerme, en un movimiento, para recuperar el breve calor conseguido. Yo también estoy huyendo de la noche.

De un tiempo a esta parte, pienso mucho en Laia. Recuerdo su palabra de mujer adulta y nos imagino siendo hermanas. Teníamos casi la misma edad, así que no es algo que me cueste fantasear. Creo, además, que también habríamos sido amigas. Nos veo formando parte del mismo grupo, de esos que los sábados quedan para tomar un vino y elegir un juego de mesa. El nuestro sería un espacio seguro. Ha-

ríamos buen equipo, nos llamarían siamesas, seríamos inseparables. Nuestros enfados serían épicos: tendríamos la confianza de poder decirnos cualquier cosa porque estamos exentas del daño de los que se quieren mal. Es posible que pasáramos uno o dos días sin hablarnos, pero puedo verla entrar en mi habitación después de haberme cabreado por cualquier tontería. No he visto nunca su cara, pero es que no me hace falta. Está sentada en mi cama y se ríe con ternura. Me dice que menos mal que la quiero porque hoy me toca a mí la cena. Sin embargo, creo que me costaría más a mí conseguir su perdón: ella es cabezota y yo extremadamente orgullosa. Pero remolonearía a su alrededor como un gato, le lanzaría miradas de pena para provocar su movimiento, sería experta en desarmarla. Ella tiene la fuerza, pero yo poseo la palabra, así que el baile me resultaría sencillo, me convertiría en una clara vencedora con el cuerpo descansado, sabedora de la fortuna de los afectos.

Pensamos de manera similar. Olemos la preocupación de quienes queremos con precisión y sabemos ambas acercarnos sin interrumpir el gesto de los otros. Protestamos con las mismas palabras, amamos a las mismas personas. Usamos nuestros cuerpos para defender todas las causas que convierten a las minorías en el centro de la diana. Rechazamos los fanatismos ideológicos. Nos atraen las mujeres complejas, anhelamos su sombra y buscamos su amparo. Condenamos esa nostalgia mal gestionada que convierte a los seres humanos en revoltijos de odio y daño. Su formación en ciencias subraya mi pasión por las letras, y entre fórmulas y sílabas vamos modelando un único discurso. Nuestras mentes son un espejo.

Laia es la persona más segura de sí misma que conozco, y por eso me acerco a ella con sutileza y me quedo tumbada a su lado, expectante. Al principio, quería aprender de todo eso que ella tenía y a mí me faltaba, hacerlo mío también: su seguridad y también su firmeza, ese aplomo con el que resolvía cualquier desavenencia, la actitud a la hora de enfrentarse con su padre, la brusquedad de su paso, la confianza en mí, su efectividad absoluta y plena. Ella deseaba mi sensibilidad, alababa mis maneras, codiciaba la relación que manteníamos su hermana y yo, pero lo hacía sin rencor, con un reconocimiento pleno de sus carencias, y hasta eso lo envidiaba. Tenía claro su lugar, sabía cuál era su papel. Éramos iguales en pensamiento, pero distintas en las formas. Sin embargo, pronto me di cuenta de que los vínculos no triunfan por copiar los comportamientos de los otros. A mí me bastaba con tenerla en mi vida. Ella poseía aquello de lo que yo carecía, pero éramos amigas, así que de algún modo era como si también lo tuviera yo. Tenerla en mi vida era suficiente para poder sentir en mi cuerpo todo lo bueno que veía en ella, aunque no me perteneciera. Al fin y al cabo, eso es la amistad, ¿no? Usar otras manos cuando las tuyas no son capaces de agarrar nada, servirte del movimiento de otras piernas cuando los caminos desaparecen, escribir con palabras de otros todo lo que no eres capaz de expresar, recibir su amor y rellenar con él, poco a poco, todos los huequitos vacíos de tu cuerpo, y hacerlo con la seguridad absoluta del triunfo.

Esta historia me ha dejado tan desorientada que hay días en los que lo único que veo al mirarme en el espejo es una herida confundida. Sara me dolía, pero la huida de Laia me dañó, me hiere todavía de una manera distinta. La echo de menos los días en los que un dolor punzante en las rodillas me avisa de que el tiempo está cambiando. Ella y yo existíamos más allá de Sara, y esa era también la prueba fehaciente de que yo existía más allá de Sara. A su lado, mi vida iba transcurriendo de forma paralela. En una época en la que abandoné todo lo que tenía que ver solo conmigo, nuestra amistad se reveló como la flor que crece en el adoquín. Todavía hoy, en los momentos en los que la angustia me lleva a querer huir de mi mundo, pienso en ella, en su palabra firme y adulta, en la risa tranquila cuando Sara estaba ya acostada y comentábamos cualquier tontería, y me pregunto por qué nunca tuve necesidad de conocerla en persona, de ver siquiera una foto de su rostro. Su ausencia en redes sociales no me resultó nunca llamativa: destacaba en ella su inconformismo, su rechazo frontal al sistema en su totalidad. Creo que nuestro encuentro lo planteamos siempre como algo secundario que ocurriría cuan-

do todo se hubiera solucionado. Teníamos todo el tiempo del mundo por delante.

Nuestra relación se sostenía a través de mensajes por teléfono, pero podíamos pasar días sin intercambiar mensajes y no pasaba nada. Mi tiempo era para su hermana y ella no se colocaba en medio. Nunca me exigió nada, al contrario: esperó cada gesto hacia ella en silencio. Yo sentía esa falta de expectativas como una caricia, era una sensación placentera y agradable que le agradecí cada día. Ahora no está, no me aguarda en ningún sitio, no puedo imaginarla como siempre lo hice: con el puño en alto, siempre en posición de defensa. Ya no me envía su risa por las noches, no descansa en mi espacio seguro, no levanta el teléfono ni crece bajo el asfalto. Ahora hay algo más que me duele cuando el tiempo está cambiando.

Su forma de ser no tenía nada que ver con la de Sara. Solamente existía en ellas un rasgo parecido: la voluntad a la hora de dar las gracias. Laia no dejaba escapar la oportunidad para agradecerme el cuidado a su hermana. Pero lo hacía sin insistencia, más como una fórmula educativa que con intención de agradar. Recuerdo ahora una de sus frases más hermosas: «Lo más preciado que tengo en mi vida de repente te adora y confía a ciegas en ti y tú cuidas en la distancia de ella, así que no tendré vida para agradecértelo». Trabajaba en un laboratorio farmacéutico y su ocupación consistía en vender medicamentos a los hospitales, por lo que via-

jaba a menudo. Le tranquilizaba mi compromiso y mi presencia constante, reconocía mi influencia positiva sobre Sara y, aunque insistía en que no debía sentirme responsable de su hermana, me confesaba que nuestra relación le daba la paz mental que necesitaba. Sus palabras me hacían sentir bien porque sabía que ella también necesitaba cuidados. Pensaba que ayudando a Sara estaba ayudando también a Laia, y me extasiaba sin rubor alguno el influjo ilimitado de mis capacidades.

Utilizaba la ironía como resistencia, así que era sencillo hablar de cosas salvajes con ella sin temor a caer en la fatalidad. Cuando le correspondía contarle algo a Sara relacionado con la psicóloga, con la abogada o con los estudios que sabía que podría desestabilizarla, me avisaba con anterioridad para que me preparase, como ella decía, para el drama que me podría caer encima. Yo le restaba importancia: ella le daba las malas noticias y yo intentaba transformarlas. «Tú fuerzas y yo convenzo, amiga. Así es como vamos a conseguirlo.» Sara era un balón en nuestras manos y el único objetivo era encestarlo limpiamente en la canasta y conseguir los puntos.

La famosa donación de Sara a la protectora de galgos se convertiría en algo a lo que acudiríamos cada vez que necesitáramos limpiarnos. «Me va a salir más caro el galgo triste que no puede expresarse que toda su terapia», me dijo ese día entre risas. Entre las tres, decidimos llamarlo Hipotético, pues ese era el adjetivo que usaba con su hermana cuando esta le suplicaba que le dejara adoptar a un perro. Utilizaba esa posibilidad como futura recompensa a sus avances y así decidimos bautizarlo, como algo que algunos días se antojaba posible y otros, en cambio, nos sumía en la incertidumbre.

Laia terminó acostumbrándose a enterarse de todo lo que le pasaba a su hermana a través de mí, que le informaba al momento y con detalle de cómo se encontraba Sara y de lo que hablábamos, así que se mostraba atenta y receptiva a todo lo que le dijera. Escuchaba mis posibles soluciones y me hacía caso, a pesar de que ella quería ir más deprisa y actuar de una manera más dura, pero terminaba relajándose y diciéndome que iba a conseguir que me convalidaran una cantidad ingente de másteres en psicología adolescente. Casi todos los días, me contaba que todo aquello que ella llevaba semanas intentando lograr —que Sara se fuera a dormir pronto o que comiera mejor, por ejemplo— lo había conseguido yo con un par de conversaciones. En vez de frustrarse, se reía y me pedía que le diera lo que fuera que tenía para que le hiciera caso. Sin embargo, me sacudía con rapidez sus halagos. Era yo quien aprendía de ella. Su estabilidad era encomiable, así que solía responderle que ella tenía convalidado el papel de madre para las próximas cinco vidas.

Había días en los que imaginaba a mi hermana en la misma situación de Sara y el cuerpo me flaqueaba, profundamente herido. Bastaba ese pensa-

miento para bloquearme. Si pude ayudar a Sara, lo sé ahora, fue porque no la conocía, por eso me acerqué a su daño con hambre y curiosidad, como las moscas a las costras. Sin embargo, sé que si le hubiera ocurrido a alguien cercano y querido me hubiera dolido en otro sitio. Estoy segura de que habría sido un camino sin retorno, me habría hundido. Pero el sentido del humor de Laia, ácido e irónico, presente en las peores situaciones, me hacía reír y me relajaba. Recibía esas dos sensaciones como el agua fresca un día de calor infame.

Todo lo que intuía de Sara al principio de conocerla lo confirmaba en las conversaciones con Laia. Su sensibilidad, la inseguridad, la bondad llevada al límite. Ella se encargó de explicarme de dónde venían sus particularidades, esa inocencia tan llamativa y su peculiar forma de expresarse. Me contó que hubo una época en la que mentía mucho, justo cuando su madre enfermó y ella empezó a dejar de comer, y que sabía que había cosas de su relación con Rodrigo que no había contado o sobre las que había mentido. «Si ves que algo no cuadra», me escribió, «no se lo tengas en cuenta, porque creo que ha mezclado tanto las cosas para protegerle que ya no sabe qué ha pasado de verdad y qué no». También me habló de cómo era antes de Rodrigo. «Siempre ha sido sensible», me contaba. «Mi hermana es capaz de empatizar con una piedra. De hecho, empatiza hasta con los políticos corruptos, aunque no compartan nada, y a mí me pone de los nervios», se reía. En otra ocasión, me contó que una vez de pequeña vio un montón de peluches con forma de frutas y verduras en una tienda. Debía de haber por lo menos veinte ajos, terriblemente feos, que nadie quería, así que terminó llevándose diez a casa porque le daban mucha pena. También recuerdo su mensaje contándome, muerta de risa, que las piedras pequeñas le daban ganas de llorar. Estaba convencida de que si un día alguien descubría que las piedras tienen algo en su formación que les hace sentir o intuir, como una especie de sistema nervioso geológico o algo así, la gente iba a arrepentirse de darles pataditas cuando van por el campo o la playa, así que le tenía prohibido patearlas. Le daba ternura su hipersensibilidad y, al mismo tiempo, le hacía gracia, no podía evitarlo. Me describió una Sara que no estaba tan alejada de quien era entonces y eso me ayudaba a imaginarla limpia en un futuro que deseaba con todas mis fuerzas.

Mediaba en sus discusiones, que eran graves y complicadas. Laia solía perder la paciencia en las conversaciones que mantenían sobre Rodrigo y no entendía que Sara siguiera refiriéndose a él como el amor de su vida. «Es un puto maltratador al que rompería la cabeza», me decía, pero luego añadía que sabía que tenía que aprender a manejar mejor la situación, que Sara no era responsable de esa dependencia emocional tan compleja. Pero también la presionaba con los exámenes. En su cabeza, solo existía una imagen: la que ocurriría meses después, al terminar los juicios, con el título ya conseguido. Compartía su idealismo con brusquedad. No se paraba a pensar en el proceso emocional de su hermana hasta que era demasiado tarde: discutían y entonces yo aparecía, rauda, a recoger los pedazos de Sara. Después, hablaba con Laia para recordarle que debíamos ser pacientes y entender que su situación era algo transversal a todo lo demás, que las palabras que utilizábamos eran importantes. Era entonces cuando volvía a Sara y la convencía para que fuera a darle un abrazo a su hermana porque sabía que su papel era tremendamente complicado. «Esto lleva sin pasar desde que se murió mi madre, me escribió una noche, voy a empezar a creer de verdad que eres un hada madrina.»

Había momentos en los que desplazábamos a Sara de las conversaciones y nos preguntábamos por nuestras propias vidas. Ella me hablaba del trabajo, maldecía a su jefe y, en general, a todos «los hombres con canas» que conocía y le complicaban la existencia. También hablábamos de su madre y me confesaba con resignación que aborrecía el papel maternal que tenía con su hermana desde que había fallecido. Controlaba las cuentas porque su padre no mostraba interés alguno, así que había adoptado sin quererlo las funciones de tutora. En comparación con ella, mi autoexigencia era un silbido imperceptible. Al mismo tiempo, Laia se interesaba por mi trabajo de una manera distinta al resto. No me adulaba, no le interesaban mis libros.

Quería saber cómo gestionaba la presión al compartir algo tan íntimo, si había cambiado algo al convertir la escritura en una profesión de la que dependía económicamente, cómo llevaba la exposición al público, si me sentía sola, si me sentía frágil. Era fácil ser honesta con ella. En más de una ocasión, me hizo responder preguntas que nadie me había formulado.

A pesar de sus diferencias, había ocasiones en las que me gustaba ver en ella a una Sara curada del maltrato, alguien que ya nunca sería, y eso me ayudaba a avanzar, a vislumbrar mínimamente el final de nuestros esfuerzos, aunque fuera un engaño. Me gusta colocar a las personas que conozco en distintas situaciones, imaginar sus movimientos en una dimensión diferente. También es algo con lo que fantaseo yo misma. Las posibilidades de la existencia son infinitas, puro azar, pero la capacidad de realizarlas todas es nula. Solo hay una opción, la vida se reduce a eso: es una secuencia de decisiones únicas. Vivimos en un constante rechazo, y siento que perdemos tantas cosas que si no me sirvo de la imaginación para vivir esas otras vidas todo resulta un poco extraño, un poco vacío. Tengo la impresión de que me fallo a mí misma si no me permito, aunque sea por un momento, existir en otros lugares.

Eso me permite imaginarme ahora en un cuerpo que nunca tocó el de Sara, que nunca ideó el de Laia a mi lado en una terraza al sol. Suena tan triste y hermoso que solo me permito hacerlo unos segundos. Ya no soy capaz de verme sin ellas. No reconozco mi cuerpo sin sus consecuencias. Me molesta el brillo, la limpieza de mi piel, la inocencia que intuyo. Esto es lo que soy ahora. La sombra, este pesar, la confianza que resiste. Saber que hice las cosas bien. Saber, no me cabe duda, que volvería a hacer las cosas bien, a pesar de todo lo que he perdido.

No tuve tiempo para odiarla cuando abandonó a su hermana ni tampoco para comprender que me había abandonado a mí también. En un instante, se esfumó por completo. No tuve tiempo, insisto, para pensar en ello. Desprecié su renuncia rápidamente y dirigí mi mirada hacia Sara, que era lo único que me importaba. Porque así era todo entonces: un continuo desplazamiento de mis necesidades. Así que no empecé a echarla de menos hasta que Sara también desapareció, y entonces me di cuenta de lo que había pasado: me había quedado sola, sin nada a lo que ceder mi cuerpo mientras me recostaba sobre otro, sin nadie que me cuidara.

Abro mi conversación archivada de WhatsApp con ella y deslizo la pantalla hacia arriba. Caigo en unos mensajes fechados a mediados de abril. «Me ha llamado Inés para hablar de cosas varias y me ha dicho que lo que haces con mi hermana y la ayuda que supones para ella no tiene nombre, y que sin ti su recuperación iría peor, más lenta e incluso se quedaría a medias. Nada que no supieras, pero, bueno, yo te lo digo porque me ha parecido muy bonito.

Ah, ¿y sabes qué? Ahora me estoy comiendo el "lo ves, te lo dije, nunca me haces caso" de mi hermana porque me ha dicho esta mañana que estabas triste y que te hiciese caso mientras ella no pudiese.» Mi respuesta unos segundos después: «Ja, ja, ja, me lo ha dicho. Es mi hadita madrina. No te preocupes por lo demás. Me alegra mucho saberlo, la verdad. Se merece estar bien cuanto antes». Sigo deslizando, esta vez hacia abajo. Llego a su último mensaje y lo leo con cierto temor. Me contaba que su padre la había llamado porque Sara estaba muy agobiada, con ansiedad, y no sabía qué hacer. «Te aviso por si acaso, para que tú lo sepas. Que a lo mejor es el típico momento de sentir que no puede con todo y no llega a nada más, pero estaba aquí cocinando y he pensado: voy a avisar a Elvira para que no la pille desprevenida. Pero ya te digo que es simplemente por ponerte en antecedentes, no sé si te va a decir algo o no.»

La he perdonado. Es una certeza. Me he desbrozado de todas las sensaciones que me enferman. El rencor no me hace bien, así que me esfuerzo por comprender los actos de quienes quiero y me dañan. Intento no juzgarlos desde la expectativa, desde mi propia individualidad, y para ello me basta conocer sus motivos, aunque sean ajenos a mí. Es por ello, y no por nuestra hermandad, por lo que perdono a Laia. La perdono por abrirme la puerta para después cerrarla de un portazo. La perdono por haberme dejado completamente sola, tirada a los pies de un contenedor rebosante, sin remitente ni destino. La perdono por su feminismo insuficiente, por su compromiso de mentira, por la foto de perfil de WhatsApp con la que todavía sueño. Perdono su cobardía, la rabia que atenaza mi mandíbula al releer nuestras conversaciones, las mentiras sobre las que asentó mi vida durante tanto tiempo. La perdono por haberme hecho responsable única del bienestar de Sara. La perdono por no haber sido capaz de salvar a su hermana. La perdono por haber dejado de ser mi amiga. La perdono, solamente, porque he decidido entenderla.

He decidido entender su abandono. Lo fácil sería juzgarla, condenarla por descuidar a su hermana pequeña de una manera tan brusca. Hacerlo fue sencillo para ella, ¿no? Yo seguía ahí, iba a estarlo, y Laia lo sabía. Fue lo bastante cobarde como para desentenderse e irse con las manos limpias. Al fin y al cabo, no había escogido ese papel, nadie le había preguntado. Quedaba su padre para ocuparse de lo básico y yo para encargarme de todo lo demás. Imagino su justificación: soy prescindible en la vida de mi hermana, no me necesita para nada. Puede, incluso, que añadiera: no le hago bien, no soy buena influencia, no sé cómo dirigirme a ella. ¿Y no era eso, acaso, la razón de todo? ¿No era la huida de Laia un reconocimiento honesto y leal de sus limitaciones?

Las conversaciones más íntimas entre amistades y las confesiones a puerta cerrada con los tera-

peutas tratan de convencernos de lo mismo: somos humanos y no podemos con todo. Pero nuestro ego nos empuja a desoír una de las verdades más complejas: somos vulnerables. En vez de reconocerlo, vamos avanzando por la vida arrasando con todo. Nuestras espaldas son carros de combate, los dedos se hinchan, la mente nos pide más. Creemos que podemos con todo lo que venga y nos da igual lo que perdemos por el camino. No lo vemos. Y si lo hacemos, lo asumimos sin resignación. Cuidamos de los demás hasta el hastío. Nuestros seres queridos se preocupan, pero no les hacemos caso. Nuestros cuerpos enferman, pero no les hacemos caso. De pronto, una pareja nos abandona o un mareo nos tira al suelo, pero no importa: seguimos hacia delante, convencidos de que somos especiales, seres señalados por un propósito esencial, criaturas imprescindibles para el correcto desarrollo de los acontecimientos. Es generosidad, decimos. Somos buenos, pensamos. Alguien tiene que hacerlo, alguien tiene que serlo. Pero no es verdad: somos egos sobrevalorados y erróneamente educados.

La autoexigencia, cuando se mezcla con el narcisismo y con una educación basada en la responsabilidad, es un cóctel criminal. No convierte a las personas en superheroínas: nos convierte en máquinas. Perdemos el pulso, la intuición. Ignoramos el latido que se acelera, los órganos que se resienten. Y es que el sentimiento de culpabilidad que nace al sentirnos tentadas por el abandono ante esas cau-

sas que son más grandes que nosotras es opresivo. Preferimos desfallecer antes que renunciar.

Pienso en esas mujeres que pierden la identidad al ocuparse de un hijo aquejado por una enfermedad. Pasan a ser parte de una causa, cambian su propósito. Todos las hemos visto: rondan los sesenta años, pasean a media tarde por las ciudades pequeñas, no abandonan el barrio. Si acaso charlan con alguna vecina, pero salen apresuradas del mercado, bolsa en mano. Si pasas a su lado, te miran buscando un gesto cómplice que les recuerde que siguen siendo visibles, pero su soledad es compleja y nadie quiere escucharlas. Sus gestos son graves, autómatas. La dolencia de su ser querido se inocula de igual manera en sus cuerpos y se convierten en seres sin rumbo, con un futuro extraño que no se permiten imaginar. Duermen con los ojos abiertos. Sus camas ya no son lugares por los que navegar desnudas y orgullosas. Hablan con voces candorosas que recuerdan una infancia que no existe. Gritan en silencio. No dan lugar a su propio lamento: ceden su tiempo y su emoción a los hijos dependientes que las miran con devoción y ternura. En sus cabezas, el mismo pensamiento: «qué será de él cuando yo falte». Pierden el cabello, les salen eccemas en los dedos, no consiguen conciliar el sueño. Su realidad cae sobre ellas gota a gota en un ritual obsesivo. Y lo aceptan con una firmeza tan salvaje como la leona que arranca de un mordisco la cabeza de la hiena que ronda a sus crías. Sonríen, claudican. Sa-

ben que no obtendrán recompensa. Acostumbradas al cuidado, emplean su escaso tiempo libre en preguntar a los otros por sus vidas, que les responden con detalle. Y, mientras, siguen adelante, aunque sepan que al final del camino no va a haber nadie esperándolas.

¿Quién, al pasar a su lado, se compadece? ¿Quién se aleja un par de pasos, casi por instinto, para evitar que le toque su suerte? ¿Quién las observa desde lejos y cuchichea? Nadie les pregunta si han pensado en abandonar, si imaginarse otra vida es más doloroso que ser consciente de la que tienen, si lo viven como una elección o como si fuera su destino, lo que les ha tocado. Qué es lo que extrañan en las noches más silenciosas. Hace cuánto que unas manos adultas no las acarician. ¿Qué ven al mirarse en el espejo? ¿Qué piensan cuando los otros las observan? Qué es lo que responden cuando un golpe de viento les pregunta: ¿merece la pena?

No son mujeres, no son madres, no son superheroínas: son máquinas de cuidar. Y detesto con todas mis fuerzas que se elogie su fortaleza más que evidente, que se romantice su maternidad desde la comodidad de una vida afortunada y sencilla. Ojalá haya alguien que les pregunte y que las cuide y que les diga que está permitido descansar. Eso es lo único en lo que pienso cuando las veo atravesar la ciudad.

¿No resulta entonces lícito, pienso ahora, justificar a Laia? No podía más, estaba profundamente agotada. La losa de Sara era tan asfixiante que es-

taba a punto de llevarla por delante, pero yo no lo sabía porque ella no se quejaba. No existía en ella un atisbo de renuncia. Trato de recordar alguna palabra, una frase que anticipara su decisión, y pienso en las bromas con las que terminaba las conversaciones más difíciles. Su risa, el humor, no eran un artilugio de defensa: eran un disfraz. Las personas que cuidan no suelen lamentarse en voz alta, a pesar de no contar casi nunca con apoyo institucional suficiente que alivie y suavice, aunque solo sea por unas horas, la carga de la asistencia. Por encima de todo, se encuentra el infortunio de quien las necesita, y eso las coloca en un lugar donde se juzga cualquiera de sus movimientos. Laia había perdido una de las cosas más importantes de la existencia humana: el derecho a fallar. Así que he decidido perdonarla porque estoy harta de los dictámenes de una sociedad sin empatía, de los veredictos que se quedan en la superficie, de ver a las personas como mecanismos útiles en vez de como caminos sinuosos. La perdono porque hizo lo más difícil y lo más justo: ponerse a ella misma por encima de todo lo demás. La perdono, quizá, porque la envidio: hizo lo que yo no fui capaz de hacer, a pesar de saber, en lo más profundo de mí, que era lo que deseaba, lo que necesitaba. Tuvo que elegir y se eligió a ella. ¿No es eso lo que nos repiten continuamente los adalides del bienestar? ¿Que estamos obligados a reconocer nuestros límites? Laia cerró los ojos y siguió adelante. No puedo odiarla por eso.

Sin embargo, no logro zafarme de esta sensación tan confusa que me asalta cada vez que recuerdo a Laia y no sé bien qué es lo que debo sentir. Hay algo dentro de mí que sigue haciendo ruido. Llevo horas disertando sobre las razones del abandono, tratando de encontrar una razón que me seduzca por completo, pero no me basta. ¿La he perdonado de verdad? ¿Qué es entonces este rencor que puedo oír debajo de las palabras?

He escrito que la he perdonado y una parte de mí no se lo cree. He escrito que no la he perdonado, pero sé que no es del todo cierto.

La verdad es que hay días en los que la echo de menos con tristeza y no me cuesta esfuerzo comprender lo que hizo. Otros, en cambio, lo recuerdo con cierta humillación y me irrito. Es un camino, el de la comprensión (que no el del perdón), por el que en ocasiones transito y donde he encontrado consuelo en los peores momentos de mi vida. Porque no creo en la concesión del perdón absoluto. Considero que no todo merece ser perdonado, que el resentimiento puede ser un escudo que nos proteja de lo que nos daña. La rabia no: puede ser un instrumento muy útil para avanzar, pero es perecedera, por eso debe aprovecharse de manera correcta, sin dejar que penetre de manera furibunda en el cuerpo. Sin embargo, la comprensión es un proceso amable, cálido y sano. Es por ello por lo que he dejado que pase el tiempo y, cada vez que vuelvo a Laia, trato de liberarme del resentimiento existente y entender sus motivos, ponerlos por escrito, repasarlos tantas veces que consigo creérmelos. No es ingenuidad ni empatía: es mi propia cabeza tratando de recuperar la calma.

Porque no importa el tiempo que pase: la confusión vivirá conmigo siempre, así como la certeza de que no existen los blancos y los negros. No paro de balancearme en una escala de grises que me lleva a conversaciones conmigo misma que no tienen fin. Lo que antes me frustraba —no encontrar una razón para todo— ahora provoca en mí un cambio. Cada vez que llego a un punto sin retorno, termino aceptándolo y no insisto. Es como si mi cuerpo hubiera decidido dejar de resistirse. Mi cabeza protesta, quiere que me decida, que sea fiel a un pensamiento resuelto y no lo suelte, por mucho que me ardan las manos. Pero ya no soy la misma. No es que haya dejado de creer, es que me resulta más sencillo plantearme la vida de esta manera: aceptando que las preguntas existen, pero las respuestas se inventan.

Hoy tengo frío, y me duelen las rodillas más de lo habitual, y reconozco sin compasión mi cansancio mientras filosofo sin parar sobre las consecuencias del cuidado, y observo el café que arde sin cobijarme, y abro al azar las páginas de los libros importantes, pero no encuentro en ellos algo que me explique esta evidencia que ocupa mi mente cada vez que pienso en ello: Laia abandonó a su hermana pequeña en el peor momento de su vida. Y no hay filosofía, teoría o mensaje de autoayuda, por más hon-

do que perfore la literatura, que consiga defender con acierto un acto tan egoísta, tan cruel, tan mortífero.

Porque resulta sencillo, ¿no? Lo vemos constantemente. La gente abandona a sus perros en las carreteras y huye de sus amigos con depresión. La ciudadanía da de lado a los niños que acosan en los colegios e insulta a las chicas que suplican abortar. Los gobiernos abandonan a personas en mitad del mar. Las familias dejan en manos de desconocidos el bienestar de los ancianos con demencia y desaparecen. Qué fácil resulta, insisto, hacerlo solos o hacerlo como parte de una sociedad que no solo nos protege, sino que nos da los medios para abandonar todo lo que no sabemos —o no podemos— cuidar. Laia se siente capaz de abandonarla porque sabe que yo voy a estar con ella, que yo me quedo, que yo me ocupo. ¿Cómo puede comportarse así, servirse de eslóganes feministas, cagarse en el sistema y ser, al mismo tiempo, la primera que tire la toalla, que se canse, que se largue? Es su hermana, maldita sea. Su hermana pequeña.

Laia: nos abandonaste.

No puedo perdonarte por ello.

22

Para aquel entonces, a punto de un final que ni siquiera sospechaba, Sara ya estaba construida sobre el abandono y el amor partido. Lo que yo temí como el mayor de los descalabros no resultaría ser más que un simple tropiezo, algo más que añadir a la lista. ¿Pero de verdad es así? ¿Las cosas duelen menos cuando estás previamente dolorido? Si soy honesta, no lo creo. Cuando uno se pellizca en un brazo porque le duele una pierna, le terminan doliendo los dos miembros. Sin embargo, todo lo que le pasaba a Sara, incluso el abandono de su hermana mayor, parecía acumularse en ella sin consecuencias determinantes.

Tiempo después, al contar esta historia en voz alta y observar el gesto atento de los rostros, no me daría cuenta del detalle más importante. Nadie duda al escuchar que hay una persona a la que le ocurren todas las desgracias existentes. Nadie: quizá solo un breve lamento. Le concedemos la más absoluta de nuestras confianzas. Llamamos mala suerte a lo que parece orquestado por un destino diabólico. ¿Pero acaso existe la suerte? ¿Acaso existe el destino? ¿Fue ese mi fallo? ¿Creer que había algo por encima de nuestra voluntad que tomaba las decisiones por nosotras? ¿Fue eso ingenuidad o una excusa?

Sara no era una persona frágil, a pesar de la voz quebrada y la ansiedad. Todo lo contrario: eso a lo que ella estaba sobreviviendo habría tumbado al mayor de los gigantes. Pero ahí estaba: un puñado de huesos caminando hacia delante. Aunque era testigo de su firmeza, me costaba destacarla y no podía evitar infravalorarla, ver de ella solo lo que quería ver: su necesidad. Por eso, cuando Laia se fue me temí lo peor. Su llanto era constante y mis nervios excesivos porque había perdido el control sobre la vida de Sara en los momentos en los que no hablábamos. Surgieron nuevos miedos, el hormigueo de mi mano se intensificó. Recordé su intento de suicidio, las palabras que usó Laia para contármelo en ese primer mensaje, la intuición que la llevó a entrar en su habitación y llegar a tiempo. Ya no contaba con sus aciertos. Nos habíamos quedado solas y yo cada vez tenía menos fuerzas, pero me convencí de que el amor que sentía por esa niña hecha pedazos sería suficiente para continuar. No me di cuenta de que era ella la que me estaba reconstruyendo, de que era su presencia, en definitiva, la que justificaba la mía.

—Nadie de mi familia me ha preguntado qué tal con Ana esta semana —me escribió varios días después—, ni qué tal con Inés, ni si me ha afectado lo de mi hermana, ni si me siento sola.

—Tenemos que ir encontrando pequeños ratos de alegría al día —le respondí—, aunque sean minúsculos y por cosas bobas, pero tienes que hacer ese ejercicio para no acostumbrarte a estar así.

—Los tengo, Elvira, un montón, cuando descubro una canción o cuando toco la guitarra o cuando salgo a la terraza, pero a ninguno de ellos les interesa. —En sus mensajes de voz sonaba vencida, apagada.

—¿Sabes qué, Sara? Debemos buscar lo que nos falta en nuestra familia en otros sitios o en otras personas; eso que no nos dan nuestro padre o nuestra hermana, el cariño o la protección, lo que sea. Si no lo encontramos, debemos buscarlo en otro sitio, pero hay que dejar de esperarlo de ellos —traté de explicarle.

—Tengo muchas ganas de llorar y estar contigo, Elvira. Siento que me he alejado un poco de ti esta semana y quiero pedirte perdón y decirte que voy a intentar volver a ser yo.

Era cierto. Desde lo que había pasado con Laia, Sara había estado más callada. No nos habíamos visto porque tenía que estudiar y nuestras conversaciones telefónicas se habían relajado. Sus avances con Inés y Ana eran, aunque mínimos, constantes, así que le concedí el espacio que creí que necesitaba. Sara debía acostumbrarse a verse y estar sola, a no depender constantemente de alguien, y en ese movimiento me descubrí a mí misma echándola de menos, mirando de reojo el teléfono para ver si su nombre lo iluminaba como tantas otras veces, sintiendo las mañanas en las que me despertaba sin ningún mensaje suyo, pero al mismo tiempo me noté algo más descansada, iluminada por la calma que da el desapego, como si estuviera recuperando el oxígeno que me quitaba.

—No lamentes tu tristeza, Sara, porque también forma parte de ti. No pasa nada porque te hayas alejado un poco. Después de lo que ha pasado con tu hermana, es comprensible que necesites estar sola.

—¿Te puedo hacer una pregunta y me dices la verdad? —El tono de su conversación había cambiado sustancialmente desde que había empezado a preparar el juicio. Había desaparecido gran parte de la inocencia que lo caracterizaba, su voz estaba madurando de alguna manera, pero ahí seguía la sumisión, la búsqueda del permiso—. ¿Tú qué opinas de lo que ha hecho mi hermana?

—Me parece feo, la verdad. Es una realidad y no te la voy a maquillar. Y siento muchísimo no haber podido evitarlo. Pero quiero creer que ha sido un arrebato y que la situación volverá a la normalidad eventualmente porque es tu hermana y se dará cuenta.

—Yo siento que me ha dejado sola y que ya nadie en mi casa está conmigo de verdad. Ya sé que necesitaba descansar de todo lo mío, pero me siento como si fuera un problema del que nadie se quiere encargar. Y es muy difícil acertar, porque si hablo con mi padre es que me quejo demasiado y si no hablo es que estoy encerrada en mí misma y estoy apagada. Me siento muy sola en mi casa y tengo ganas de acabar ya con esta situación.

—¿Qué tal están las cosas con él? —me interesé, tratando de desviar los posibles significados de esa última frase.

—Bueno. Me compra ropa casi todos los días por internet porque creo que se piensa que así voy a estar bien. Me ha dicho que lo mejor es que no hablemos de los problemas salvo que pase algo muy importante, que así es como no darle vueltas, así que me habla de otras cosas todo el rato y yo estoy aprendiendo a fingir que le escucho —me dijo con evidente desgana.

—Bueno —le respondí—, quizá sea mejor, así vas haciendo tú misma tu camino, apoyándote solo en quien te ayuda.

—Yo lo único que quiero es seguir hablando contigo de lo que sea, sin tener que mentir ni fingir ni dejar de hablar de cosas —declaró, esta vez con seriedad.

—Eso será así siempre, te lo prometo. Oye —añadí—, ¿tú querrías que hablara con tu hermana? Puedo intentarlo.

—No, creo que da igual. Si no me habla a mí es por algo, y aunque me duela tengo que aprender a estar así, aunque me sienta sola.

—Eres muy madura, Sara —le dije—. Estás creciendo mucho estos meses.

—¿Te puedo contar las cosas que me dijo para sentirme menos pesada? —añadió.

—Claro que sí, me parece una gran idea —sonreí a la pantalla. Me resulta complicado expresar que ese gesto, el de Sara aprendiendo a sentir, compensaba todo mi daño. Ahora lo único que veo es su trasvase, la carga de todas esas frases en mi espalda.

—Me dijo que tenía que dejar de necesitar que alguien me cuidase, que eso era inmaduro. También me dijo que desde que está pasando todo esto no es feliz y está cansada todo el día, que cuidarme es muy agotador porque no doy resultados a cambio y que a veces no entiende por qué no me centro solo en estar bien en vez de llorar y paralizarme y llevar las cosas al límite. Ah, y que no esforzarme más por estar bien sí que es culpa mía. Y ya prefiero parar porque me están dando ganas de llorar.

—Vamos a hacer una cosa, aunque sé que es difícil. Vamos a intentar poner en duda todo lo que te dijo y repetirnos que es mentira, porque yo te conozco y el cambio en ti es muy grande. Eres pausada, tranquila, educada, sensible y muy respetuosa. No conozco a nadie tan bueno como tú.

—Gracias, hada, por decirme cosas tan bonitas —me respondió—. Estaría muy perdida si no te tuviese y a veces pienso que ojalá mi padre me dejara vivir contigo.

Me quedé mirando esas últimas palabras, pero antes de poder responderle ya se había despedido con un mensaje de buenas noches. Algo dentro de mí se agitó. Aunque no era la primera vez que Sara expresaba ese deseo en voz alta, sí lo era en un contexto en el que era posible. Su hermana estaba fuera de la escena y tenía claro que no le resultaría difícil convencer a su padre. Me lo estaba poniendo en bandeja, lo hizo desde el principio. Sin embargo, aunque toda la situación me estuviera dirigiendo hacia el último acto, el final perfecto de mi generosidad, la prueba real de que mi bondad existía y mi compromiso era digno de alabanza, me agobié. No quería que Sara viniese a vivir conmigo. Tenía claro mi papel con ella y no incluía el de la responsabilidad familiar. Me espantaba el hecho de ser una especie de madre de una adolescente en constante riesgo, pero no me daba cuenta de que ya lo era. Lo único en lo que pensaba era que no es que yo no estuviera preparada para tomar decisiones, es que no quería. Y eso me hizo dudar de mí misma.

Había pasado ya mucho tiempo y mi mente acusaba el agotamiento mental y físico que nuestra relación me provocaba. La marcha de Laia me dejó con las defensas bajas y mi mente había aprovechado esa distracción para recordar cómo era mi vida sin el dolor de Sara. Esa fue la primera vez en la que lo reconocí. Había recordado por un segundo el olor del aire cuando está limpio. El alejamiento de Sara los días posteriores me había permitido descansar y separarme durante breves momentos de todas las calamidades. Había ratos minúsculos en los que era capaz de disfrutar de nuevo con alguna amiga de una conversación banal y otros en los que dejaba el teléfono y me dedicaba a mí. Volví a leer sin distracciones y me di un par de baños con la luz apagada que recuerdo con gratitud. Retomé la escritura y algunos proyectos abandonados. Visité a mi familia, aunque me dediqué el fin de semana a hablarles de ella. Pero no fui leal conmigo misma: no reconocí que nuestro vínculo no me hacía del todo bien. Porque, insisto, no eran más que instantes. El resto del tiempo vivía en un anhelo constante, ávida de su miseria y sus palabras, aunque segura de que no deseaba que viniera a vivir conmigo. Quizá en el fondo mi preocupación, pienso ahora, no era su bienestar: era la urgencia de sentirme necesitada.

De la misma manera que yo percibía su ligero distanciamiento, ella olfateaba el mío con precisión, pero no lo consentía. Cuando le decía que tenía el día ocupado, ya fuera por trabajo o porque había quedado con alguien, me decía: «Te dejo descansar». Y yo lo agradecía: bloqueaba el móvil y lo dejaba en la mesa o en el bolso. Sin embargo, los ojos se me iban a la pantalla cada vez que se iluminaba con su nombre. Sara entonces me enviaba canciones que le recordaban a mí o me escribía para pedirme opinión sobre un dibujo que estaba haciendo o para recomendarme una serie que había descubierto o para contarme que llevaba una camiseta que me gustaría, pero lo hacía todo con ternura, sin ánimo de interrupción. Simplemente dejaba sus palabras en la conversación y yo casi podía intuir el tono bajo de su voz, la puerta entreabierta. Si bien es cierto que dentro de mí empezaba a crecer una molestia incómoda, todas las dudas sobre nuestra relación se disipaban cuando la delicadeza de su gesto volvía a aparecer.

Pero mi presencia dejó de ser algo tan constante. Había días en los que apenas hablábamos. El verano estaba a punto de empezar: ella estaba preparando los exámenes finales y yo quería dejar cerrados varios proyectos antes de irme de vacaciones, así que dejamos de contarnos tantas cosas. Aunque siempre me escribía para darme los buenos días y las buenas noches, había ocasiones en las que la esquivaba y le respondía con pocas palabras o con preguntas automáticas cuya respuesta ya conocía y leía por encima. Sara solía aprovechar para resumirme la última discusión con su padre, los avances con Ana o lo que había pasado en la sesión con Inés antes de irse a dormir, pero yo no me conectaba y no le respondía hasta que se despertaba y empezábamos el día de nuevo, como si no hubiera pasado nada. Otras veces hablábamos por las noches y participaba activamente en las conversaciones, pero entonces me decía que se iba a dormir pronto y me prometía que el día siguiente hablaría más conmigo. Empecé a pensar que no estaba haciendo las cosas bien y que la energía del principio ya no existía: solo quedaba la voluntad, que se resquebrajaba por momentos.

Me sentí culpable: estaba sin estar, o eso creía yo, pero es que el cuerpo me exigía esa honestidad, esa breve separación. No podía más: estaba cansada, echaba de menos a Laia y no recordaba cómo había llegado a esa situación, en qué momento una niña a la que apenas había visto un puñado de veces se había convertido en mi única preocupación. Se me olvidaba que Sara era Sara. El tiempo pasaba despacio a su lado porque los días eran exactamente iguales y tenía la pena enroscada en la tráquea, como si fuera un trozo de carne mal masticado. Sentía que vivía con una permanente nube gris encima, que todo pesaba más de la cuenta, y no pensé que tuviera mayor alternativa que separarme un poco para evitar que nos aplastara a las dos.

Pero nada de eso era verdad, y me doy cuenta ahora que repaso nuestras conversaciones, más de medio millón de palabras y ningún silencio. No existió un día en el que no habláramos, en el que no respondiera sus preguntas manidas y repetidas, en el que no le sacara de un nuevo ataque de ansiedad. Lo cierto es que seguía ahí, con Sara, porque una solo huye si alguien la sigue, y nuestros cuerpos se chocaban de manera violenta porque habitábamos en un espacio minúsculo que habíamos construido con nuestras propias manos.

—Hola, hada —me escribió un mediodía—. Ya sé que estás comiendo fuera, pero ¿puedo hacerte una pregunta? ¿Las librerías pequeñas abren los domingos? Quiero ir y comprarte un libro, ¿puedo?

Había estado trabajando en una campaña de apoyo a las librerías de barrio y desde entonces Sara estaba obsesionada con visitarlas y comprar docenas de libros. Sonreí para mis adentros, pero recordé la importancia del autocontrol en una personalidad como la suya. Le dije que podía buscar en internet qué librería abría los domingos, pero le expliqué que no tenía que comprar por comprar y que no hacía falta que me regalase ningún libro, que ya tenía muchos en casa. Me contó que después se iría a comer con su padre a una terraza y yo le respondí, distraída, que me parecía un plan estupendo, que debía ir haciendo ese tipo de cosas para recuperar la normalidad, salir de la burbuja y exponerse a las cosas del día a día. Mis palabras tenían sentido, pero reconozco que se las entregaba sin pensar, como si las estuviera leyendo en otra parte y fueran de otra persona. Al rato, volvió a escribirme:

—Se me está dando regular comer, hada, lo siento.

Volví a esquivarla de nuevo:

—Vale, peque, no pasa nada, tú inténtalo.

Y guardé el teléfono en el bolso.

—¿Qué tal? —le escribí ya por la tarde, al volver a casa. No sabía nada de ella y ya no existía nada que me distrajera.

—Bien, ahora estoy esperando que deje de llover para irme a casa con la bici —me respondió. A pesar de mi ausencia, no había en ella ningún tipo de resentimiento—. ¿Sabes que la lluvia me recuerda a ti, hada? Creo que es porque un día me contaste que hubo una época en la que estabas muy triste y salías a andar y a veces te mojabas. No sé por qué me recordaste a mí, y ahora cuando llueve siempre, siempre, siempre pienso en ti.

—Ve con cuidado y date una ducha calentita cuando llegues, ¿vale? —le sonreí, dejándome acariciar por su dulzura. Me vi en la plaza Mayor unos años atrás, atravesada por la lluvia mientras la gente corría a mi alrededor. Tenía los calcetines empapados y era de noche. La luz de las farolas formaba un arco limpio sobre los charcos, pero nadie parecía darse cuenta.

—¿Sabes? He ido a comprarte flores, pero el sitio estaba cerrado, así que volveré mañana —me dijo, ya en casa.

—Ay, flores —le respondí, y añadí un corazón rojo—. Pero qué necesidad tienes de gastar para mí, Sara, ¿por qué no lo ahorras para Julio? Lo necesita él más que yo.

—Tengo una hucha solo para él, Elvira —me dijo—. Es que te he echado mucho de menos esta tarde y me apetecía.

—¿Ha pasado alguna cosa? —le pregunté de inmediato. Reconocía la alerta. Esos arrebatos solían responder a situaciones que había intentado manejar ella sola sin éxito.

—No, Elvira, es que me encuentro un poco regular y estoy muy sensible y cuando me pasa eso siento las cosas muy fuertes, aunque no quiera, y te echaba de menos como si viviéramos en países distintos. Y ya está, solo era eso, que algunos días te quiero de una manera diferente, y hoy ha sido uno de ellos.

—¿Cómo que te encuentras regular? —Entre tanta palabra de amor, la frase trampa.

—No sé, hada, como si me fuese a poner mala o algo así, pero no me duele nada, a lo mejor es solo cansancio, no pasa nada.

Le recomendé que se tomara un zumo y se tumbase un rato en la cama y recordé la obsesión de Laia sobre los aspectos más prácticos de la vida de Sara. En otra ocasión, lo sé, le hubiera preguntado por su estado emocional, habría rascado en su petición de auxilio escondida. Pero no tenía ganas de escuchar la respuesta.

—¿Puedo hacerte otra pregunta y ya te dejo descansar? —me escribió un buen rato después, ya en su habitación—. ¿Puedo seguir contándote las cosas cuando me siento mal?

—Claro que sí, Sara, ¿qué tipo de pregunta es esa? —Me exasperaba que a esas alturas tuviera que seguir repitiéndole lo evidente: que mis palabras eran suyas, igual que mi tiempo y los días. ¿Qué más tenía que hacer para demostrárselo?

—Lo siento, hada. Es que me encontraba regular y me estaba costando respirar, y he intentado salir yo sola y no he podido, y me han dado muchas ganas de hacerme daño, pero no lo he hecho, te lo prometo. Tengo muchas ganas de llorar, pero te juro que pienso en ti y se me pasan.

—Nada de daño, Sara —le dije—. Siéntate y apaga la luz, ¿vale? Y concéntrate solo en respirar. Solo tienes que inspirar aire superprofundo —le repetí— y notar cómo se llenan los pulmones, aguantar el aire diez segundos y después soltarlo en cinco. Repítelo y siente cómo se mueven tus pulmones.

—¿Puedes quedarte conmigo cinco minutos, por favor? —me suplicó.

—Estoy aquí, como siempre —le dije—. No estás sola y nadie te va a hacer nada. Estás contigo.

—¿Va a volver a estar todo bien, Elvira?

—Claro que sí. Antes de lo que imaginas.

Por mi cabeza cruzó un atisbo de culpabilidad, como si hubiera podido evitar ese ataque. Me sentí responsable, pero en vez de entristecerme y regresar a ella como un animal arrepentido, me frustré.

—¿Por qué no me has avisado antes? —le pregunté un rato después.

—Es que no quería molestarte, hada, y no sabía si estabas ocupada —respondió.

—Sara, eso da igual, ya sabes que yo te contesto cuando puedo, y que si es algo importante o urgente puedes llamarme. Te lo he dicho varias veces.

—¿Te has enfadado, Elvira? —Me imaginé sus ojos acuosos y vacíos, la voz más aguda de lo normal.

—No, Sara, yo nunca me enfado contigo. Pero que esté ocupada o trabajando no significa que no podamos hablar o que no me puedas contar las cosas.

—Ya, hada, si he estado a punto de llamarte, y eso que casi nunca te llamo, pero luego he pensado que estarías descansando o viendo alguna serie y no he querido molestarte.

—¿Y qué más da eso? Lo que te pasa es importante, Sara. Voy a tener que dejar de contarte las cosas que tengo que hacer si eso significa que no me avisas. —Nunca había utilizado un tono tan serio, pero sentí su silencio como un retroceso que no nos podíamos permitir.

—Lo siento, Elvira —se lamentó—. Ojalá un día ya nunca te diga que me pasa esto. Quiero vivir sin que se me vaya la cabeza a escenas que quiero olvidar. Siento mucho haberte puesto triste. Te prometo que no volverá a pasar.

Se fue a dormir y yo no supe qué sentir. La parte más sombría de mi interior quiso reconocerlo:

no era yo la culpable, era Sara quien había decidido dejar de contarme las cosas al momento sin motivo alguno, era su responsabilidad y yo no tenía nada que ver. Al fin y al cabo, eso era bueno para mí, aunque no tanto para ella, y no sería yo quien le revelara la verdad. Estoy pensando en mí, me dije, y en ningún caso eso puede ser algo malo. Porque sigo ahí, con ella, y ahora se piensa que no me avisa porque no quiere y no porque ambas sepamos, en el fondo, que yo ya no estoy como antes, que me estoy alejando, que algún día yo también me voy a ir. Sin embargo, me aparté de ese pensamiento y me convencí de que lo estaba haciendo por ella, que la estaba dejando volar por sí misma, que mi generosidad seguía intacta y que no existía en mí el más mínimo gesto de egoísmo.

Ese era el verdadero truco de Sara, pienso ahora: una metamorfosis sutil. Iba y venía hacia mí con movimientos tan leves que era difícil darse cuenta de que era ella la que estaba dirigiendo la nave. Me ponía las manos en el volante y me daba órdenes, haciéndome creer que era yo la que tomaba las decisiones. Así, se permitía distanciarse de mí, pero no toleraba mi ausencia. Cuando se percataba, activaba la delicadeza en su voz, la ternura de un vocabulario contrahecho, y yo acudía con rapidez a beber de todos sus charcos. ¿Cómo iba a alejarme de ella?

Un día, me preguntó si estaba triste o estresada por algo. Me desperté de mi aturdimiento y le respondí que estaba liada con algo del trabajo, que todo iba bien, pero no era verdad. Había recibido una llamada de mi expareja y todos mis demonios se habían abalanzado contra mí. Le pregunté rápidamente cómo se encontraba ella y me respondió con dos frases: «Intento no hacer nada malo» y «Pienso en ti». No me di cuenta de la artimaña. Activé todas las alarmas de nuevo, pero, acostumbrada como estaba, respondí de una forma automática, con las mismas frases de siempre, incluso cuando me dijo que le estaba costando respirar. Traté de averiguar por qué no me lo había dicho antes y volvió a decirme que intuía que estaba ocupada porque estábamos hablando menos y que no quería molestarme. Esta vez no se lo discutí.

—Elvira —me dijo—, ¿sabes que si tuviera un superpoder o un deseo de esos de lámpara que son imposibles en la vida real lo que haría sería conseguir que nunca tuvieses miedo? El otro día —continuó—, cuando me dijiste que te daba miedo dormir sola, pensé que si pudiese quitártelo lo haría, te lo prometo.

Sabía que lo haría. Unos días antes, habíamos quedado para merendar y acabamos teniendo una conversación sobre los miedos. Quise rebuscar entre los míos para hacerle ver que todos tenemos temores, que no era la única. Le respondí que pensarlo era casi como hacerlo, y que a partir de entonces cada vez que tuviera miedo pensaría en ella quitándomelo.

—Nos podemos inventar tú y yo un sitio al que podamos ir con la cabeza cuando pensemos en cosas raras que nos dan miedo —añadí.

—Sí, Elvira, uno donde no puedan entrar los gritos ni nada que duela ni nadie que nos haga sentir que no importamos. —Sonreí al leerla—. En realidad —añadió—, el sitio no me importa tanto porque creo que mi quitamiedos eres tú.

Suspiré. Sara y yo nos pertenecíamos porque vivíamos en un planeta distinto en el que conseguíamos arreglar todo con las palabras correctas. No conocía a nadie como ella, tan descreída e inofensiva. Alimentaba mi fe en algo que ya no creo porque el mundo no se puede arreglar con palabras, eso no funciona. No quitan el olor putrefacto de la maldad, que existe y es un rasgo de personalidad. Las palabras no salvan, aunque consuelen. Solo sirven para dar sentido a las heridas. Pero Sara y yo habíamos construido un espacio en el que vivir así era una posibilidad que nos funcionaba. No podía permitirme perder eso.

Aproveché su cuidado y le conté lo de la llamada de mi ex. Le dije que no había cogido el teléfono, que era algo que me removía mucho, pero que como a ella no le importaba me había mandado una nota de voz en la que cuatro años después me pedía perdón. Escucharla decir eso me había recordado todo el daño que me había hecho y me había quedado revuelta.

—Por eso esta tarde estás apagada, ¿a que sí? —me preguntó.

—La llevo colgada, Sara, y no hay manera de deshacerme de ella, por más que lo intento, y eso me da mucha rabia.

Estaba triste y necesitaba su dulzura, que me lanzara su ternura en uno de sus hechizos, cambiar los papeles por una vez, pero le dije que ya estaba mejor. Me mandó varias notas de voz en las que, con voz trémula pero amplia, me decía que debía asumir lo que había vivido para conseguir estar en paz.

—Ella no se va a ir de ti nunca, eso sería una mentira —manifestó—. Tu verdad es que un trozo de ti lo tocó ella y siempre se va a quedar así, y negarlo sería como si ese trozo de ti no existiera. Tú eres un árbol —añadió—, y ella es una rama, pero no de las que tienen hojas y brillan y huelen bien, sino de las que se tienen que quedar abajo y no salir más.

Volví a reproducir el audio, intentando absorber cada una de sus frases y consejos.

De nuevo, tenía delante a una mujer distinta. Sara se había multiplicado y en cuestión de minutos había cumplido años. Recuerdo la satisfacción al escucharla y beber de su voz adulta.

—Nunca vas a olvidarla, ni a ella ni a su daño —continuó, esta vez por escrito—, porque intentar que no exista es como intentar no llorar cuando lo necesitas, pero sí que vas a vivir con ello de una forma que no tiene por qué ser mala para ti.

—Oye —le respondí—, ¿puedo copiar todo esto y decírtelo a ti un día que hablemos de Rodrigo?

—Claro —se rio—, pero en realidad yo os estoy copiando a ti y a Inés, aunque lo de las ramas me lo he inventado yo.

Le dije que esa había sido mi parte favorita porque era lo que ayudaba a entender la teoría, y que era un ejemplo maravilloso. Se animó, le entusiasmaba cuidarme.

—Todo el mundo tiene ramas feas y podridas —siguió—, pero no puedes cortarlas porque entonces no eres tú, eres otra planta, y a lo mejor sin esa rama fea y tóxica serías una planta menos triste, pero no tendrías hojas brillantes que huelen a verde, como esas que te han enseñado a querer que te quieran bien.

Le di las gracias.

—¿Sigues triste, hada? —me preguntó un rato después.

Le respondí que gracias a ella estaba mucho más tranquila, y era verdad.

—Si alguna vez lo estás —finalizó—, podemos hablar de lo que quieras y te recuerdo lo de las ramas: quiero cuidar de ti igual que tú cuidas de mí y hacerte sentir como una planta bonita y ponerte al sol cuando una rama podrida te intente remover.

Añadió que se sentía muy útil al ayudarme y aprovechó para cerrar el círculo:

—Llevo mucho tiempo sin decirte que gracias por no cansarte y ayudarme porque sin ti no podría hacerlo todo.

Así fue como poco a poco fuimos intercambiando los papeles. El avance de Sara coincidió con el punto más álgido de mi cansancio. La vida avanzaba también para mí y, aunque desviara la mirada, no podía evitar participar en ella.

Presentía mi estrés y se obsesionó con ello hasta tal punto que empezó a formar parte de sus sueños, como la noche en la que soñó que se quedaba dormida encima de mí en una hamaca de tela mientras yo le decía que estaba muy estresada por el trabajo. Me reí y le dije que tenía la idea de que siempre estaba agobiada, pero que no debía preocuparse, que solo eran épocas. Había ocasiones en las que se ofrecía a descargarme de trabajo y me preguntaba si podía hacer algo por mí y otras en las que interrumpía mi mañana para preguntarme si me estaba acordando de respirar, aunque tuviera muchas cosas que hacer. Sus intentos me daban ternura, pero me resistía. No es que no quisiera que nadie me cuidara, es que sentía que no lo necesitaba, que mis capacidades eran ilimitadas y que podía con todo: solo tenía que organizarme mejor.

Rechacé sus intentos porque en cierta manera la creía incapaz de ayudarme, pero al mismo tiempo me parecía importante que se siguiera sintiendo útil, así que le pedía favores como que me ayudase a elegir un modelo de gafas, que encargase en el quiosco el periódico para fotografiar mi último artículo publicado o que bajara a comprarme frutos secos en una tienda especializada de su barrio que me encantaba. Ella se entusiasmaba tanto que me enviaba veinte fotografías hechas desde distintos ángulos o me compraba un kilo de anacardos que no me dejaba pagarle. «Me hace ilusión, hada», me decía, «tú a mí siempre me haces regalos y me emociona hacerlo contigo: tengo ahorros y quiero gastármelos en anacardos de limón para mi hada madrina». Se comportaba como un cachorro al que le das un trozo de jamón y se abalanza sobre ti con sus dientes pequeños y afilados y la lengua llena de saliva.

Era especialmente buena con los cuidados médicos. Las defensas me habían bajado y ella contaba con los conocimientos farmacéuticos de su padre, a quien preguntaba cómo podía ayudarme. Una mañana me levanté con mucho dolor por la regla y se lo conté.

—Elvira, te juro que lo sabía —me respondió acelerada—. Llevo un rato despierta pensando que te pasaba algo, que anoche estabas un poco rara.

—Llevo unos días así —le respondí—. A lo mejor voy al médico si no se me pasa.

—Ya, hada —me dijo—. Se te nota porque estás apagada, hasta en la distancia te lo noto. ¿Quieres que le pregunte a mi padre si sabe lo que te pasa? —añadió.

—No, no hace falta, voy a esperar al lunes, ¿vale?

—¿Necesitas que haga algo, Elvira? ¿Cualquier cosa que te ayude? —preguntó.

—Con que no te preocupes, me vale —le respondí.

—Si no me preocupas, hada, es solo que cuando yo estoy malita siempre me cuidas y si yo pudiera también querría. Pero ya no te agobio ni te pregunto más de aquí al lunes, te lo prometo.

—Vale, peque —me reí—. Es que cuando estoy mala soy mala enferma: o me quejo mucho o me callo todo, pero no me gusta preocupar.

—No pasa nada, eso es porque necesitas que te cuiden más que al resto —me consoló—. A mí no me importa que seas mala enferma, solo quiero que sepas que si necesitas algo o te asustas yo estoy aquí y te puedo dar lo que tú necesites.

Acepté su amor con la misma violencia de los árboles sedientos.

Convivo con una enfermedad crónica desde los doce años. A esa edad a la que una merece sentirse inmortal y existir alejada de preocupaciones sobre la salud, yo aprendí que la mía dependía de mí misma, así como el bienestar de quienes me rodeaban. El día que me diagnosticaron diabetes, no me enfadé: decidí que lo aceptaría y continuaría con mi vida como siempre, concediéndole la importancia justa, en un honesto intento de evitarle un mayor sufrimiento a mis padres. Sin embargo, mi adolescencia no fue sencilla, y no fue hasta unos años después, cuando me desbrocé de los cuidados familiares y la falta de responsabilidad sobre mis análisis, cuando entendí que eso había sido un error. Había crecido de la mano del control y me había culpabilizado, sin darme cuenta, de los daños de una enfermedad muy exigente. Entonces, me obsesioné con la alimentación y las glucemias y la dejadez dio paso a la perfección. Me responsabilicé de cada control malo, que para mí eran fallos, y di por hecho los aciertos. Dejé de salir a comer fuera y calibraba durante horas las posibles consecuencias de salir de la rutina diaria. Viajar fuera era un suplicio y terminaba llorando con las hiperglucemias que tardaban horas en bajar. Un tiempo después, gracias a la terapia, comprendí que me había equivocado. Merecía la rabia, merecía el enfado. Había pasado por un trauma a una edad injusta y me había saltado el paso de la negación y de la rabia. Así que me descubrí cerca ya de los treinta años pataleando por una enfermedad que ahora reconozco que detesto, pero que forma parte de mi vida y cumple un papel esencial en mi personalidad.

El hecho de padecer una enfermedad crónica hace que termines olvidándote de que estás enfermo, así que he aprendido a permitirme el quiebro y el hastío. Me concedo los errores de cálculo y soy capaz de expresar lo mal que me encuentro física y emocionalmente cuando el control no es bueno. A veces, pienso en todo el tiempo que he perdido a lo largo de mi vida esperando tumbada en la cama que el azúcar remontase. Otras veces, miro con envidia a las personas que se alimentan de cualquier manera y que viven despreocupadas de los análisis en ayunas a las ocho de la mañana. Me gustaría responder que estoy bien cuando me preguntan cómo me encuentro, pero la verdad es que siempre hay algo que duele, una incomodidad que no se va, la misma preocupación constante, así que me enfado conmigo misma por no poder ahorrarles eso a los demás, porque no sea suficiente que lo sufra yo sola, y también por saber que no debo callármelo.

En ocasiones, me lamento porque siento que nadie de mi alrededor es capaz de comprender lo que significa vivir atada a una enfermedad como la diabetes, cruel y silenciosa, que solo hace daño a largo plazo y que poca gente conoce en profundidad, que obliga a vivir atada a los medicamentos y exige que no te olvides de ella ni un segundo, ni siquiera los que todavía no han transcurrido. Las heridas que dejan los pinchazos son bastante visibles y los aparatos médicos que llevamos pegados al cuerpo son tema recurrente de conversación. Por eso no dejo que me cuiden, desprecio el desconocimiento y no siempre tengo paciencia porque sé que no lo entienden y que a mí no me quedan fuerzas para explicarlo de nuevo. Pero sé que esto no es cierto. El amor también vive atravesado por la salud, y a quienes nos rodean les duele en otra parte porque saben que no pueden curarnos. Yo también quería curar a Sara y ese esfuerzo era lacerante. Los míos me quieren curar a mí y sufren esa condena cuando me miran y ven lo que lastima y ya se desdibuja en mi cuerpo.

Todo esto, en mi caso, me ha llevado a convertirme en una persona que esquiva los cuidados. Evito la preocupación en los demás y me deshago, a veces con irritación, de quien se acerca a intentar ayudarme. No suelo confesar mi daño más profundo ni todo aquello que me duele y no tiene que ver con mi enfermedad. Oculto mis debilidades porque quiero protegerlos de mí misma. ¿Acaso cuidar no consiste también en eso? Pienso en ello a menudo mientras pregunto sin descanso a los demás cómo se encuentran y los convenzo para compartir conmigo todos sus problemas.

Un rato después, volvió a escribirme:

—Hada, ¿sabes que yo te intuyo? —Seguía entusiasmada, brillaba como una farola en una carretera secundaria—. Parece que me lo invento, pero te juro que es verdad. A veces sé que estás muy llena de cosas que hacer, aunque no me lo digas, y otras sé que no.

—Porque eres muy lista —le sonreí.

—Te prometo que lo siento por dentro. De hecho, algunos días incluso lo sé desde que te despiertas y me contestas a mis «Buenos días». Te prometo que no es un cuento, hada.

—Lo sé, Sara, por algo tú también eres mi hadita.

—Me parece muy especial porque nunca me ha pasado con nadie, Elvira —me confesó—. Y me gusta y te quiero mucho. Ya sé que te lo digo siempre, pero es que algunos días me da muy fuerte.

—Yo a ti también, vida —le respondí, rendida a sus palabras, que crecían al mismo tiempo que las mías se iban haciendo cada vez más minúsculas.

Empezamos a hablar de cosas distintas al juicio o a las pesadillas. Me sorprendía su sensibilidad, que seguía intacta en todos los temas que tratábamos. Yo la alababa, le decía que esa era su fortaleza, que a veces conseguía sola que se le pasara la angustia y eso era como tener un poder. Me contó que Inés le había dicho que era la persona más sensible que conocía y que sabía que eso a veces le dolía, pero que podía servirle para convertirse en una pintora importante. Yo le prometí que la ayudaría a nivel profesional en cuanto estuviera más recuperada y que conseguiría vivir de sus ilustraciones.

—Gracias, hada —me respondió, dando saltos sobre la pantalla de mi teléfono—, eres lo más bonito que he vivido en los meses más feos de mi vida.

—¿Sabes qué creo? —me preguntó una mañana después de salir de clase. Había comenzado a ir a clases particulares a una academia y se mostraba ilusionada, alejada del ambiente opresivo del instituto. Nadie la conocía y eso, a pesar del miedo inicial que usó para resistirse a ir, le estaba sirviendo de mucha ayuda—. Que algunas cosas dan más miedo si eres de artes porque no puedes verlas como lo que son. Ves una mancha como si fuese de plomo y no puede desaparecer, aunque hagas otras cosas. Si eres de números, al final, solo ves probabilidades, por eso en casi todo tienen razón los de ciencias.

—Eso es verdad, Sara. Si tú pudieras elegir, ¿preferirías ser de ciencias? —Habíamos hablado sobre su futuro en contadas ocasiones, pero parecía tener claro que la única opción que contemplaba era estudiar Bellas Artes, aunque se echaba a temblar solo de pensarlo.

—Algunas veces sí, pero otras no —respondió—. Es como lo de ser sensible. Hay veces que me muero de vergüenza y quiero dejar de ser así, como cuando veo a dos personas reencontrándose en el aeropuerto y me echo a llorar. Pero otras veces veo los colores más bonitos o escucho a los pájaros con más intensidad y entonces no quiero dejar de ser como soy. ¿Y tú, Elvira?

—Yo tampoco, siempre doy las gracias por ser de letras, aunque tuve que cursar otro bachillerato por la tontería de que «las letras cierran puertas». Al final, por culpa de eso, no pude hacer la carrera que quería, aunque mírame ahora, dedicándome a las palabras. Todo te lleva a un único sitio que te pertenece. ¿Sabes qué? —añadí—. A veces voy a institutos como el tuyo a dar charlas y siempre les digo a los alumnos que piensen más allá, y que hagan lo que sienten por dentro sin pensar en trabajos o en dinero porque por desgracia eso nadie lo asegura. Creo que si consigues vivir de algo que te gusta tienes un gran porcentaje de calma asegurado, y si no lo consigues igualmente lo tendrás ahí para ti como un desahogo. Y también creo —continué—, y se lo digo para que no lo dejen, que quienes tenemos una capacidad artística de expresión (ya sea escribiendo, tocando un instrumento, rapeando, esculpiendo, bailando o pintando) somos muy afortunados. ¿Sabes por qué? —le pregunté—. Porque los demás solo pueden desahogarse y sentirse comprendidos con cosas que hacen otros, pero nosotras, tú y yo, podemos hacerlo con lo que tenemos dentro. No es lo mismo escribir un poema de desamor que leerlo.

—Qué bonito, hada —me respondió—. Es verdad.

—Por eso, aunque nos duela el mundo un poco más que a los demás, considero que tenemos suerte. Estamos un poco más vivos y nuestra vida será bastante más plena, aunque haya sufrimiento y dolor, pero prefiero el dolor a la nada, a pasar por la vida de puntillas, a no aprender.

—Ahora mismo siento que me iría a tu casa, me quedaría a dormir en el sofá y haría todo lo posible por no despertarme nunca. No sé cómo se llama ese sentimiento —continuó—, pero es uno concreto que siento muchas veces.

—¿Un poco como encontrar comprensión?

—Sí, hada, creo que es eso, como el día que dormimos juntas en la otra habitación.

—Esa mañana fue bonita, ¿verdad? —le pregunté—. Luego te di un croissant que estaba muy rico.

—Y un zumo de naranja —continuó—. Y no dormiste casi nada para estar conmigo.

—Claro, tenía que cuidarte.

—Cuando todo esto pase, si todo está bien, ¿seguirás queriendo que duerma alguna vez contigo?

Suspiré. Esas conversaciones eran cándidas y conseguían que me acercase a ella de nuevo. Sin embargo, al poco tiempo el cuerpo me pedía replegarse, esquivarla y responderle a los mensajes de siempre con pocas palabras. Desviaba sus intentos y me olvidaba de avisarle cuando llegaba a casa. Todo iba convirtiéndose poco a poco en algo mecánico, como el que se aprende un tema de memoria y lo canta en el mismo tono para que los examinadores no perciban el olvido. Pero Sara lo sabía y modelaba su discurso. Castigaba mi ausencia con sutileza, a través de las palabras, como si me dijera: «¿Ves? Todo esto es lo que te estás perdiendo». Era experta en manejar mis emociones y colocar trampas. Era ella, y no yo, quien estaba escribiendo esta historia.

Recuerdo ahora una tarde de impaciencia y cansancio en la que me enfadé con ella. Había quedado para comer con su padre y no le apetecía. Un par de minutos más tarde me escribió que lo había cancelado porque no tenía ganas de que pasara lo mismo que el día anterior. No me había contado nada, así que me interesé con desgana imaginando que habría sido otro de sus múltiples desencuentros. Me dijo que se sentía muy mal de repente sin saber muy bien por qué y que le había pedido que fueran a comer juntos para contarle lo que le pasaba.

—No sabía a quién recurrir —añadió entre las frases. Lo había intentado varias veces, pero al parecer su padre le había dicho que para hacer terapia tenía a Inés y que era mejor hablar de cosas que no amargasen el momento.

El corazón me empezó a latir más rápido y por mi cabeza se pasó la imagen de Sara caminando hacia atrás en un bosque. Volví a leer esa frase. Le pregunté que por qué no me lo había contado a mí y me respondió que como le había dicho que había quedado con un amigo no quería interrumpirme.

—Escribir un mensaje no es interrumpir, Sara —le dije, pero ya había colocado el cebo delante de mí.

Me respondió que era una tontería, que solo quería llorar con alguien, y se disculpó:

—¿Lo he hecho mal?

Traté de explicarle que nosotras no funcionábamos así, que no podía borrarme del mapa y que no entendía por qué no me había avisado. Volví a amenazarla con dejar de contarle si estaba trabajando o había quedado.

—Es que no hace falta que me cuentes todo lo que te ha pasado si ya estás bien, solo se trata de no añadir más peso a la mochila —le dije con sequedad—. Cuando te digo que te rearmes y asumas y sigas adelante me refiero a eso. Yo no necesito que me cuentes absolutamente todo, necesito que estés bien, que avances, que te muevas, que te dirijas a algún sitio. A veces tengo la sensación de que estás quieta, estática, sin ganas de moverte, y dejas que pase todo por encima sin ponerle un mínimo remedio. Antes lo entendía, pero ahora tienes herramientas, y debes usarlas. Sin ganas, te lo repito, no vamos a ningún lado y tampoco puedo ayudarte —continué—. Llorar está bien, pero convertirlo en la principal manera de expresarse es un error.

—¿Tú piensas todo eso, Elvira? —respondió.

—No lo pienso, es solo una sensación. —Respiré e intenté despojarme del agobio. Aunque las palabras salían de mí sin filtro, tal y como hacía Laia, no podía olvidarme de que la que estaba enfrente de Sara era yo—. No me refiero a que no estés haciendo nada por estar mejor —maticé—. Creo que podrías estar mucho peor, y que dentro de lo que cabe no te estás autolesionando ni vomitando, y eso me parece que pasa por tu esfuerzo. Pero ese esfuerzo solo te lleva a estar quieta y a no ir para atrás, que sería lo que pasaría si no te esforzaras nada. No sé, Sara, es una sensación porque hace tiempo que no me cuentas cómo te sientes, entonces tampoco sé qué es lo que pasa por tu cabeza.

Me mandó una serie de audios llorando, pidiéndome que la perdonase y prometiéndome que tenía muchas ganas de estar bien y que iba a esforzarse. Le respondí que aprovechase esas ganas, que debía hacerlo por ella. Esa tarde vino a mi casa y merendamos juntas. Sacamos a pasear a Viento y me acompañó a hacer la compra. No hablamos de lo que había pasado porque estaba contenta y apacible, así que aproveché para recordar el bien que me hacía su compañía cuando estaba tranquila. Nos abrazamos en el sofá, charlamos sobre el verano y las vacaciones, me hizo cosquillas en el brazo. Al llegar a su casa, me envió un mensaje de texto.

—Estoy supercontenta, Elvira, te lo prometo. Me he montado en el taxi tan feliz que cuando el conductor me ha preguntado «¿dónde vamos?» le he respondido «a mi casa, por favor». Hacía un montón de días que no me sentía tan en paz. Tengo ganas de hacer las cosas mejor, y no te lo digo por decir. Lo siento así desde que te he visto. Te he echado mucho de menos y no me quiero volver a alejar de ti nunca más.

Estaba confundida y me sentía atrapada entre un amor dependiente y mi libertad, que solo existía lejos de ella. Fue una época que recuerdo con angustia, porque en el fondo de mí sabía que las cosas estaban cambiando, que nos estábamos acercando al fin de nuestra relación, que pronto sería algo insostenible. Me estaba cansando, me estaba quedando dormida en los huecos ínfimos que me dejaba al alcance. Mi cuerpo no admitía más sobresaltos, más tristeza, más dolor. Pero estaba tan agotada que no me daba cuenta. Era tanta la ternura que me provocaba que no estaba dispuesta a renunciar a ella, pero al mismo tiempo existir a su lado era como enamorarse en un país en guerra. No podía más y no sabía bien por qué. Pero no iba a reconocerlo. Ni por asomo iba a admitirlo. Me necesitaba. Y yo iba a seguir cuidando de Sara costase lo que me costase.

23

Sara está avanzando, su mejoría es palpable. Está comiendo mejor y Ana dice que está clavando los ensayos del juicio. Ya no se hace pis todas las noches y está más tranquila: vive en una especie de sosiego que se va fortaleciendo cada día. Piensa menos en Rodrigo o al menos no lo hace ya tanto desde la confusión. Gracias a la academia y a su esfuerzo está consiguiendo aprobar poco a poco los exámenes de recuperación. Es posible que pase la prueba de acceso a la universidad en septiembre, o eso dice su tutor. Su padre se ha relajado, así que está más tranquila. Me ha dado las gracias por animarla a estudiar, pero sobre todo por haberle dicho siempre que no era lo que más me importaba. Ha dejado de fumar tanto. El otro día me escribió con su voz de silbato estropeado: «Me ha vuelto a bajar la regla, hada». Su cuerpo está volviendo.

Pero yo no me encuentro bien. Tengo migrañas y mis días están viciados de hastío. Siento que su mejoría coincide con mi descenso al abismo, que nuestro camino está acabando en la misma posición en la que empezó, pero esta vez es al contrario: ella va por delante. Creo que hay algo dentro de mí que está mal, que no funciona. No me siento igual de atraída por sus triunfos. Ni siquiera me importa sentirme parte responsable de los mismos. Sara ya no me necesita como antes y reconocerlo hace que me resquebraje, que deje de entender.

Es absurdo: llevo meses dejándome la vida para que Sara recupere la suya, para que su voz cambie y se haga adulta, para que sea capaz de sobrevivir al maltrato y a las vejaciones, para que recupere el vocabulario y la fuerza. Le he enseñado a respirar. Le he enseñado a dormir sin pesadillas. He viajado con ella a su infierno. He reconstruido su confianza con paciencia y amor. Me he acostado a su lado y he pasado noches sin dormir protegiendo su sueño. Lo he dejado todo porque ella era todo. ¿Por qué me siento, entonces, tan vacía? Estoy triste y no entiendo por qué.

Paseo por su lado con obsesión. Me acerco a su mano y la empujo de tal modo que vuelve a acariciar mi lomo, cansado. La miro y quiero verme, pero solo está ella. Me alejo porque soy incapaz de decirle lo que pienso: que no sé dónde colocarme, que no sé qué tengo que hacer ahora que no me necesita. Estoy contenta, lo prometo, me alegra ver su conquista, por fin puedo soltar todo el aire, pero surge la pregunta: ¿qué hago yo ahora?

Me siento frágil. Mi debilidad es esa parte oscura que anhela sentirse imprescindible para alguien. Qué dulce, pienso, esa carga, esa responsabilidad que asfixia y obliga a buscar oxígeno en otros lugares. Qué cómodo ese movimiento, verbalizo. Soy una utilitarista de mí misma. Todo lo que hay al otro lado es soledad y fracaso. Estoy agotada y no me quedan fuerzas para reconocerlo. Tampoco para entenderlo.

Los días están pasando. Sara se ha hecho amiga de una compañera de la academia. Se llama Lucía y la ha invitado a pasar la tarde en la piscina. Sara duda, está a punto de entrar en pánico, pero me cree cuando le digo que se lo merece. No está preparada para quedarse en bikini, pero la convenzo de que no es necesario. Puede irse de allí cuando quiera. Vuelve pletórica. Se ha asustado un poco porque un par de chicos se han acercado a hablar con ella, pero ha decidido ella sola —«yo sola», me dice— que era el momento de irse a casa, y está contenta por haberlo conseguido. Le pregunto cómo es Lucía.

«Es distinta a mí», escribe, «pero mola mucho. Es valiente porque contesta a la gente como quiere; un poco chulita, pero es muy divertida y siempre va a lo suyo. A veces me gustaría ser como ella».

«Está bien hacernos amigas de gente distinta a nosotras, pero ojalá tú siempre seas como eres tú», le respondo convencida.

«Me gusta porque no tiene miedo, Elvira, así que nadie se atreve a decirle nada. ¿Tú no tienes ganas a veces de ser como otras personas?»

«No, Sara, creo que es un pensamiento un poco tóxico. Yo me quiero como soy, pero es un trabajo diario y no es fácil. Creo que nos lo debemos, es importante tratarnos bien a nosotras mismas», miento descaradamente, pero no puedo decirle otra cosa. Claro que hay días en los que detesto el funcionamiento de mi cabeza y que miro a los demás con envidia y anhelo. Me lleva sucediendo un tiempo: no me creo ninguna teoría de autoayuda. No es más que psicología barata. Pero ¿no es la misma que llevo usando con Sara todos estos meses? Tengo que continuar con mi obra maestra.

Los ataques de ansiedad aún no han desaparecido. Ya no son diarios, pero todavía hay momentos en los que aparecen rellenando palabras en nuestra conversación cuando llevamos horas sin hablar. Sin embargo, no me pide ayuda. Solo me lo comunica para contarme que está intentando salir ella sola. Yo me quedo en mi sitio y la observo sin responderle.

Siento que no me queda nada que decirle, que llevamos teniendo la misma conversación muchísimo tiempo, que no nos queda nada de lo que hablar, nada nuevo que contarnos. Vivimos en un bucle de palabras y los sinónimos ya no nos sirven. ¿Acaso me he aburrido? ¿No es eso el cansancio? ¿Un estado de apatía absoluta?

Pienso en todo lo que me unió a Sara. Dentro del entramado de emociones, resiste una idea principal: hemos conectado. No creo que eso sea algo sencillo. Me ha pasado en otras ocasiones, siempre en un primer encuentro, pero es más una sensación de ebullición que algo cierto y profundo. Es difícil sostener relaciones en un mundo lleno de estímulos donde pasan tantas cosas que aferrarse a algo no parece útil. El hambre ha dejado paso al ansia y comemos con avidez. La desconfianza forma parte de nuestra alimentación. Nos acostamos con dolor de estómago porque comemos con los ojos y con las manos y nunca es suficiente porque siempre cabe más. Ha sido en ese ambiente cuando me he cruzado con una chica que, sin pedirme nada, ha abierto una puerta y me ha enseñado que las cosas pueden ser distintas. Sara y yo nos hemos unido sin aparente esfuerzo. Hemos encajado como una pieza de un puzle y nos ha bastado: vernos desde arriba ha sido como volar sin miedo. Me ha enseñado que el amor se entrega y se recibe de maneras distintas y que no pasa nada, que así es como funciona. Le he dado todo de mí y ella me lo ha concedido: su hueco, nuestro vínculo, ha sido mi resistencia. No percibo mi aislamiento porque siempre hubo algo más grande que nosotras. He vuelto a creer en lo esencial. He sentido que tengo un propósito y que puedo cumplirlo: ese ha sido su regalo.

Una pasa media vida buscando un objetivo y la otra media intentando cumplirlo. Yo no sabía que el mío era salvar a Sara, pero lo he conseguido y no tengo ni treinta años. Me ha pasado lo más importante de mi vida y se está acabando. ¿Qué voy a hacer ahora?

No me considero alguien que se aferre y que no deje ir. Acepto la existencia del final de las cosas, de las relaciones o de los sentimientos. Doy por hecho que eso es lo que otorga un sentido a la vida: saber que se va a terminar. Gracias a eso he aprendido a separarme de las personas que me hacen daño, a no insistir nunca, a aceptar solo lo que fluye de manera natural y a huir de lo impostado y de lo que supone un esfuerzo excesivo. Nunca he luchado por retener a alguien: siempre ha sido más importante no interferir en la libertad de cada uno. Me acuerdo ahora, en esta situación, de personas que han pasado por mi vida y he querido y necesitado de una manera sana. Su compañía, su palabra. Estoy llena de capas que solo son capaces de sacar aquellos que son muy distintos a mí. Y me acuerdo de ellos porque cuando terminó todo no insistí: los dejé irse, como si hubieran cumplido su propósito. Ahora, años después, pienso en todos ellos y los echo de menos, y me pregunto si me equivoqué, si debí dejar el orgullo a un lado, si confié demasiado en mi instinto y lo camuflé, creyendo que tenía razón. He perdido tanta gente por motivos que ya no importan que no queda casi nadie que me recuerde cómo era yo entonces.

¿Es eso lo que me pasa? Tengo un miedo profundo a perder a Sara. Es una persona que saca lo me-

jor de mí, que ilumina y agradece mis esfuerzos, que está a mi lado. Cuando la miro, veo mi bondad, los valores que me han inculcado mis padres, la forma de vivir que he elegido. Sé que es presuntuoso querer salvar al mundo, pero necesito saber que estoy haciendo algo bueno por alguien que lo necesita porque esa sensación es poderosa, es eléctrica, me da paz. No quiero que esto termine, que Sara deje de necesitarme. Me da miedo dejar de sentir todo esto. Pero soy incapaz de moverme. Soy incapaz de decirle que yo también la necesito.

24

Esta ciudad huele distinto cuando llega el verano. El calor sale de los adoquines pegajosos y asciende, quemando los pies. El humo de los coches es más visible y las calles están parcialmente desocupadas porque la gente camina bajo la sombra minúscula de los balcones. Las terrazas se llenan, pero los parques se vacían porque no hay quien lo resista. Bajan la tensión y la energía. Las fuentes pertenecen a los perros y los ancianos se cubren con ropa ligera y sombreros de ala ancha porque eso de la piel sigue dando un poco de miedo. Los jóvenes, en cambio, nos deshacemos de la tela y nos lanzamos desvestidos a la ciudad, ávidos del aire que no llega.

Sé que de esta historia solo tengo los recuerdos. Pero, a pesar del esfuerzo, no consigo precisar los detalles de aquel verano. No sé si fue asfixiante, como lo son todos, o si la primavera se alargó. Cumplí años y no sé si lo celebré. No me acuerdo si me fui de vacaciones o si me quedé en Madrid, si escribí algo o hice alguna traducción esos meses más tranquilos o si me dediqué a recuperar lecturas atrasadas del año. No sé si me fui a la fiesta de algún pueblo o compré entradas para un concierto. Ni siquiera recuerdo si fue entonces cuando me mudé a otra casa.

Solo recuerdo a Sara. Su piel brillaba. Por primera vez, había salido a la calle con una camiseta con la que se le veía el ombligo. Estaba guapa y radiaba como los fluorescentes en una nave abandonada. Sus nervios viraban hacia la alegría. Se parecía a los potros que aprenden a ponerse de pie y de repente se caen y entonces llega su madre a ayudarlos y lo consiguen. Había empezado a meditar en las sesiones con Inés y desprendía una energía distinta. Estaba aprendiendo de nuevo el funcionamiento del mundo. La comunicación con su padre era prácticamente inexistente, pero hasta de eso supimos ver la parte positiva.

—Me hace sentir algo que me pasaba con Rodrigo, como si tuviera que buscar todo el rato qué es lo que he hecho mal. No digo que sea su culpa, pero en el fondo sé que no he hecho nada —me escribió una noche después de una de sus broncas.

—Claro que es su culpa, Sara —le respondí—. Es su culpa tratar así a su hija. No se trata de compararlo, pero no creo que debas exculparle porque así empieza todo y él te está haciendo daño psicológico. Tú cada día estás más fuerte y no te doblegas. Tienes que seguir así.

—Cada día espero menos de mi padre, lo que pasa es que no puedo evitar que me duela.

—Lo sé, pero está en ti dejar de sentir el dolor, separarte de él emocionalmente y sentir esa rabia. Tienes motivos de sobra para no querer verlo nunca más, pero como tienes que vivir con él intenta hacerte una burbuja y trabaja de verdad en que te duela lo mínimo posible —le expliqué—. El primer paso es no esperar nada y el segundo estar segura de ti misma y de tus actos. Solo debe importarte quien te hace bien y no quien te entorpece, sea quien sea. Además —añadí—, si has derrocado a Rodrigo, puedes con cualquiera.

—Tienes razón, Elvira. —¿Convencía a Sara de verdad o es que solo sabía estar de acuerdo conmigo?

—El daño y el dolor están hasta en las cosas más pequeñas, pero si consigues controlarlos vas a tener una vida mucho más sana.

—Tengo tantas ganas de estar sola, de sentirme mayor, de que mi padre esté lejos y se calle unos días y de sentir que puedo hacer lo que yo quiera cuando yo quiera. —La manera de escribir de Sara dejaba imaginar con facilidad sus suspiros largos y acuosos.

—Y yo quiero que no crezcas tan rápido y tan de golpe, pero creo que lo estás haciendo muy bien. Te vas a convertir en una resistente del daño, Sara, porque ya eres una superviviente.

Empezó a cambiar sus preguntas. Ya no mantenía conversaciones tranquilizadoras con ella sobre la importancia de acostarse sin miedo ni me despertaba con mensajes de pánico por la mañana. Verbalizaba palabras hermosas, como que ya no pensaba tanto en Rodrigo o que había ratos en los que imaginaba su vida cuando todo estuviera bien. Era tal la bocanada de aire al escucharla que a veces me atragantaba con mi propia respiración.

—¿Te imaginas cómo será el primer día que ya haya pasado todo? —me preguntó.

—Sí, será un nuevo comienzo —le sonreí. Estábamos en mi casa, en el mismo hueco del sofá donde hacía no tanto no podía parar de llorar.

—¿A ti te parece normal que a veces me vuelvan a dar miedo cosas que estaban más o menos controladas?

—Sí, claro que sí, porque todavía no has terminado tu tratamiento ni te han dado el alta.

—¿Pero crees que se irá del todo en algún momento para no volver más?

—Por supuesto. No es que lo crea: es que lo sé.

—¿Puedo hacerte la última pregunta? —asentí con serenidad y ella continuó, mirándome a los ojos—. ¿Tú crees que me volveré a enamorar, Elvira?

—Claro, ¿por qué no ibas a hacerlo? Vas a tener una vida maravillosa, la que te mereces. Estoy convencida de que te encontrarás con alguien que te quiera tal y como eres, que sepa respetar tu sensibilidad y tu espacio, y tú serás la primera en hacerlo. Tendrás tu vida normal como todo el mundo y esto se quedará en algo del pasado, te lo aseguro.

Empezó a dejar de querer proteger a Rodrigo. Lo que en un principio había sido el escollo más grande, la dificultad más dolorosa, empezó a desvanecerse. Sara debía asumir la realidad, reescribir su historia y hacer un duelo de la toxicidad que sentía por él. Hicieron falta muchas sesiones con Inés para convencerse de que debía hacer justicia y que eso pasaba por que Rodrigo y sus amigos fueran a la cárcel. Reconoció que su relación no estaba bien: la primera vez que se acostaron ella tenía trece años y él más de veinte. Ana le había explicado que, aunque ella sintiera que quería y que lo deseaba, no era legal y él era consciente, que era el mismo delito que acostarse o tocar a un niño, y por eso él nunca la dejaba hablar con nadie de sus comienzos. Se había aprovechado de su diferencia de edad para hacerle un placaje emocional. Pensé en esas relaciones forjadas bajo el abuso de poder. Cómo sale una de ahí cuando ni siquiera cree que quiere hacerlo.

Despertó de la mentira: que su historia era especial, que nadie los entendía, que ellos eran los únicos que sabían lo que sentían, que se pertenecían el uno al otro como parte de su identidad. Rodrigo le había hecho creer que estaban destinados y la había aislado hasta el punto de no ser capaz de contar su propia historia. Le costó asco y dolor darse cuenta, pero lo fue consiguiendo. El que creía que era el amor de su vida se había convertido en algo horrible, así que había dedicado todos mis esfuerzos en conseguir que esa rabia se canalizara en pasos adelante de cara al juicio.

Sara había aprendido de un maltratador todo lo que sabía sobre el amor. Estaba equivocada, pero ¿cómo se le explica a alguien que todo lo que conoce y siente es mentira? Veo las noticias sobre las mujeres asesinadas a manos de sus parejas y detesto el mensaje que se lanza contra algunas: no llamaron al 016, rechazaron las medidas policiales y las órdenes de alejamiento, no interpusieron una demanda o retiraron las anteriores, volvieron con su maltratador y no pudieron hacer nada. ¿Cómo se puede dejar en sus manos la responsabilidad de ponerle fin a una situación de maltrato? Sus cuerpos están aún calientes, les crecen las uñas llenas de sangre, nadie es capaz de reconocer sus caras desfiguradas, pero hasta la culpa de estar muertas es suya. ¿De verdad el mundo no tiene la paciencia suficiente como para entender que necesitan herramientas, tiempo y acompañamiento para reprogramarse e intentar empezar a vivir de nuevo? ¿Es tan complicado ver las heridas emocionales de las personas que tenemos cerca y tratar de comprenderlas? ¿Por qué no tenemos tiempo para que nos importe?

Entendió que sufría de estrés postraumático y que por eso había ocasiones en las que se sentía zarandeada por un mar y todo lo malo que iba superando —el pis nocturno, las pesadillas, los ataques de ansiedad— volvía. Sin embargo, su cuerpo agrietado estaba fortaleciéndose, como un muro de contención construido sobre las ruinas.

—¿Tú crees que se puede odiar y querer a la vez? —me escribió una noche.

—No, Sara. Creo que confundimos las palabras *amor* y *querer* con otras como *dependencia* o *enganche.* El amor solo puede ser bueno, eso es lo que aprendes cuando te hacen daño.

—¿Entonces no se puede echar de menos a alguien que te ha hecho daño?

—Claro que sí, pero eso no significa que sea bueno, es solo que piensas en algunas cosas que habéis vivido y no en todo. ¿Lo entiendes?

—No lo sé, Elvira, más o menos.

—Tú siente lo que te pida el cuerpo, Sara: son tus emociones. Luego usamos la razón para saber de dónde viene todo e intentar entenderlas y controlarlas. Es difícil al principio porque te dejas llevar, pero puedes conseguirlo.

Me contó cosas nuevas, escenas de terror que empezó a identificar con más claridad, como la noche en la que salieron de fiesta, Sara bailó con un chico y Rodrigo le reventó el cuerpo a patadas cuando llegaron a casa. Me dijo que Ana había decidido cambiar de estrategia de cara al juicio porque Rodrigo se había inventado la mitad de las cosas en la declaración judicial, así que Sara tendría que ser más específica y recordar más episodios violentos con la mayor cantidad de detalle posible. Por lo visto, Rodrigo ahora alegaba que en la fiesta ella no había dicho ni que sí ni que no, y que todo lo demás era mentira porque si no Sara lo hubiera reconocido antes y no habría esperado tanto para denunciarle. Ana pensaba que solamente iban a asumir el episodio de la fiesta porque si lo hacía le caerían menos años. Según me contó Sara, él iba a acusar a su hipersensibilidad y trauma por la muerte de su madre como exageración del resto de acusaciones, así que intensificaron los ensayos, de los que Sara salía hundida, pero cada vez más segura de sí misma. También había días buenos en los que salía pletórica porque Ana le había dicho que lo había hecho muy bien y entonces las conversaciones giraban sobre la importancia de su esfuerzo, las ganas de que llegara la fecha para empezar a vivir de nuevo, lo bien que le iba a ir todo cuando terminase.

Empezaron a ensayar a puerta cerrada en los juzgados. Me explicaba que era muy duro, que hacía frío y que todo el mundo la trataba como si tuviera cincuenta años.

—Me siento sucia, Elvira, porque cuando hablo y cuento cosas feas siento como si él terminase de hacerlo en mi tripa, y te juro que sé que parece que estoy loca, pero es lo que siento y me da asco y vomito sin querer.

—Conseguirás evitarlo, Sara. Yo cada vez te veo más limpia y bonita. Una vez me dijiste que si alguna vez pensabas algo feo sobre ti me preguntarías para ver si estabas equivocada o no. Aquí tienes que confiar en mí —le respondí—. Te estás limpiando.

—Me siento muy agradecida contigo todos los días porque yo me canso mucho de ser yo, pero tú no te cansas de mí, entonces pienso en la suerte que tengo y te doy las gracias —añadió a su mensaje un corazón rosa fosforito cubierto por un lazo, como si fuera un regalo solo para mí.

—No es obligatorio quererse, Sara. La gente que se quiere se elige y yo a ti te quiero cada día más, desde el principio.

—Todavía estoy aprendiendo a relacionarme bien, Elvira. Este año he aprendido un montón gracias a ti. Aún me queda mucho, yo lo sé, pero estoy en ello.

Llegó el final del verano y con él la cuenta atrás definitiva. Quedaba muy poco para el juicio, apenas dos semanas. Rodrigo había conseguido librarse de la cárcel después de la demanda por la violación grupal, pero como Sara había ampliado la denuncia con nuevas escenas de maltrato, el juez había decidido ponerlo en prisión provisional a la espera de la celebración del juicio. Imaginar a Rodrigo encarcelado me tranquilizó, pero no me dio paz. Sara apenas había hecho ningún comentario sobre ello y yo no quise preguntarle qué sentía. Sabía que, de alguna manera, él seguía libre porque aún quedaban restos de él en su cabeza.

El martes siguiente debía ir a un forense. Ana le había explicado que tenía que responder a sus preguntas y contarle todo lo que le pasaba sin dejarse nada para que lo pusiera en un informe y se lo diera al juez. Así, el juez podía llamarlo como testigo y preguntarle qué cosas consideraba que eran consecuencia del maltrato y cuáles no. Además de un examen psicológico, iban a realizarle un examen físico para verle las heridas y hacerle fotos. Ana le avisó de que existía la posibilidad de que el médico que la atendiera fuera un hombre mayor y que podría resultarle duro, pero que solo lo haría una vez y no tendría que volver a pasar por eso.

Por aquel entonces yo no había vuelto todavía a Madrid. Me había ido a Segovia a pasar el verano con mi familia y le había dejado un juego de llaves a Sara para que pasara de vez en cuando por mi casa para regar las plantas. A ella le entusiasmaba el plan, sentir mi confianza y la responsabilidad, y había tardes en las que me pedía por favor si se podía quedar a echarse la siesta en mi sofá, que sentía que yo estaba ahí con ella y eso le daba calma. Ana le había sugerido que escribiera en un folio todo lo que le pasaba por dentro porque el forense no iba a entrar en detalles: debía ser ella quien lo contara todo. Tenía que escribir lo que sentía, si le seguía ocurriendo o se le había pasado y cuántas veces le sucedía y al lado añadir cómo había afectado o afectaba eso a su vida. Le propuse que aprovechara esos momentos de relajación para hacerlo en mi casa. Me dijo que le parecía buena idea y me imaginé volviendo a Madrid e intentando entrar en un piso lleno de basura.

El lunes tuvo una crisis. «Te lo cuento como a mi diario, hada», me escribió. Y me contó que se había despertado muy nerviosa y con ganas de hacerse daño y vomitar pero que había conseguido controlarlo. Intenté restarle importancia, pero imaginé cómo debía de sentirse. Pasar por ese trámite se me antojaba diabólico. El penúltimo esfuerzo era casi el más titánico y Sara no estaba recuperada. Confiaba en su fortaleza, sabía que con la ayuda de Ana iba a ganar el juicio y que Rodrigo iba a pudrirse en la cárcel. No me cabía duda porque Sara era una prueba en sí misma, una evidencia andante de las consecuencias de la violencia. Por eso era incómodo mirarla y dolía, cada día más. Nunca acepté que pudiera existir alguien tan profundamente herido. Nunca lo admití y fue eso lo que tiró de mí y me soterró.

El martes por la mañana me preguntó si podía llamarme antes de acudir al despacho del forense. Había pensado en pasar por mi casa en primer lugar para respirar tranquila y ya después irse. La llamé y le dije que me apetecía acompañarla porque no quería que estuviera sola. La imaginé saliendo de la oficina sin nadie que la recogiera en un abrazo. El ruido de la calle, su cuerpo examinado, ese jersey suyo viejo y grande. Sara empezó a respirar con dificultad. Me respondió que no hacía falta, que no sabía si quería que lo escuchara todo porque le daba vergüenza. Ya me había hecho pasar por bastantes cosas y sentía que debía hacerlo sola, añadió. Insistí, pero me dijo que no había aprendido aún a hablar de algunas cosas en profundidad y que le aterraba la idea de que le viera las piernas. Me prometió que me escribiría nada más salir y no quise insistir. Sin embargo, me sorprendió ver por primera vez su firmeza y negación. Sara me había dicho que no a algo y eso nunca había pasado. Ni siquiera me había pedido perdón, como hacía siempre. Había levantado el brazo y, sencillamente, se había negado.

Una vez hubo terminado, me escribió para que la ayudara a tranquilizarse porque no podía dejar de pensar en cosas horribles. Me contó que le había hecho muchas preguntas que no se esperaba y que se había tenido que desnudar entera porque le había dicho que tenía una cicatriz en la ingle de una herida causada por Rodrigo. Me quedé con ella al otro lado del teléfono una vez más sin saber que esa sería la última vez que la ayudaría a respirar.

Fue un final de verano terrible. Sara se había quedado traumatizada con la visita al forense y se había convertido de nuevo en un animal huidizo. Se dio varios atracones, pero resistió los impulsos de hacerse daño, o eso me dijo. Su padre no le dio opción y la obligó a seguir estudiando para los exámenes de recuperación, así que pasaba las tardes encerrada en su cuarto, intentando estudiar. Yo le propuse vernos en varias ocasiones, pero a pesar de las ganas que decía tener declinaba mis planes con la excusa de los exámenes. Quise quererla aún con más fuerza desde la distancia y no solté el teléfono: estuve más presente que nunca. Ella ya se estaba desvaneciendo.

—Elvira, ¿cómo puedes cuidarme tanto y ser tan buena? —me escribió el día antes del juicio—. A veces me doy cuenta de que estás aquí y de que no sé qué he hecho para tenerte, pero es que me siento muy afortunada y te lo digo porque lo siento de verdad. Ojalá te hagas viejita y aunque te pasen cosas que te duelan mucho no te cambien. Ojalá seas siempre como eres ahora, así de buena. Se te da tan bien. Espero que la vida te lo devuelva siempre.

Esa fue nuestra última conversación. Al menos, así de delicada y generosa. A veces me pregunto cómo soy capaz de rescatar algo hermoso de todo esto, por qué no me ha inundado la rabia y el temor, cómo es posible que no esté enfadada. Entonces pienso en sus palabras, en el vocabulario de Sara con el que todavía sueño, del que todavía aprendo e intento memorizar para cambiar el mío y mejorarlo. Su ternura sigue atravesándome y llenándome las entrañas y el cerebro de suavidad. Algunos días la releo o la escucho y soy capaz de verme ahí, suspendida en su oxígeno. No percibo su violencia ni su agresión. La justifico, trato de entenderla. Sara sigue teniendo ese poder sobre mí. En algún lugar del mundo en el que vivo Sara sigue siendo Sara y todavía la necesito.

Hacía calor, muchísimo calor. Eran días sofocantes, a pesar de que ya había comenzado septiembre. Yo estaba un poco perdida. No tenía experiencia en juicios y no era consciente de la magnitud del de Sara. Pensaba en todas esas abogadas y letrados, el taquígrafo del tribunal, los testigos, todo el personal de limpieza, los voluntarios que se sientan en los bancos y nadie sabe quiénes son. Me imaginaba a mí misma sentada en esa sala fría y solemne escuchando, día tras día, los testimonios de mujeres maltratadas. Nos hemos acostumbrado a los titulares porque no interesan los detalles, pero esas personas los escuchan a diario en sus trabajos y han de protegerse de las consecuencias emocionales. Otros tantos se dedican profesionalmente a ponerlos en duda. Me pregunto cómo lo hacen.

Había quedado con Sara por la tarde. Me había pedido que no la acompañara al juicio, que lo que ella quería era verme después, cuando todo hubiera acabado, pero en ese momento no lo entendí. Llevaba meses suplicando que la acompañara, pero en los últimos días su comportamiento había cambiado. Estaba más errática, como si ya no le importara nada, y mostraba una determinación distinta. No me dio opción. Accedí, pero la noche anterior decidí que no le haría caso. Desde el primer día, había mantenido con Sara una relación honesta. Cuando me contaba cosas importantes, le pedía permiso para compartirlas con su hermana. Jamás le mentí ni usé su confianza para conseguir algo, aunque fuera en su propio beneficio. Respeté su ritmo y su secreto. Si bien la dirigí, nunca me interpuse. Pero estábamos en un momento crucial, ella me estaba apartando y yo ya no podía soportarlo. Yo también quería ser testigo de cómo acababa todo.

Di por hecho que todo era fruto de los nervios y que lo que ella necesitaba era tenerme ahí, a su lado. Así que sin decirle nada me presenté en el juzgado ese mismo día por la mañana, 4 de septiembre. Todo era tan antiguo: desde la madera de los muebles de la entrada hasta el olor que desprendía el vestíbulo nada más entrar. Un escáner corporal y detector de metales hacía las funciones de modernidad, pero el sistema era mucho más precario que el de los aeropuertos. El edificio por dentro parecía un instituto, repleto de pasillos, aulas, corchos en las paredes y cuartos de baño. Una máquina de café y refrescos con un cartel colgado de NO FUNCIONA se apoyaba sobre la pared. Por todas partes, personas con traje y folios corriendo de un sitio a otro. Alguna toga, varias corbatas, tacones bajos. En el aire, un tufo extraño a solemnidad y prisa.

Pasé el control y me acerqué a la persona que se encontraba en la recepción. Sara me había escrito hacía un rato para contarme que ya estaba dentro, esperando fuera de la sala. Le dije a la trabajadora que venía como acompañante a ver un juicio que iba a celebrarse esa misma mañana. Estaba nerviosa, algo cohibida, pero sabía que estaba haciéndolo bien. Era el último paso y yo también me merecía ver su triunfo. Estaba convencida de que iba a ganar. Sara había pasado por tantas cosas que no me cabía en la cabeza que hubiera otro final. Todo era cruel y maligno en su vida, pero tenía claro que el mundo esta vez iba a ser justo e iba a defenderla, por fin, de todo lo que no la había protegido.

Di su nombre y su apellido. La funcionaria tardó un rato en pronunciarse. Tecleó en el ordenador varias veces. Lo hacía con fuerza, de un modo mecánico. Miró la pantalla. Agarró el ratón y deslizó la rueda con el dedo corazón hacia abajo. Me preguntó su nombre de nuevo. Yo lo pronuncié con suavidad porque en ese nombre vivía toda mi ternura, y hasta vocalizarlo me suponía un agravio. Volvió a teclearlo y se quedó mirando la pantalla otra vez. Entonces dirigió su mirada hacia mí.

—Aquí no hay ningún juicio que corresponda con ese nombre. No se celebra hoy y tampoco me aparece en el calendario.

No recuerdo bien qué le respondí. Sé que volvió a mirarlo varias veces. Creo que le dije el nombre de Rodrigo, pero desconocía su apellido. Me acuerdo de que le pregunté el número del juzgado por si me había equivocado. Me aparté y salí a la calle. Debía de ser un error. Desbloqueé el teléfono y le pregunté a Sara dónde estaba, si había entrado ya. Me respondió que seguía dentro, que iba con retraso. Deslicé hacia arriba y comprobé los datos que me había dado unos días antes: el número del juzgado era el mismo en el que estaba yo. No entendía nada. ¿Qué estaba pasando?

Tardé un rato en darme cuenta de que algo no estaba bien. Aunque mi primer instinto fue preguntarle qué sucedía, no quise hacerlo porque una parte de mí estaba convencida de que Sara estaba dentro, a punto de empezar su juicio. Llevábamos meses preparándolo juntas. Quizá no me habían dado la información por una cuestión de protección a la víctima o porque no estaba acreditada. Debía de ser eso. En ningún momento se me pasó por la cabeza que Sara me estaba mintiendo.

Me fui a casa, pero para ese entonces la inquietud ya me ahogaba. Tenía una sensación extraña y no lograba zafarme de ella. Fue lento y agónico. Pienso en ese juego de equilibrio que consiste en apilar una maderita sobre otra sin que se caigan. ¿Cuál es el principal objetivo del juego? ¿Evitar que se derrumben o conseguir la mayor altura posible? Es probable que no sea ninguno de los dos, sino que el triunfo resida en diseñar una estrategia correcta, una que permita evaluar los ángulos y el peso de cada extremo, una táctica lo suficientemente buena como para conseguir el equilibrio y la altura necesarios para sentir la victoria. Pero es un juego con trampa porque no tiene final: en algún momento la construcción se va a desmoronar. Ese es su desenlace.

En ese momento en el que se suponía que se estaba celebrando el juicio de Sara, encendí mi ordenador. Tecleé el nombre de Sara y sus apellidos. No vi nada, ni una información al respecto, así que probé con el primer apellido y añadí Madrid. La tercera entrada del buscador me mostró el nombre de un chico con su mismo apellido que se había licenciado en Derecho con matrícula de honor en una universidad privada de la capital. Apunté el segundo apellido y completé la búsqueda de Sara otra vez, en esta ocasión con el nombre añadido. Se desplegó ante mí una serie de entradas que destacaban su nombre en negrita. Abrí la primera: era la web oficial de la Comunidad de Madrid. Su nombre completo aparecía en un listado de becas de excelencia. Era de varios años antes. El centro al que pertenecía no me sonaba de nada, no coincidía con su instituto. Lo busqué en el mapa y comprobé que era un colegio privado que estaba en la esquina de la calle donde vivía Sara, cuya dirección conocía porque alguna vez le había enviado algún regalo. Mi pulso se aceleró, pero las páginas se cargaban con demasiada lentitud. Pasé por encima de otras entradas, links a perfiles de redes sociales que no coincidían, aunque eran nombres parecidos. Alguna web extraña, blogs de recetas de una tal Sara, su apellido en otros nombres. Ninguna era ella. Entonces pasé a la siguiente página del buscador y apareció delante de mí: resultados definitivos de las pruebas selectivas del MIR del año anterior. Su nombre y sus apellidos. Las cifras finales de su DNI, que coincidían con el número que me había mandado cuando acogimos juntas a nuestro galgo. La cantidad de aciertos, de errores y de no contestadas. El baremo de sus méritos académicos y la puntuación total. Una cifra altísima, muy por encima del resto. Era un documento online sellado por el Ministerio de Sanidad y colgado en un portal de información profesional sanitaria. Temblando, abrí una nueva pestaña y busqué una farmacia en su barrio que coincidiera con el apellido de su padre. Fue fácil, apareció enseguida. Apagué el ordenador y encendí el teléfono. Tecleé el nombre completo de su padre en el buscador y, a través de sus redes sociales, llegué a las de su madre. Ahí estaba: la cara de Sara y la de quien parecía su madre, con otro nombre, juntas en una foto colgada apenas una semana antes.

Recordé el primer cruce de palabras con Sara, ese día vertiginoso de llamadas y mensajes de personas ofreciéndome su apoyo. Su voz al aire contándome que estaba pasando por lo mismo. Mi respuesta tranquilizadora y el ofrecimiento total de mi ayuda. Abrí mi carpeta de mensajes y ahí estaba el último, meses antes, cuando le di mi número de teléfono. Deslicé hacia arriba para llegar al primer mensaje y me di cuenta de que ya habíamos hablado antes. Ese día recibí su mensaje como uno más y no me paré a ver lo que habíamos hablado previamente. Me puse a leer. Eran mensajes de tres años antes. Ella llevaba tiempo leyendo mis libros y siguiéndome en redes sociales, así que no me sorprendió. No encontré nada extraño, todo eran emoticonos de corazones y reacciones a mis publicaciones, pero entonces vi unas fotos de una traducción que había publicado tiempo atrás. Me escribía palabras de admiración y añadía lo siguiente: «Me han mandado escribir un trabajo en la uni sobre si creo que el arte puede curar. Lo voy a escribir sobre ti y tus versos».

Bloqueé el teléfono. Me temblaban las piernas. ¿Su madre estaba viva? Si tres años antes Sara estaba en la universidad, ¿entonces cuántos años tenía? ¿Quién era? ¿Y Laia? ¿Y los correos electrónicos cruzados con Inés? ¿Y Ana? ¿Y el juicio? Me levanté, pero no supe dónde dirigirme. Miré hacia todos lados como si estuviera buscando algo, pero no tenía ni idea de qué. Sentí una sensación asquerosa, como si una cucaracha estuviera trepando por mi pierna. Me sacudí. Llamé a mi perro, estaba asustada, quería saber que estaba bien. Viento descansaba tranquilo en la cama y vino a verme corriendo, alterado. Me apoyé sobre la pared y me senté en el suelo, agitada. Recordé la noche que dormimos los tres juntos. El corazón me iba cada vez más rápido y me estaba costando respirar. Pensé en la guía de respiración que le enviaba a Sara cada dos por tres, pero hacerlo me puso más nerviosa aún. Viento se subió encima de mí y no paró de lamerme hasta que levanté la cabeza y empecé a respirar con más calma. Sentí ganas de vomitar.

Mi primer instinto fue llamar a mi madre. Llevaba demasiado tiempo comportándome como la madre de otra y necesitaba a la mía. Hay en ese movimiento un residuo de inocencia que nos explica como animales. Todos, en momentos de pánico, sentimos la necesidad de volver al sitio donde más protegidos hemos estado. En algunos casos es el vientre de una madre y en otros casos es el cuerpo de un amigo o una amiga, pero sea como sea, el hecho de que exista ese lugar (y no existe para todos) hace que nos atrevamos a vivir sin tanto miedo. Hay un sitio al que volver: por eso nos movemos hacia delante. Estaba asustada y confundida. Mi madre me había dicho desde el primer momento que tuviera cuidado, que no me involucrara demasiado con personas que no conocía, pero sabe que conmigo los intentos solo funcionan algunas veces. Me ayudó a tranquilizarme, a ponerlo todo en pie. Apenas había compartido con ella un par de cosas sobre Sara, así que le conté la historia desde el principio con todo lujo de detalles.

Le dije que era imposible que aquello fuera mentira, que Laia era mi amiga y habíamos hablado por teléfono, que había cruzado mensajes con su psicóloga, que había dormido con ella, que la había abrazado en mitad de un ataque de pánico, que había olido su sudor, que todo eso era cierto, que había visto su cuerpo famélico, que me había contado cosas que tenían que ser verdad porque yo había visto su daño, lo había tocado con todos mis órganos, que había estudiado con ella los exámenes de bachillerato, que me había descrito gráficamente el modo en el que su madre perdió el pelo durante el tratamiento del cáncer que terminaría matándola, que había venido a regar mis plantas y a dormir en mi sofá, que habíamos acogido un galgo juntas, que nos queríamos, que eso era verdad, que yo la quería de una manera que no había querido a nadie y ella me quería de una manera que no había querido a nadie. «He pasado horas ayudándola a comer porque no come, mamá», le dije, «y se hace heridas por todo el cuerpo que no sabe curarse, y he parado toda mi vida por ella, y esto no puede ser mentira». Ella me preguntó si alguna vez había visto en persona a Laia o a su psicóloga, si conocía físicamente a alguien del círculo de Sara, si la había acompañado al instituto o a la puerta de la consulta de Inés, si me había enseñado algún documento de sus notas, si había hablado con su padre, si había estado con alguien que pudiera corroborar todo lo que me había contado. Las respuestas no existían, ya no. Entré en pánico.

Mi madre me sugirió que cambiara la cerradura de mi casa antes de hacer cualquier movimiento. Me pareció algo absurdo: Sara no era peligrosa, no iba a hacerme daño. Debía de haber alguna explicación, pero le hice caso porque tenía una sensación violenta en el cuerpo, como si alguien extraño hubiera violado mi intimidad, y ya no estaba segura de nada. Le dije que había quedado con ella esa misma tarde para que me contara qué tal había ido el juicio y juntas decidimos que lo mejor era confrontarla en persona en un lugar público y preguntarle por todo esto para salir de dudas.

En ese momento, Sara me escribió.

—Hola, hada, ya he salido del juicio. Ha sido horrible y no he parado de llorar, pero Ana dice que cree que vamos a ganarlo. ¿Quieres que nos veamos? Quiero irme de aquí. Puedo acercarme donde estés.

La boca se me secó. Solté el teléfono y me quedé mirándolo como si fuera a explotar y yo no pudiera moverme. Estaba asustada y enfadada. Respiré, esperé unos minutos, me acerqué al teléfono, fingí que no pasaba nada y le mandé un emoticono de un corazón. Le dije que no se preocupara, que en un rato me contaba todo, y le envié la ubicación de una cafetería próxima a mi casa.

Bajé antes de que me avisara y me quedé esperándola en la mesa de la terraza. La pierna me temblaba y me pedí una tila. Recuerdo su cuerpo acercándose como si fuera ayer. Llevaba un jersey gris jaspeado que también le quedaba grande. Su pelo, graso y fino, le cubría la mitad de la cara. Daba zancadas grandes, pero parecía que no iba a llegar nunca. Cuando se acercó, me fijé en su cara. Las ojeras eran tan inmensas que se confundían con sus mejillas. Parecía que alguien le había pisoteado la piel y se la había colocado sobre la cara sin acierto. Todo estaba al revés. Su mueca era de dureza. No soy capaz de olvidar ese olor, esa mezcla de perfume y cansancio. Se lanzó sobre mi cuerpo y me dio un abrazo que no esquivé. Se quedó así un rato, lloriqueando sobre mi hombro. Al despegarnos, no sentí miedo: solo lástima.

Lo único que pensaba era que debía ser cuidadosa y no dejarme llevar por la confusión. No estaba segura de qué iba a contarme, pero sabía que Sara era frágil y le podía dar un ataque fuerte de ansiedad si no hablaba con ella con la delicadeza de siempre. No pensé que su angustia pudiera formar parte también de la mentira. Del descalabro más absoluto y una rabia que asomaba la cabeza por momentos, pensé en ella. Tenía todas las pruebas de que me había mentido, pero mi mente seguía creyéndola.

Le pregunté por el juicio en un intento de concederle la confesión, pero continuó con la farsa sin cambiar el gesto. Empezó a contarme que había sido una pesadilla, que le habían dicho que Rodrigo estaba en una sala contigua y se había puesto a llorar, que Ana había hablado por ella casi todo el tiempo, que el juez había sido amable pero que le había dado mucho miedo, que el abogado de Rodrigo gritaba mucho y había dicho que era una persona inestable, que se lo había inventado todo porque echaba de menos a su madre y que él había estado a su lado acompañándola, a pesar de su *fragilidad psicológica*. Todo lo hizo entre lágrimas, con muchos cortes y silencios, pero no la interrumpí. La pierna me temblaba. Apreté los dientes. Dejé que terminase.

Cuando lo hizo, se quedó en silencio mirando hacia abajo, sorbiéndose los mocos. Entonces cogí aire y le pregunté si tenía algo que contarme.

Ella levantó la cabeza, abrió los ojos redondos y acuosos y con la voz derretida y sorprendida me dijo:

—No, hada, ¿a qué te refieres?

La miré fijamente. Mi pierna seguía temblando.

—Mira, no tengo casi tiempo. He venido aquí para darte la oportunidad de que seas honesta conmigo, pero no te lo voy a repetir. Si quieres contarme algo, es el momento. Si no, voy a irme y no vamos a vernos nunca más. —Estaba muy irritada. Mi vida los últimos meses había sido un infierno y también una mentira.

Sara tragó saliva y torció el gesto. Los ojos, ya sucios, se le inundaron de lágrimas. Me miró con la misma mirada de las muñecas de plástico.

—¿Qué te pasa, Elvira? ¿Por qué me hablas así? Nunca lo habías hecho.

Mantuve la mirada y sonreí, irónica. Esperé unos segundos, pero no me dijo nada. Insistí de nuevo.

Sara volvió a bajar la mirada y se quedó en silencio. Ya no lloraba. Su cuerpo, al contrario que todas las ocasiones en las que había estado con ella, no temblaba. Respiraba y no estaba nerviosa. Me sentí ridícula.

—¿Cuántos años tienes? —le pregunté.

Nunca olvidaré ese momento. Sin levantar la mirada, susurró:

—Veinticuatro.

—Sara, ¿tienes un hermano?

—Sí.

—¿Y Laia?

Se quedó callada.

—Sara, ¿y Laia?

Negó con la cabeza.

—¿Has sido tú todo este tiempo?

Sara asintió con un gesto tan mínimo que dudé haberlo visto bien. Su cabeza estaba casi enterrada bajo la mesa. Sentí que el corazón se iba a salir de mi cuerpo. Me estaba mareando. No obtenía explicación alguna por su parte: solo respuestas que corroboraban mi ingenuidad, mi estúpido exceso de confianza ante una desconocida.

—Sara, ¿tu madre está muerta?

Un par de personas de la mesa de al lado giraron la cabeza al escucharme. Era una escena dramática, digna de culebrón. Si no hubiera sido por todos los momentos en los que había hablado con ella de su madre, de lo que la echaba de menos, de su dulzura e inteligencia, de su amor por los libros y por sus hijas, del desgarro que había supuesto su muerte, de la imagen de su cabeza sin pelo que me había descrito al poco de conocernos, yo también me habría reído. Sara negó con la cabeza.

—¿Por qué? ¿Por qué me has hecho esto?

—Lo siento mucho, Elvira. Es solo que empecé así y no pude pararlo.

Me quedé callada, asimilando sus palabras. La imaginé en su habitación acariciando una bola de arcilla y esculpiendo una figura con mi cara. Le pregunté por Inés y por Ana. Aunque ya sabía la respuesta, necesitaba escucharla. Sara llevaba meses engañándome. Había construido una vida nueva, con personajes que se expresaban de una manera específica, que también tenían una historia, y que hablaban conmigo a través de ella como si fueran de verdad.

—¿Y Rodrigo? ¿Existe o también te lo has inventado?

—No, te juro que eso es verdad, Elvira. Bueno, no exactamente, pero lo que te he contado es verdad, solo que no fue él.

Levantó por fin la mirada y me contó que había sufrido abusos de adolescente. Al parecer, un profesor de teatro había abusado de ella haciéndole creer que mantenían una relación cuando era menor de edad. Sara se había enamorado de él y estaba dispuesta a todo, pero no tardó en descubrir que mantenía varias relaciones de abuso paralelas con distintas alumnas de la escuela y se enfadó. Hubo escenas de maltrato físico y psicológico que no se detuvo a describir. Entonces se lo contó a sus padres, que se enfadaron con ella y la culpabilizaron, pero terminaron denunciándole. Ganó el juicio y fue a la cárcel, pero había salido hacía un año. Él la contactó por redes sociales y volvieron a verse a su salida. Mantuvieron relaciones sexuales consentidas en varias ocasiones y en una de ellas él la grabó. Ahora estaba chantajeándola con el vídeo como venganza, pero nadie la creía porque era ella la que había vuelto a quedar con él «después de todo». Sus amigas le habían dado la espalda y apenas se hablaba con sus padres, que prácticamente vivían en la farmacia. Su hermano estaba trabajando fuera de España. Todos pensaban que estaba obsesionada con él y se sentía sola. Fue en ese momento cuando vio mi historia en internet y quiso escribirme para mandarme ánimo. Ella no esperaba que le respondiera, ni siquiera que viera su mensaje, pero yo no solo lo había hecho, sino que le había ofrecido mi ayuda sin conocerla de nada.

—Se me hizo una bola y no supe pararlo, Elvira —me dijo—. Pero ahora que lo sabes todo, podemos empezar de cero, ¿no?

La cabeza me iba a mil por hora. No conocía a la persona que tenía delante. Su cuerpo no se agitaba como siempre. Ya no era un mar embravecido, si acaso un pantano sucio e inofensivo. Mi amiga Laia no existía, todo era mentira. Su voz era una trampa, una herramienta maquiavélica para construir al personaje. No estaba en el instituto: estudiaba Medicina. Habíamos llorado juntas por una madre que acababa de subir una foto con ella en sus redes sociales. Había cruzado correos electrónicos con Sara creyendo que era su psicóloga a través de una dirección falsa. Ana, la buena de Ana, sus palabras técnicas y sus consejos, nunca habían existido. Rodrigo, ese hijo de puta que la había maltratado por sistema durante años, tenía ahora otro nombre y otra cara y otra historia igual de sucia, pero diferente. Había dormido con ella, nos habíamos abrazado en mi pasillo. Se había acurrucado con mi perro. Le había contado mi vida, todos mis secretos. La quería, la quería muchísimo, quería a alguien que no existía, quería a una mentira, una historia de ficción, una vida articulada de forma magistral. Y ella solo me había respondido que «se le había hecho una bola».

Después de escuchar todas las anotaciones que me han dicho e intentar pensar en un híbrido de todas, he terminado pensando en la historia real, en por qué no le quise pegar un bofetón, y creo que está relacionado más con la contención y el perfeccionismo que con el buenismo, si es que no es lo mismo. Creo que es necesario transitarlo y que es otra exploración más de las emociones, así que puede estar bien dejarla aquí por escrito.

Me sentí tan humillada y tan violentada que no supe qué hacer. Una parte de mí quería agarrarla por los hombros y sacudir todo su cuerpo, moverla hasta marearla, gritarle todo mi enfado, exigirle una mínima decencia, amenazarla y echarla de una patada de mi vida. Había violado mi intimidad y había acabado conmigo, pero mi cuerpo estaba paralizado y mi mente no podía parar de buscar motivos que justificaran su agresión. ¿Seguía atrapada en su embrujo? ¿O es que la ira es otra de esas emociones que no me permito liberar porque tiendo, de nuevo, a justificar todo lo que me daña en esta obsesión cruel por ser una persona ejemplar?

Respiré. Intenté mantener la tranquilidad y tapar el resentimiento. Tenía delante de mí a una víctima de otra historia distinta a la que yo conocía de memoria. Sin embargo, era evidente que Sara sufría de algún trastorno paranoide, posiblemente despertado por el trauma sin tratar de una relación de abuso. Había aprendido tanto sobre violencia de género y psicología en los últimos meses que no me costaba reconocer lo más básico. Las consecuencias invisibles de la violencia siempre terminan dando la cara. No era solo la mentira: era la capacidad de disociación, de construir nuevas identidades con un vocabulario individualizado, era el cambio de voz y de expresión según el personaje que interpretase, era la somatización física de la ansiedad en su cuerpo. Sara llevaba meses mostrando distintas personalidades. La imaginé con otro teléfono, haciéndose pasar por Laia. Y por Inés. Y modelando el discurso de Ana. La imaginé estudiando los exámenes de la universidad cuando me decía que se iba a dormir. La imaginé redactando los correos electrónicos que crucé con Inés, que era ella de nuevo. La imaginé abrazándome con la mueca congelada tras mi espalda. Su plan maestro había sido hacerme creer que yo estaba al mando, pero había sido ella todo este tiempo la que había escrito esta historia. Pensé en una mano tirando las piezas de un dominó. Las consecuencias eran incurables.

—Sara, lo he hecho todo por ti, te he abierto la puerta de mi casa, has dormido con mi perro, me he dejado la vida para que estuvieras mejor, para que te recuperases, te lo he contado todo sin condiciones. Laia no existe. ¿Es una puta broma? Te lo he puesto en bandeja para que fueras honesta conmigo, pero me has estado mintiendo todo este tiempo. Podrías haberlo hecho de otra manera. ¿Por qué? ¿Por qué coño me has hecho esto a mí?

No respondió. Ya ni siquiera lloraba. Respiraba con suma tranquilidad. Solo mantenía la mirada baja, esperando que terminase de hablar.

—Sara, estás enferma. Y eres tremendamente inteligente, pero no lo estás aprovechando. Yo también tengo una enfermedad, lo sabes, pero me medico para tenerla controlada. Tú sabes que estás enferma, pero no estás haciendo nada para controlarlo, así que lo siento, pero nada de lo que digas tiene valor para mí.

No se inmutó. Mis palabras caían sobre ella como la lluvia sobre un río. Su sensibilidad era mentira. Joder, era vergonzoso.

—No vamos a volver a vernos. Y solo quiero que sepas que como te vea cerca de mi casa o en el parque donde paseo a Viento o en algún evento de trabajo, o como te acerques a alguien de mi familia o mis amigos o a mí misma, voy a ir a ver a tu padre y se lo voy a contar todo. —Me pareció una amenaza ridícula, como si una regañina paterna fuera a controlar lo que pasaba en esa mente dañada, pero surtió efecto.

—Elvira, nunca sería capaz de hacerte daño, te lo prometo —respondió, mirándome esta vez con sus ojos redondos y secos.

—No te creo, Sara. No creo nada de lo que me dices. Ojalá no te hubiera pasado nada de esto, pero yo ya no puedo ser esa persona para ti. Ya no. Me has jodido la vida. No quiero volver a verte nunca más.

Aquel fue el último día que vi a Sara. La dejé en la terraza y me fui de allí. Me eché a llorar en cuanto doblé la esquina. Hay daños que son como un meteorito: golpean y te destrozan por partes que ni siquiera conoces sin que puedas hacer nada por evitarlo. Estaba en estado de conmoción, ignorante aún de las consecuencias que todo esto tendría sobre mí. Porque no fue dolor ni rabia lo primero que sentí al confrontar la verdad. Fue alivio. Llevaba meses enterrada bajo la vida de Sara. El hecho de saber que existía una persona que estaba viviendo bajo un sufrimiento tan infame como ese, plagado de injusticias, me había robado el oxígeno. Apenas podía respirar. Ahora que se había marchado, el cielo se había abierto.

Cogí aire y lo solté sin atragantarme. La nube se estaba yendo, aunque nunca lo haría del todo.

Yo seguía ahí.

Sara ya no estaba.

25

Todo se terminó sin grandes dificultades. No hubo mensajes ni intentos de contacto: ni por su parte ni por la mía. Fue extrañamente sencillo y dejé que así fuera porque me quedé tan cansada que no podía moverme. Olvidé a la Sara que conocía de una manera brusca, de un día para otro, como el médico que después de una operación de horas fallida declara la muerte en un minuto exacto. Ahora hablo de nuestra historia como si contara la sinopsis de una película inédita delante de mi audiencia, con el gozo de su incredulidad. Estoy recuperando la alegría y dejo que me pasen cosas buenas sin remordimientos. La recuerdo como un fantasma. Vuelvo a estar bien.

Sin embargo, han pasado un par de años y siento que Sara sigue conmigo. Llevo todo este tiempo de escritura releyendo conversaciones, volviendo una y otra vez a sus palabras, recordando con cierta hu-

millación algunas mentiras y con muchísima pena otras. He hecho un esfuerzo sobrehumano por entenderla. También he descubierto partes de mi interior que son oscuras y no me gustan. Las he puesto por escrito y es probable que haya quien las juzgue y también quien las reconozca como propias. No me importa demasiado porque me las he quitado de encima y esa sensación es más poderosa que el vértigo de la exposición y el deseo de sentirse comprendida. Pero estoy terminando este libro y llevo encima una extraña tristeza pegajosa. Pensaba que escribirlo me ayudaría, que lograría encontrarle un sentido que me dejara descansar, pero siento un vacío dentro que hace eco porque no sé qué responderle. Creía que se me pasaría. La escritura me hace sentir plena, pero ahora que he terminado me he quedado sin nada que me satisfaga de la misma manera.

Puede que no sea Sara ni este libro ni yo misma. Creo que estoy asustada. Quizá haya perdido el control sobre mis emociones y eso es lo que me asusta. O puede que sea porque ahora sí que se ha terminado todo de verdad. Ya no me gustan los abismos. Me han dicho que es posible que lleve demasiado tiempo conectada con mi vulnerabilidad y eso me ha hecho perder de vista mis fortalezas. Sonreí al escucharlo. Ahora mismo no soy capaz de destacar ninguna.

He escrito este libro. Y no sé si va a servir de algo.

26

No volví a ver a Sara. El día después de vernos, mandó un mensajero a mi casa con un libro que le había prestado y un collar que le había regalado. No quería saber nada de ella, pero ese era un libro especial, así que le pedí a una amiga que le enviara un mensaje para que me lo devolviera. Sara le respondió como si no hubiera pasado nada y lo mandó a mi casa metido en una bolsa de supermercado arrugada. Rebusqué entre las páginas, pero no encontré ninguna nota. No había nada, pero yo todavía esperaba algo. Entonces vi el collar y me sentí ridícula. Lo había comprado en Argentina y llevaba más de un año con él. Era una piedra de cuarzo citrino. Quienes saben de piedras dicen que ayuda a alejar los malos pensamientos y que mejora la creatividad y el bienestar. ¿Eso había hecho? ¿Encapsular lo que me protegía y entregárselo sin condiciones? Recordé el día que se lo regalé, un día sin suerte en el que no paraba de llorar porque había tenido una pesadilla muy dura. Lo que me devolvía ahora estaba sucio y estropeado, lleno de ella. Me pareció un gesto dañino, muy alejado de la Sara que empezaba a no reconocer. Tiré el collar a la basura junto con todos los dibujos que me había regalado. Decidí bloquearla. Me mudé lejos, rompí con todo lo que había tocado. Me corté el pelo, conocí a una mujer buena, adopté a otra perra. La eché muchísimo de menos, todavía lo hago. No volvimos a hablar.

Esa noche, al volver a casa, encendí el ordenador e investigué lo que me había contado. Me había dado el nombre de la escuela, así que no fue difícil dar con su caso. A pesar de ello, me llevó un rato. Ante mí se desplegaron numerosas noticias relativas a abusos sexuales por parte de profesores. Sentí náuseas. En el artículo no daban los nombres de las alumnas ya que eran menores de edad, pero la historia, los datos y la fecha cuadraban con lo que Sara me había contado. Sin embargo, durante un instante dudé porque creerla suponía asumir que todo lo que habíamos vivido era mentira. He tardado un largo tiempo en volver a confiar en alguien, y cuanto más inverosímil es una historia, más quiero alejarme de ella. Pero las iniciales de ese hombre estaban ahí. La historia de esas niñas estaba ahí. Y Sara también estaba ahí, con otra forma y otra voz, pero tan rota que era imposible armarla de nuevo sin clavarte sus cristales. Todo cuadraba; solo debía usar unas palabras diferentes para explicarla. La agresión y el daño eran reales, pero nuestra historia no. Me di cuenta de que su dolor estaba tan enquistado que probablemente cualquier intento de ayudarla siempre iba a llegar tarde. Sara seguía siendo una víctima de un hombre que continuaba agrediéndola y de un sistema que no tenía respuestas para ella. Nadie curó su daño. Nadie supo ver a tiempo que era una adolescente en peligro y que necesitaba ayuda: su familia, sus amigos, las instituciones y la sociedad la habían abandonado. Le hicieron sentir culpable, como si fuera responsable de su abuso. No hicieron un seguimiento de su salud mental ni le dieron herramientas para continuar con su vida una vez hubo terminado el juicio. Dieron por hecho que la cárcel es suficiente y cura el daño de la víctima. Lo dejaron en sus manos y se equivocaron. Y todo eso la había convertido en una mujer adulta y compleja, incapaz de relacionarse desde la verdad y de crear vínculos honestos, dañada en puntos de su personalidad inalcanzables para alguien que no estuviera preparado. Y yo no lo estaba. No podía despegar mis emociones de las suyas.

Sara había caído en mis manos demasiado tarde. Yo había caído en las suyas en el momento perfecto. Pero yo no podía ser esa persona para ella, por mucho que una parte de mí aún me lo exigiera, y lo tuve claro desde el principio. Ya no. No podía empezar de cero. Me había utilizado como comodín y ya no le servía. Ella a mí tampoco. Estaba destrozada, me había quedado vacía, con una oscuridad que me acechaba por momentos. Así que hice lo contrario de lo que había hecho hasta ese momento, lo más humano y vulnerable que he hecho en mi vida: me fui. Sin esfuerzos ni grandes gestos. Simplemente, me levanté de la mesa y la dejé ahí. Esa fue mi manera de protegerme, de ponerme por delante. Abandonándola a ella, me elegí a mí.

Durante un tiempo, me esforcé por no volver a pensar en Sara. No desde la compasión, al menos. Sin embargo, una parte de mí, la más sedienta y también la más responsable, quiso seguir ayudándola. Pero eso no va a volver a pasar. Creí lo que me contó el último día que nos vimos porque necesitaba una razón que justificara todo lo que había pasado. Supongo que es uno de los motivos por los que he decidido escribir esta historia: para darle un sentido.

Hay días en los que pienso que es posible que le esté haciendo lo mismo a otra persona. Supongo que su enfermedad le hace seguir un patrón y no es consciente del daño que provoca porque carece de empatía. Desconozco si está en tratamiento, pero me hace sentir bien pensar que es así, que quizá sí pude enseñarla a cuidarse. Sea como sea, no me siento responsable de lo que cause, ya no, y tampoco la culpo: nunca lo he hecho. Ella no es responsable de su estado: está enferma.

No se trata de justificarla, es que he aprendido a dirigir mi rabia hacia otros lugares. Me enfadé con ella, claro. Me concedí ese permiso. Sara me había enfermado. Me había quitado el oxígeno y las posibilidades de una vida sin desconfianza. Siempre había creído que la escritura era suficiente para mí en los peores momentos, pero se reveló insuficiente las semanas posteriores. Era incapaz de escribir sobre ella. Traté de hacerlo, de llevar a cabo el mismo ejercicio que estoy haciendo ahora, pero estaba muy reciente y fui incapaz. Apagaba las luces para escribir. Me encerraba en el cuarto y ponía la música que activa mi tristeza. Pero era insoportable. Intenté escribirlo con otros personajes, con otros nombres y con una voz que no fuera la suya, pero no funcionó. Pensé que también había estropeado lo único que me pertenece de verdad, lo único que es solamente mío. La veía por todas partes, riéndose de mí. Me cruzaba con cuerpos por la calle que se parecían al suyo y me ignoraban. Solo permanecían conmigo dos emociones: la rabia y el alivio. Así que me agarré a ellas para superarlo.

Fui a terapia por primera vez. Descubrí que no podía acercarme a esta historia desde la oscuridad, así que relativicé el fracaso y dejé de intentarlo. Asumí que mi forma de cuidar era irracional y que debía dirigirla a otros lugares y a otros seres que me aseguraran algo bueno de vuelta. Aprendí con mucho esfuerzo que eso no era egoísmo ni interés, sino supervivencia. Pensé mucho en Tango, y en mis abuelos, y en las palabras de mis padres cuando les digo que cuidarse a sí mismos también es una forma de cuidar a los demás. Me permití el enfado, aunque Sara no tuviera la culpa. Aflojé mínimamente el nudo. Repasé mi vida con cuidado y fui contándome algunas cosas que no están bien. Supe que contarlas no las arregla, pero sí ayuda a entender por qué han sucedido. Conseguí, poco a poco, acercarme a esta historia desde las palabras. Supe que la única manera era hacerlo desde la honestidad. Me concedí tiempo.

Soy un poco más benevolente conmigo misma desde que Sara no está en mi vida. Intento huir de los excesos de responsabilidad y me permito el quiebro. Pero también me he vuelto más hermética. Esta historia ha dejado consecuencias en mí sobre las que todavía no he profundizado. La terapia ayuda, claro. Pero siento que dentro de mí se ha abierto un pozo negro que me asusta mirar. Ahora desconfío de los sobresaltos y de las heridas abiertas. No soy capaz de sentir las cosas en su plenitud y la tristeza no me resulta tan cómoda como siempre. Hay días en los que la apatía me deja bajo mínimos. Otros días estoy eufórica, pero siempre aparece una sombra que acecha desde la esquina. Siento que dentro de mí vive una pequeña angustia que nunca se va.

Le di todo a Sara y me quedé sin nada. He tenido que reconstruirme y elegir dónde colocar mi tendencia al cuidado porque he asumido que forma parte de mi naturaleza. Pero la complejidad humana me asusta porque es inabarcable y no puedo comprenderla. Así que he dejado a un lado el asfalto y me he mudado al campo. Aquí estoy mejor. Veo crecer las ramas del árbol que se asoma por la terraza desde donde escribo y me acompaña con paciencia. Cuido de mis perros, me tumbo en el suelo con ellos, me mancho las manos. Duermo con alguien que comprende mis silencios y sabe colocar la lluvia encima de mí cuando necesito limpiarme. He abierto las puertas de mi casa a otros perros con necesidades para servirles de tránsito hasta que encuentro otra casa definitiva para ellos. Sigo creyendo a todas las mujeres de este mundo por encima de absolutamente todo. Soy consciente de que el daño psicológico de una mujer maltratada es mucho más extenso de lo que se cree y sé que cualquier persona puede estar atravesando un infierno aunque tenga la voz de la ternura. Sé que todo tiene un origen. No le doy tanta importancia a la verdad. Trato de entender a través de la escritura dónde nacen nuestras heridas. He escrito esta historia para demostrar que la vulnerabilidad es la luz que ilumina la grieta.

Sara: estoy aprendiendo a respirar para no morir ninguna de las dos.

27

Hoy he soñado contigo. Te veía: tu misma cara, tus mismos dedos. Estabas igual que siempre, aunque parecías un poco más niña. Yo venía de una pesadilla. Huía de alguien atravesando un bosque lleno de piedras grandes y árboles frondosos. Me escondía detrás de una y conseguía ocultarme justo cuando estaba a punto de quedarme sin aire. Sobrevivía. Entonces cerraba los ojos y aparecía en pleno centro de la ciudad. Estaba en mi coche y el tráfico era caótico. En ese momento, aparecías tú. Te subías en la parte de atrás y me sonreías. Me querías con los ojos, desprendías luz. Me dabas paz y era muy bonito verte. No me dabas miedo, no. Estabas limpia. Yo me giraba y te preguntaba por qué me habías hecho todo esto. Tú me mirabas y me pedías perdón. Me decías que me querías y que habías pensado que podíamos volver a empezar de nuevo las dos, como los árboles.

Yo me giraba y arrancaba el coche mientras te miraba por el retrovisor. Un rayo de luz partía tu cara. Ya no me mirabas. Solo respirabas, como los árboles.